KB144547

나를 닦아 세상을 바꾸는

다산의 글쓰기 전략

나를 넘어 세상을 바꾸는

다산의 글쓰기 전략

최효준 지음

글라이더

- 다산 정약용, 일일수행 -

· 권학 : 끊임없이 배우고 깨쳐라

· 수신 : 몸과 마음을 돌아보라

· 치가 : 집안과 부모형제를 보살펴라

· 이재 : 재물과 이익 앞에서 겸손하라

· 정도 : 도리에 맞는 생활을 하라

· 위정 : 이웃의 어려움을 살펴라

· 용인 : 사람을 아끼고 귀히 여겨라

· 교우 : 진심을 다해 사람을 사귀어라

다산(茶山) 정약용(丁若鏞)[1762년(영조 38)~1836년(헌종 2)]
조선 정조 때의 문신이자 18세기의 실학(實學)사상을 집대성하고 발전시킨 조선 후기의
대표 실학자이다. 『경세유표』, 『목민심서』, 『흠흠신서』, 『여유당전서』 등 500여 권의 저
작을 남겼다.

빅터 프랭클 (Viktor Frankl,
1905년~ 1997년)
『죽음의 수용소에서』의 저자
빅터 프랭클은 유대인 강제 수
용소에서 절망에 빠지지 않기
위해 삶의 의미를 글쓰기에서
찾았다.

안네 프랑크 (Anne Frank,
1929년~1945년)
나치의 네덜란드 점령 시기, 유
대인 소녀 안네 프랑크는 은신
처에서 지낸 2년간의 일을 일
기로 남겼다. 이것이 유명한
『안네의 일기』다.

다산 정약용 역시 유배생활 18
년 간 500여 권의 저술을 했
다. 이들은 죽음 앞까지 다다
른 절망적인 상황에서 글쓰기
를 삶의 동력으로 삼았다는 공
통점을 지닌다.

성균관(成均館) 명륜당(明倫堂)
다산은 소과 시험에 합격하여 조선의 유일한 대학 성균관에 입학했다. 정조는 많은 시험
에서 다산의 답안을 높게 평가했는데 다산에 대한 정조의 총애는 이때부터 시작되었다.
정조는 최고의 답안으로 뽑힌 이에게 상으로 책을 내렸는데 다산은 규장각에서 인쇄한 책
을 모두 받았을 정도였다.

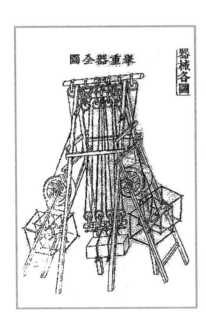

거중기(擧重機)
다산이 화성 축성에 사용하기 위해 서양
의 기계제도를 설명한 『기기도설』을 참
고하여 개발한 도르래 장치다. 다산은
그만큼 신문물인 서학에 밝았고 응용력
또한 뛰어났다. 정조는 다산이 화성 축
성의 공사비용과 공사기간을 대폭 줄인
것에 대해 크게 칭찬했다.

여유당(與猶堂)

다산을 총애하던 정조가 죽은 뒤 다산은 고향집에서 조용히 글을 읽으며 지내려고 했다.
여유당은 그 때 붙인 고향집 당호다. 여유당이란 '망설이면서 겨울에 냇물을 건너는 것
처럼 주저하며 사방의 이웃을 두려워한다'는 『노자』의 구절에서 따온 것이다. 정조의 죽
음은 그만큼 다산의 인생에서 큰 사건이었다. 다산은 모든 행동은 조심스러웠으나 권력
을 잡은 정적의 숙청은 피하지 못했다. 다산은 유배를 가게 되었지만 살아남은 것만으로
도 감사히 여겼다.

다산초당(茶山草堂)

다산이 유배생활의 마지막 10년을 머물렀던 곳이다. 다산은 기약 없는 유배생활을 하는 중에 이곳에서 인생을 마칠 마음이었던 것 같다. 다산은 이곳에서 제자들을 가르치고 저술에 전념하여 훗날 자신의 인생을 바꾸게 되는 위대한 업적을 이뤄냈다.

〈다산의 집필서〉

다산은 육경과 사서를 깊이 연구하고 사색하여 유교의 학설로 경전에 보탬이 되는 것들을 널리 고찰하여 오류를 바로잡고 그 취사선택한 것을 저술하였다. 그는 세계사에서도 보기 힘든 다양한 분야를 연구한 위대하고 특별한 인물이다. 다음은 그가 저술한 책의 목록이다.

『모시강의(毛詩講義)』 12권
『모시강의보(毛詩講義補)』 3권

『매씨상서평(梅氏尚書平)』 9권

『상서고훈(尚書古訓)』 6권

『상서지원록(尚書知遠錄)』 7권

『상례사전(喪禮四箋)』 50권

『상례외편(喪禮外篇)』 12권

『사례가식(四禮家式)』 9권

『악서고존(樂書孤存)』 12권

『주역심전(周易心箋)』 24권

『역학서언(易學緒言)』 12권

『춘추고징(春秋考徵)』 12권

『논어고금주(論語古今注)』 40권

『맹자요의(孟子要義)』 9권

『중용자잠(中庸自箴)』 3권

『중용강의보(中庸講義補)』

『대학공의(大學公議)』 3권

『희정당대학강록(熙政當大學講錄)』

『소학보전(小學補箋)』

『심경밀험(心經密驗)』

『경세유표(經世遺表)』 48권

『목민심서(牧民心書)』 48권

『흠흠신서(欽欽新書)』 30권

『아방비어고(我邦備禦考)』 30권

『아방강역고(我邦疆域考)』 10권

『전례고(典禮考)』 2권

『대동수경(大東水經)』 2권

『소학주관(小學珠串)』 3권

『아언각비(雅言覺非)』 3권

『마과회통(麻科會通)』 12권

『의령(醫零)』

『경집(經集)』 232권

시(詩) 작품집 18권

잡문(雜文) 전편 36권 · 후편 24권

들여다볼수록 아득해지는
다산(茶山)이라는
호수를 만났습니다

저는 지금 250년 전의 한 인물에 대해 말하려고 합니다. 그는 당시 중심부에서 한참이나 밀려나 벼랑 끝에 살았던 사람입니다. 그는 그 벼랑 끝에서 살아남아 지금까지 250년이라는 시간동안 회자되며 우리 곁을 살고 있는 인물이기도 합니다. 그는 조선 최고의 실학자 다산(茶山) 정약용(丁若鏞)입니다.

그를 수식하는 말에는 실학자만 붙는 것이 아닙니다. 사상가이자 혁명가라는 말이 붙기도 하고 유배 18년의 대역죄인이라는 수식이 붙기도 합니다. 저는 다산의 이름 앞에 최고의 저술가라는 말을 붙이고 싶습니다.

나 자신만의 안위를 지키기에도 급급한, 이 살기 어려운 때에 다산과 그의 글쓰기에 대해 말하는 것은 어떤 의미일까요. 이 시대에 다산을 말하고자 함은 어쩌면 희망을 말하고 싶었던 것일지도 모르

겠습니다. 다산의 인생을 보며 저 역시 제 삶의 희망과 포부를 품었기 때문입니다.

다산의 인생만한 드라마도 없습니다.

무엇보다 호기심이 많았던 그는 훗날 왕의 절대적인 총애를 받지만 총애가 따르면 시기도 따르는 법. 총애의 크기가 큰 만큼 시기의 크기도 컸습니다. 왕이 사라진 이후 이 남자에게 남은 것은 왕이 총애해줬던 만큼의 시기였습니다. 더 이상 왕의 총애가 없는 이 남자의 생은 바람 앞의 등불이었습니다. 그의 생은 이내 기울었고 기울다 못해 바닥으로 완전히 곤두박질쳤습니다. 시대의 한 획을 그을 뻔했던 이 남자는 젊은 시절 호기심으로 접했던 천주교가 빌미가 되어 죄인의 몸으로 유배를 가기에 이릅니다.

왕의 총애를 받는 인생에서 아무도 찾아주지 않는 유배지 인생으로 한순간에 곤두박질한 당한 삶을 얼마 지나지 않아 툭툭 털고 자신의 처지를 받아들이기로 합니다. 유배지에서 다산의 또 다른 새로운 인생이 시작된 것입니다.

자신을 팽개친 세상에 대해 복수하기로 마음을 먹기보다 그 세상을 더 나은 세상으로, 더 밝은 세상으로 바꿔보겠다는 의지로 자신을 버린 세상을 끌어안기로 마음먹은 것입니다.

다산이 백성의 더 나은 삶을 말했던 것은 그들이 이 세상을 이루는 다수였기 때문입니다. 더 살기 좋은 세상은 백성들의 행복에 있었음을 다산은 알았습니다. 무소불위의 권력 앞에 사대부였던 자신 역시 아무런 힘이 없는 처지였음을 떠올리며 다산은 자신도 한낱 한 명의 인간임을 자각했을 지도 모릅니다.

왕의 총애가 사라지고 유배지에 남겨진 다산은 단지 한 사람의 존재에 불과할 뿐이었습니다. 다산은 이때부터 자신의 모습과 대면했습니다. 모든 겉치장은 다른 사람들에 의해 벗겨지고 몸에 걸친 것은 더 이상 아무것도 없었으니까요.

다산의 위대한 인생 역시 유배지에서부터 출발했습니다. 다산은 세상과 백성을 위한 삶을 살기 이전에, 자기 자신을 위한 삶부터 다시 살기 시작했습니다.

다산은 편지로 아버지의 역할을 다시 시작했고, 다른 유배지에 있는 둘째 형 정약전의 동생 역할도 다시 시작했습니다. 다산은 공직에서 물러나 유배지에서 개인적인 관계부터 회복해 나가기 시작한 것입니다.

아들들을 가르치고 훈계하던 일은 어느새 유배지의 아이들을 가르치는 일이 되기도 하며, 다산은 또 다른 관계들을 맺어나갑니다. 절망에 갇혀 자신밖에 바라보지 못하던 다산의 눈은 그 시야를 점차 회복해 더 많은 관계와 더 큰 세상을 바라보기 시작했습니다. 자신의 아들들에서 주변의 아이들 그리고 백성과 나라뿐만 아니라 자신의 학문을 닦는 일까지 다산의 삶은 다시 도약을 시작합니다. 이 도약의 끝은 유배생활 18년간 이루어낸 500여 권에 이르는 방대한 저술입니다.

다산은 이후 생을 마칠 때까지 다른 많은 지식인들과 교류하며 자신의 저서에 대한 평을 받기도 합니다. 개중에는 당파를 초월하여 자신을 인정해주고 지지해주는 사람도 있었으니, 다산은 더 살아있기를 감사히 여겼습니다.

다산이 젊은 시절 왕에게 총애를 받던 때 꿈꾸었던 미래와는 다른 미래를 살게 되었을 테지만, 다산은 자신의 삶에 나름대로 흡족해하며 산 듯합니다. 다산의 인생 드라마는 그가 눈을 감은 것에서 끝나지 않습니다. 다산이 남긴 500여 권의 저서를 통해 250년이 지나는 동안 지금 우리에게까지 계속해서 이어져 내려오고 있습니다.

다산에게 18년의 유배 기간이 없었다면 그의 인생에 관한 평가는 분명 지금과는 달랐을 것입니다.

그래서 저는 다산의 인생 중에서도 자신의 인생을 바꾼 유배지에서 500여 권의 저술에 관심을 가졌습니다. 유배 생활 이전과 이후의 차이를 살펴보면 무엇이 그의 인생을 바꾸었는지 쉽게 알 수 있습니다. 저는 다산의 인생을 '500여 권의 책 쓰기'라는 프레임으로 봤습니다. 저는 다산이 글쓰기로 자신의 인생을 바꾸는 과정을 본 것입니다.

다산이 글쓰기로 자신의 처지와 새 시대에 대한 희망을 품었듯이 저 역시 글쓰기로 내 삶에 대한 희망을 품어도 좋겠다고 결정했습니다. 다산의 인생이 그러했듯 내 인생도 글쓰기로 바뀌겠다는 믿음이 생겼습니다.

우리 모두는 변화에 대한 희망을 품고 있습니다. 글쓰기에 그 변화의 힘이 있음을, 그런 변화의 인생을 살았던 위대한 인물이 있었음을 더 많은 분들과 나누고 싶어 이 책을 썼습니다.

제게 다산은 알아 갈수록 그 깊이를 모를 물속과도 같았습니다. 글을 쓰기 위해 많은 자료를 접하며 다산에게 가까워졌다 싶으면 다산은 어느새 멀어져 있었습니다. 이 책을 쓰고 나면 다산에 대한 전문가가 될 수 있겠다 싶었던 생각은 명백한 오판이었습니다. 오히려 글을 쓰기 이전보다 그를 더 모르게 된 것 같기도 합니다.

벼랑 끝에서 다시 정상에 오른 다산의 인생. 그의 인생은 우리에게 분명한 희망을 보여주고 있습니다. 다산의 글쓰기뿐만이 아니라 다산이라는 그의 이름과 그의 삶을 통해 모두들 더 나은 인생으로 나아가길 바라는 마음입니다.

부족한 사람만큼이나 부족한 책이 된 것 같아 여러모로 송구스럽고 걱정이 앞섭니다. 많은 분들의 질책도 응원의 다른 모습으로 여기며 달게 받겠습니다.

끝으로 어두운 절망 속에서 언제나 한 줄기 빛으로 피할 길이 되어주신 하나님께 모든 영광을 돌려드리며, 원고를 끝까지 놓지 않고 이 세상에 내주신 글라이더의 박정화 대표님과 임호 선배님께 감사를 드립니다.

2016년 12월

최효준

사색하고 독서하며 글쓰는 인생은 남다르다.

- 쇼펜하우어, 『문장론』

1부

인간을 위대하게
만드는 힘,
글쓰기

01

500권의 책이
만든 인생

글쓰기로 자신의 인생을 바꾼 인물이 있다. 그는 글쓰기로 다른 사람을 돕고 세상과 시대를 변화시켰다. 자신을 살리기 위해 몸부림치며 썼던 글은 다른 사람을 살리는 글이 되었고, 나아가 세상을 살리는 글이 되었다. 그렇게 그의 인생은 위대한 인생이 되었다. 이것은 다산 정약용의 이야기다.

다산의 인생을 유배지의 죄인에서 위대한 사상가로 바꾼 것은 글쓰기였다. 유배지에서 만든 500여 권의 저서가 다산의 인생을 바꿔놓은 것이다. 다산에게 글쓰기가 없었다면 다산은 250년이 지난 지금까지 우리에게 회자되지 못했을 것이고, 그에게 500여 권의 저서가 없었다면 2012년 유네스코 세계기념인물로 지정되어 세계로부터 인정받는 인물이 될 수도 없었을 것이다.

다산이 위대한 사상가로 인정받을 수 있었던 것은 그의 방대한 저서에 있다. 다산이라는 인물과 그의 사상은 오직 그의 저서만을 통해서 확인할 수 있기 때문이다. 다산의 위대함은 500여 권의 글쓰기에 있었다.

다산이 글쓰기로 위대한 인생을 살았다고 말할 수 있는 것은 우리가 250년 전에 살았던 다산의 글과 책을 통해 알 수 있기 때문이다. 사람의 기억이라는 것은 의외로 단순해서 어제 일도 쉽게 잊기 마련인데, 다산이란 이름은 250년이란 긴 시간 동안 잊혀지지 않고 아직까지 살아남았다. 이것은 다산이 후대들에게 두고두고 회자될 만큼 위대한 글쓰기 때문이라고 강조하고 싶다.

호랑이는 죽어서 가죽을 남기고 사람은 죽어서 이름을 남긴다는 이 말은 다산에게 꼭 맞는 말이다. 그만큼 다산의 이름은 우리에게 각인된 영향력 있는 이름이다. 다만 이름이 널리 알려졌다고 해서 그것이 무조건적으로 위대함의 척도가 되는 것은 아니다. 다산과는 반대의 의미로 이름이 알려지는 경우도 있기 때문이다.

개인심리학의 체계를 세운 아들러(Alfred Adler)가 타인과 세상에 공헌하지 않는 인생을 두고 위대한 인생이라 할 수 없다고 했던 것처럼 우리는 근시안적으로 자신의 잇속만 차리는 사람을 위대하다고 하지 않는다.

다산의 이름이 다른 이름과 구분되어 지금까지 남겨질 수 있었던 것은 자신의 사사로운 잇속만 차리는 인물이 아니었기 때문이다. 다산은 자신을 넘어 다른 사람들을 돕고 더 살기 좋은 세상을 만들기 위해 애썼던 인물이다.

다산의 위대한 사상이 고스란히 담겨있는 그의 책에는 다른 사람들과 더불어 잘 살기 위한 사회와 그 시대를 위해 고민했던 흔적이 담겨있다. 그는 거짓 없이 다른 사람과 나라가 더 나은 방향으로 나아가길 바랐던 올곧은 인물이었다. 그랬던 다산의 올곧은 생각이 그의 저서에 담겨 있었기 때문에 다산의 인생은 글쓰기로 위대한 인생을 완성할 수 있었다.

글쓰기로 위대한 인생을 살 수 있다 함은 글이 자신을 넘어 다른 사람까지 변화시키기 때문이다. 우리는 독서를 통해 변화하는데, 결국 우리는 다른 사람의 글쓰기를 통해 변화한다. 이로써 글쓰기는 사람을 변화시키는 일이 된다. 이것은 나의 글쓰기도 다른 사람을 변화시킬 수 있다는 말이다. 내가 다른 사람의 글을 읽고 바뀌듯 다른 사람도 내 글을 읽고 바뀐다. 글쓰기로 위대한 인생을 이루었던 다산에게서 찾은 우리가 글쓰기를 해야 할 이유다. 나만을 위한 인생을 넘어 다른 사람을 위하는 인생을 산다는 것은 이전과는 달리 그만큼 의미 있는 인생이 되었다는 말이다.

'사람은 책을 만들고 책은 사람을 만든다.'

고(故) 신용호 교보문고 설립자의 철학을 담은 문장이다. 책이 사람을 만든다는 것은 책을 통해 사람이 보다 더 풍요롭고 품위 있는 삶을 살아갈 수 있다는 뜻이다.

사람이 책을 만든다는 것은 독자를 바꾸는 책을 만드는 사람이 있다고 해석할 수 있다. 사람을 바꾸는 책을 만드는 사람, 그가 바로 저자다. 책이 가치 있는 인생을 만들 듯이 책을 만드는 인생 역시 가치 있는 인생이 된다. 독자, 즉 다른 사람에게 변화의 영향을 미치는 저자로서의 인생은 무엇보다 값지고 훌륭한 인생이다.

독서는 독자인 나를 바꾼다. 즉, 다른 사람의 글쓰기가 나를 바꾸는 것이다. 이처럼 나의 글쓰기 역시 다른 사람을 바꿀 수 있다. 조금 더 구체적으로 말하자면 내가 다른 사람의 '책'으로 바뀌듯이 내 '책'이 다른 사람을 바꾼다. 글쓰기가 책 쓰기까지 나아가야 하는 이유다.

나의 글쓰기가 다른 사람을 바꿀 수 있으려면 나의 글은 책이 되어 다른 사람을 만나야 한다. 다른 사람에게 변화의 영향을 줄 수 있는 책을 쓰는 인생은 나 하나만을 위해 사는 인생보다 한 차원 더 높은 인생이다. 글쓰기가 우리의 인생을 한 차원 더 높은 인생으로 만들어주는 것이다. 이것이 책 쓰기가 우리의 삶을 위대한 삶으로 바꾸는 방법이다.

다산은 500여 권이 넘는 자신의 책을 가진 엄청난 저자다. 다작의 달인이라 봐야할 정도로 책 쓰기를 하고자 한다면 다산을 통하지 않으면 안 된다. 다산의 글쓰기 전략은 무엇보다 책 쓰기에 특화된 전략이기도 하다. 때문에 책 쓰기를 하고자 한다면 다작의 달인인 다산의 글쓰기 전략에 관해 알아볼 필요가 있다.

다산은 500여 권의 저서를 가진 저자이자 250여 년 동안 회자되고 있는 저자다. 그만큼 검증된 저자라는 뜻이다. 뿐만 아니라 다산은 세계로부터 인정받는 인물이기도 하다.

다산 정약용은 헤르만 헤세, 장 자크 루소, 클로드 드뷔시와 함께 2012년에 유네스코 세계기념인물로 선정되었다. 한국인으로서는 최초 선정이었다. 유네스코에서 다산을 세계기념인물로 선정한 이유는 무엇이었을까?

> 이러한 선정 배경에는 그간 다산을 알리고자 꾸준히 노력한 우리 학계의 학술적 성과가 있었지만, 무엇보다 격동하는 조선후기의 시대상황을 깊이 있게 성찰하고 실천적인 해법을 제시했던 다산의 사상과 행적이 시대와 국경을 넘어 이 시대의 많은 나라 지도자와 지식인들에게 커다란 모범이 되기 때문이라 생각합니다.

다산의 사상과 행적이 우리나라는 물론 다른 나라에도 지금까지 영향을 끼치기 때문이라고 다산의 유네스코 세계기념인물 선정 배경에 대해 설명하고 있다. 그러면 다산은 어떤 방법으로 시대상황을 깊이 있게 성찰하고, 실천적인 해법을 제시했던 것일까?

우선 다산이 시대상황을 깊이 있게 성찰한 방법은 독서였다.

18세기는 조선이 청나라로부터 다양한 서적을 수입하던 시기였다. 조선 지식인들은 새로운 지식과 문물을 접하며 인식의 범위를 확대해 나갔다. 다산 역시 이러한 시대 상황에서 독서를 통해 서학을 받아들이고 천주교를 믿게 되었다. 당시 서학을 받아들였다는 것만으로도 다산이 신문물에 대해 얼마나 개방적이었는지 알 수 있다. 다산은 서학이라는 새로운 과학기술과 천주교의 새로운 사상을 통해 실용과 애민의 눈을 뜨게 되었다.

다산이 접한 천주교의 박애와 평등사상은 철저한 계급사회를 받들던 사대부의 사상과는 대조되는 것이었다. 학문에 대한 다산의 태도 역시 남달랐다. 다산은 학문이 상류층만의 전유물이 아니라 모든 백성에게 필요한 것임을 인지했다. 훗날 다산은 유배지에서 하층민 자녀를 몸소 가르쳐 저명한 학자로 길러내는 실천적인 모습을 보여주기도 했다. 다산의 삶에 가장 큰 영향을 끼쳤다고 볼 수 있는 서학과 천주교는 곧 독서의 영향이었다.

다산이 실천적인 해법을 제시한 방법은 저술, 즉 글쓰기였다. 다산의 저서로는 지방 관리들의 폐해를 비판하고 그들이 지켜야 할 지침을 제시한『목민심서』, 옥사의 각종 사례와 원칙, 처리절차를 수록한『흠흠신서』, 국가통치 질서의 근본이념을 세워 오랜 조선을 새롭게 하고자 기존 제도의 개정을 논한『경세유표』, 홍역에 대한 연구를 다룬『마과회통』, 천자문을 대체할 아이들의 교재인『아학편』등이 있다. 다산은 이러한 많은 저서들을 통해 당대 조선에 규례, 법제, 질병, 교육 등에 대한 실천적인 해법을 제시했다.

독서가 다산의 인생을 바꿨고 다산은 글쓰기로 시대를 바꾸려했다. 그가 세계의 인정을 받을 수 있었던 것은 독서와 글쓰기에 있었다. 특히 다산의 인생에 있어서 글쓰기는 빼놓을 수 없다. 다산이 위대한 사상가였음을 우리가 알 수 있는 것도 다산의 많은 저서를 통해 그의 사상을 확인할 수 있기 때문이다.

바꿔 말하자면 만약 다산이 저서를 남기지 않았다면 우리는 다산이 얼마나 위대한 사상가였는지 알 수 없었을 것이다. 다산은 그의 사상으로 인해 위대하다고 일컬어지지만 다산의 위대함은 그의 사상뿐만이 아니라 그의 저술활동에 있다고도 말할 수 있다.

다산이 오랜 세월이 흐른 지금까지 우리에게 위대한 인물로 남아있을 수 있었던 것은 결국엔 그가 남긴 500여 권의 저서 덕분이라고 할 수 있다. 다산의 위대함을 알 수 있었던 것은 순전히 기록의 힘이다. 다산이 기록을 남기지 않았더라면 다산은 유배를 다녀온 죄인으로만 남아 후대에게 재평가 받을 수 없었을 것이다. 다산이 남긴 정신과 위대한 유산은 250년이 지난 지금도 그의 글을 통해 전해지고 있다.

이러한 다산의 예를 보면 사람은 두 종류로 나눠볼 수 있다.

자신의 책을 남긴 자와 자신의 책을 남기지 못한 자다. 다산에게 500여 권이라는 책이 없었다고 가정한다면 지금 다산의 거대한 모습과는 확연히 다른 모습일 것이다.

방대한 저서가 없다면 위대함이라는 단어 앞에 왜소해 보이는 것이 사실이다. 자신의 책을 남겼느냐, 남기지 못했느냐의 차이는 인생의 큰 차이를 불러온다.

다산이 위대한 사상가로 인정받을 수 있었던 것은 자신이 남긴 책 속에 그의 사상을 담았기 때문이다. 다산은 자신의 사상을 체계적으로 정립하여 남겼다. 다산처럼 쓴다는 것, 그리고 책을 남긴다는 것은 한 사람의 인생을 변화시키는 중차대한 일이다.

따라서 다산의 위대함을 그의 사상보다도 그의 저술에 있었다고 평가하고 싶다. 다산은 역사상 유례없는 500여 권의 저서를 남긴 인물이다. 저서 수도 놀랍지만 더욱 놀라운 것은 대부분의 저작을 유배지에서 이루었다는 점이다. 다산의 유배 생활은 18년이었다. 18년 동안 500여 권이라는 저작은 가늠해보기에도 쉽지 않은 결과물이다.

우리는 다산이 500여 권의 저서를 남긴 것에 감탄하며 그를 위대한 인물로 여긴다. 이렇게 생각하면서도 우리는 그가 위대했기 때문에 500여 권의 저서를 남겼다고 어느새인가 거꾸로 생각한다.

500여 권의 저서를 쓴다는 것은 아무나 할 수 있는 일이 아니기 때문에 우리가 이렇게 생각하는 것은 당연한 것인지도 모른다.

하지만 '위대하기 때문에 500여 권의 책을 만들었다'와 '500여 권의 책을 만들었기 때문에 위대하다', 이 두 문장은 서로 다른 의미를 갖는다는 것을 알아야 한다. 다산은 분명 자신의 사상 자체로도 위대한 인물이었다. 하지만 발상을 바꾸면 다산은 500여 권의 책 쓰기를 통해 위대해진 인물로 바라볼 수 있게 된다.

500여 권의 저서를 남겼기 때문에 위대한 인물이 되었다는 말은 다산이 책을 남겼기 때문에 즉, 글을 썼기 때문에 위대한 인물이 되었다는 의미이다. 다산은 다른 것보다도 글쓰기를 통해 우리에게 위대한 인물로 남겨진 것이다. 다산이 위대한 인물로 남을 수 있었던 것은 글쓰기의 힘이었다. 다산은 500여 권의 저서를 '남겼기' 때문에 위대해진 것이다. 이것이 '글쓰기의 힘'이다.

글쓰기의 힘은 변화에 있다. 글쓰기를 통하면 누구든지 변할 수 있다. 다산만큼 위대해지는 것은 어려운 일이라 할지라도 지금보다 더 나은 내가 될 수 있다는 것은 분명하다. 글쓰기를 통한다면 지금보다 한 단계 업그레이드 된 삶을 살게 될 것이며 나아가 우리의 인생은 위대한 인생으로 변할 것이다. 다산이 글쓰기를 통해 위대한 인생으로 남은 것처럼 말이다. 우리가 다산의 글쓰기를 배워야 할 이유다.

다산의 위대함은 글쓰기에 있었다.

02

삶을 바꾸는
글쓰기

다산은 유배 생활 18년 동안 500여 권이나 되는 저서의 대부분을 만들었다. 다산이 이렇게 방대한 작업을 할 수 있었던 것은 살고자 하는 의지 때문이었다. 다산은 자신의 글을 알아주는 사람이 있으면 죽을 목숨을 살려주는 일이라 했다. 다산에게 있어서 글쓰기는 자신의 살아 있음을 증명하는 일이었다. 아무도 찾아주는 이 없는 유배지에서의 다산의 처지를 떠올려보면 그럴 만도 하다.

다산은 다른 사람들의 기억에 자신을 남기기 위해 글쓰기를 했다. 아무도 찾아주지 않는 유배지에 있던 다산은 그들의 기억에서조차 잊히면 죽은 존재나 다름없어지기 때문이었다. 다산은 자신의 존재가 다른 사람들에게 잊히지 않기 위해 처절한 글쓰기를 했다. 다산에게 글쓰기는 자신이 살아 있음을 알리는 유일한 소통 도구였던 셈이다. 다른 사람들이 자신을 알아주기 원했던 것은 다른 사람이 자신을 알아줄 때 자신이 살아 있음을 느꼈기 때문이다. 인간은 다른 사람이 알아봐주고 인정해줄 때 살아 있음을 느끼고 활력을 얻는다. 이 활력이 유배지에서의 다산의 삶을 글을 쓰는 삶으로 본격적으로 바꾸기 시작했다.

다산이 자신의 살아 있음을 증명하는 일로 글쓰기를 택했던 것은 이상한 일이 아니다. 『죽음의 수용소에서』의 저자 빅터 프랭클은 유대인 수용소에서 살아남기 위해 삶의 의미를 찾아야만 했다. 그렇지 않으면 삶의 의지가 꺾여 삶을 포기할 것 같았기 때문이다. 프랭클이 찾은 삶의 의미, 그 첫 번째가 글쓰기였다. 프랭클은 이전부터 쓰던 원고를 이어나가려는 글쓰기로 절망에 잠식하려는 자신의 마음을 다잡았다. 프랭클은 이런 말을 남겼다.

"절벽 끝으로 내모는 것은 상황이 아니라 바로 당신 자신이다."

마치 다산이 하는 말처럼 들리기도 한다. 유배지의 다산과 수용소의 프랭클 이 둘은 각자 처한 상황뿐만 아니라 삶에 대한 의지도 비슷했다. 이들은 자신의 삶을 처한 환경으로 규정하지 않고 살고자 하는 의지로 환경을 넘어섰고 이윽고 자신만의 삶을 살아냈다. 다산이 삶의 의지를 잃고 절망에 잠식됐더라면 수용소에서 프랭클과 달리 삶의 의지가 꺾여 죽음을 맞이한 다른 많은 유대인들의 처지와 같아졌을 것이다. 18년이란 세월은 누구라도 생을 포기하고 싶게끔 하는 긴 기간이기 때문이다.

다산은 글쓰기가 자신을 살린다는 것을 알았기에 글쓰기를 시작했다. 고인 물이 썩듯이 인간은 변화 속에서 살아 있음을 느낀다.

다산이 유배지에서 글쓰기에 몰두했던 것은 자신의 삶을 변화시키기 위해서였다.

다산이 글쓰기를 통해 유배지의 죄인이라는 자신의 처지를 곧바로 바꿀 수 있었던 것은 아니었지만 다산은 글쓰기를 통해 자신의 내면을 바꾸었다. 다산은 글쓰기에서 새로운 삶을 살기 위한 힘을 얻고 희망을 품었다. 이러한 내면의 변화는 환경을 대하는 태도를 바꿔놓았다. 어려운 환경은 그대로였지만 다산이 품은 새로운 삶의 의지 앞에 환경은 아무런 문제가 되지 않았다. 다산은 글쓰기로 자신을 변화시켜 환경을 뛰어넘었다. 그리고 다른 사람과 세상을 변화시켰다. 다음은 자신과 다른 사람과 세상을 변화시킨 '다산의 글쓰기 전략'이다. 글쓰기가 우리 삶에 어떻게 영향을 끼치는지 알아보자.

첫 번째 전략

다산은 글쓰기를 위해 근본(根本)을 쌓았다. 근본을 쌓는다는 것은 곧 역량을 쌓는다는 말이다. 이것이 다산의 첫 번째 글쓰기 전략이다. 역량을 쌓는 것은 내실을 다지는 것이다. 내실을 다진다는 것은 곧 내면을 강하게 만드는 일이다.

다산은 유배지에서 독서의 끈을 놓지 않았다. 독서야말로 글쓰기의 가장 기초가 되는 역량 쌓기이다. 다산이 그 통한의 유배 생활을 견딜 수 있었던 비밀이 바로 독서에 있다. 독서로 내면을 다스리고 내실을 다졌기에 다산은 유배 생활을 견딜 수 있었다. 이처럼 내실을 다진다는 것은 그만큼 자신을 강하게 만드는 훈련인 것이다. 다산은 독서 이후 글쓰기에 집중하여 자신의 마음이 한 치도 흔들리지 않도록 붙들었다. 다산이 유배생활의 어려움을 견뎌낼 수 있었던 것은 근본을 쌓는 글쓰기 덕분이었다. 글쓰기는 자신만의 내실을 쌓아 인생의 어떤 어려움도 극복할 수 있는 힘을 길러준다.

두 번째 전략

다산은 글쓰기를 하기 위해 자료를 모으고 분류했다. 이것이 다산의 두 번째 글쓰기 전략, 편목(篇目)이다. 편목 단계는 목차를 세워 모은 자료를 찾기 쉽게 정리하는 단계다. 자료 정리의 목적은 자료를 장악하는 것에 있다. 자료를 정리하고 장악하면 수많은 자료들을 한 눈에 파악할 수 있게 된다. 그 수많은 자료들을 머릿속에서 단번에 인지할 수 있게 되는 것이다. 이렇게 정리가 되면 보다 중요한 자료가 무엇인지 알게 된다. 중요한 자료가 무엇인지 알고 우선순위를 정해두면 불필요한 것에 시간을 낭비하지 않게 된다. 이 때 따라오는 것이 효율성과 신속함이다.

이 『식목연표』는 현륭원에 심은 나무 숫자를 기록한 책이다. 을묘년(1795) 봄에 서국을 열도록 명하여 『화성정리통고』를 찬술하게 하였는데 화성에 있는 사도세자의 비궁, 침원 및 용주사, 배봉진의 여러 가지 유래와 제도 등을 나에게 편찬하도록 명하였다.

명을 받고 나니 임금이 식목부를 내려주면서 이렇게 하유하셨다. "7년 동안 8읍에서 현륭원에 나무를 심은 장부가 수레에 실으면 소가 땀을 흘릴 정도로 많은데 그 공로는 누가 더 많으며 나무의 숫자는 얼만지 아직도 명백하지 않으니 네가 번거로운 것은 삭제하고 간략하게 간추려서 되도록 명백하게 하되 1권이 넘지 않게 하라." 신이 물러나와 연표를 만들되 가로 12칸을 만들고(7년을 12칸 배열하였다) 세로 8칸을 만들어(8색을 배열하였다) 매 1칸마다 그 수를 기록하고 그 총수를 계산하니, 소나무, 노송나무, 상수리나무 등 여러 가지 나무가 모두 1,200만 9,772그루였다. 그 끝에다 이를 기록하여 올리니 임금이 "한 권이 아니고서는 상세하게 기록할 수 없을 것으로 여겼는데 수레에 실으면 소가 땀을 흘릴 정도로 많은 분량의 문서를 너는 종이 한 장에다 마무리하였으니 참으로 훌륭하다"하고 하시며 오랫동안 감탄하였다.

현륭원은 사도세자를 모신 곳으로 정조는 화성을 건립하기 위해 근처의 여덟 고을에게 7년간 나무를 심도록 명령했던 것이다. 여덟 곳에서 7년간 나무를 심을 때마다 보고 문서를 올렸는데 이것이 나중에는 너무 복잡해서 정리할 수 없는 지경에 이르렀던 모양이다. 다산은 수레에 가득한 정리 안 된 자료를 단 한 장에 정리한 것이다. 다산이 정리한 한 장의 자료는 복잡하지 않고 한눈에 파악할 수 있는 직관성을 가졌다. 과연 정조가 감탄할 만했다. 직관성은 시간과 절차에 효율성을 갖는다. 불필요하게 헤매는 수고를 덜 수 있다는 말이다.

글쓰기는 자료 정리뿐만 아니라 생각을 정리하는 기능도 한다. 생각을 정리하는 것에는 어떠한 이점이 있을까? 생각을 정리한다는 것은 잡생각들을 정돈한다는 말이다. 잔가지가 없는 나무가 곧게 자라듯이 잡생각들이 정리될 때 뚜렷한 방향성이 나온다. 잡생각을 하나씩 정리해나가다 남는 한 가지 생각이 바로 가야할 방향이다.

이처럼 생각이 정리되어 생각이 하나의 방향에 모아지면 집중할 수 있는 힘도 생긴다. 잡생각이 발목을 잡지 않으니 거치적거릴 것이 없고 충돌을 이루는 여러 생각들이 사라져 우왕좌왕할 일도, 고민할 일도 없어진다. 산만함이 정리되면 한 가지 일에 집중할 수 있다. 생각이 정리되면 한 방향에 집중하여 우직하게 나아갈 수 있는 뚝심이 생긴다.

여러 생각들의 장애물을 없애 곧은길을 내주면 일처리와 판단에 있어서 효율성을 갖는다. 신속한 일처리를 할 수 있는 것은 일의 우선순위를 알고 분명한 목적이 있기 때문이다. 이것이 다산의 두 번째 글쓰기 전략인 편목에서 얻게 되는 삶의 이점이다.

정리의 다른 말은 체계화다. 어떠한 일에 체계화를 이루면 혼란을 방지할 수 있다. 도서관의 도서 분류표, 대형마트의 물품 분류법을 생각하면 쉽다. 물품의 자리가 정해져있지 않고 대형마트 이곳저곳 여러 곳에 물품이 놓여있다고 가정해보자. 우리는 대형마트라는 미로 속에서 물품을 찾기 위해 끝없이 헤매야 할 것이다.

우리의 생각을 정리하고 체계화하면 어떠한 일에서든지 혼란스럽게 헤매는 수고를 덜어낼 수 있을 것이다. 정리는 혼란스러움을 없애 효율성을 높여준다. 그것이 글쓰기든 어떠한 판단이든 우리의 인생이든 말이다.

세 번째 전략

다산은 다 쓴 글, 다 만든 책이어도 더 나은 결과물로 만들기 위해 항상 다시 고쳐 썼다. 이것이 다산의 세 번째 글쓰기 전략, 윤색(潤色)이다. 윤색은 윤이 나도록 매만져 곱게 한다는 뜻이다. 글에서 수정해야 할 부분들을 찾아 다듬는 단계다. 다산은 다 쓴 글의 문제점을 찾아내서 바로 잡는 고쳐 쓰기 작업을 수차례 반복했다. 하지만 문제점을 찾아냈다고 해서 바로 고쳐 쓸 수 있는 것은 아니다. 더 나은 방향으로 고쳐 쓰기 위한 해결책을 찾아내야 하기 때문이다. 고쳐 쓰기는 글의 문제점을 찾아내고, 그에 대한 해결책을 찾아가는 과정이다. 더 나은 해결책을 찾기 위해 다산은 몇 번이고 다시 생각하고 다시 쓰는 작업을 거쳤다.

이러한 과정에는 끈기가 요구된다. 다산은 자신의 마음에 드는 해결책을 찾을 때까지 고민을 멈추지 않았다. 하나의 해결책이 떠올라도 거기에 만족하지 않고 다시 생각하고 또 고쳐 썼다. 더 나은 방안으로 나아가기 위해 계속해서 탐구했다. 다산은 자신이 완전히 납득할 수 있는 답을 찾았을 때에야 비로소 고쳐 쓰기 작업을 멈췄다.

글쓰기에 대한 다산의 이러한 자세는 자신의 삶을 대하는 태도와도 닮았다. 다산은 자신에게 주어지는 문제를 해결하기 위해 늘 고민했다. 그러한 고민이 있었기에 매번 누구보다도 나은 해결책을 제시했다.

　다산이 글쓰기를 하는 중에 만족할만한 해결책을 끊임없이 찾아 나섰던 것처럼 다산은 유배지에서 자신의 삶에 안주하지 않고 저술 활동을 끈기 있게 해나갔다. 다산은 벼랑 끝에 몰린 상황에서도 자신의 삶을 포기하지 않고 끊임없이 붙들고 있었던 것이다.

　포기하지 않는 끈기와 끝없는 도전정신은 문제해결 능력을 키운다. 이것이 다산의 세 번째 글쓰기 전략이 우리 삶에 가져다주는 이점이다. 문제를 만났을 때 끊임없이 더 나은 해결 방안을 찾아내려는 끈기와 현재의 삶에 안주하지 않고 계속 발전해 나가려는 도전정신은 더 나은 삶을 위한 주춧돌이 된다. 더욱 완성도 있는 글이 끊임없는 고쳐 쓰기로 만들어지듯이 더 나은 삶은 더 나은 방안을 모색해 나가는 가운데 만들어진다.

　더 나은 글은 고쳐 쓰기를 통해, 더 나은 인생은 글쓰기를 통해 이뤄진다.

03
자신을 넘어서는
글쓰기

기록은 문자의 발명보다도 오래된 행위이다. 고대 벽화를 보면 문자가 생기기도 전에 이미 기록이 시작되었음을 알 수 있다. 인류는 문자가 생기기 이전부터 기록을 남겼다. 기록한다는 것, 즉 쓴다는 것은 남긴다는 것이다. 『조선왕조실록』을 통해 조선을 알 수 있듯이 우리는 다산의 저서를 통해 다산이라는 사람을 알 수 있다. 이처럼 기록은 실체를 남긴다. 『조선왕조실록』은 조선을 남긴 것이고 다산의 저서는 다산을 남긴 것이다.

다산이 자신의 저서를 통해 자신을 남기려했던 것은 다른 사람들에게 자신을 알리고자 함이었고 자신의 존재를 기억시키기 위함이었다. 사회적 관계를 맺고 살아가는 우리 인간이 다른 사람들의 기억에서 잊히는 것을 두려워하는 것은 당연한 일이다. 다산은 사회적 격리를 참아낼 수 없었기에 유배지에서 저술에 몰두했던 것이다.

하지만 다산은 자신만을 위하는 글쓰기에 그치지 않았다. 다산의 저술 목적은 다른 사람과 세상을 살리기 위한 것으로 옮겨갔다. 이것이 다산의 저서 500여 권의 저술 목적이다. 500여 권의 분량도 대단하지만 이 방대한 저서 속에 담긴 뜻이야말로 다산의 진짜 위대함이다. 다른 사람을 살리고자 했던 다산의 마음 크기는 500여 권이라는 방대한 분량 만큼이다. 그래서 우리는 다산이 위대한 인생을 살다간 인물이라 말할 수 있는 것이다.

다산은 '나'를 살리겠다는 의지로 글쓰기를 시작했다. 이는 다른 사람을 살리겠다는 글쓰기로 이어졌으며 결국에는 세상을 살리려는 높은 이상을 지닌 글이 되었다. 다산은 자신만을 생각하지 않았다. 더 많은 사람, 더 큰 세상을 바라보았다. 그의 이런 올곧은 성품은 글쓰기를 하기 이전에 독서로 이미 다져놓은 것이었다. 다산은 독서를 통해 바른 마음가짐과 행실을 가진 뒤에라야 좋은 글을 쓸 수 있다고 말했다. 다산은 자신이 했던 말을 그대로 실천했던 학자였다. 다산은 독서로 자신과 다른 사람과 세상을 살리는 마음을 품었고 그 마음을 글로 표현했던 것이다.

나 하나만을 위하는 인생으로는 다산과 같은 위대한 인생을 살 수 없다. 다산의 글쓰기 목적이 나를 넘어 다른 사람과 세상에 있었듯이 우리 인생의 방향도 이렇게 바뀌어야 더 나은 인생, 유익한 인생을 살 수 있게 될 것이다. 부와 명예만이 인생의 유일한 목적이 된다면 자신은 살릴 수 있을지라도 다른 사람과 더 큰 세상은 살릴 수 없게 된다.

다산은 유배지의 죄인 신분이어서 부와 명예를 바랄 처지도 아니었지만 다산은 이보다 한 차원 더 높은 인생이 되길 바랐다. 나 하나만의 유익을 넘어 다른 사람과 세상을 살리려는 마음이 담긴 글쓰기라야 다산과 같은 위대한 인생이 될 것이다.

다산이 유배생활 중에도 끊임없이 저술활동을 할 수 있었던 것은 목적의식이 있었기 때문이다. 이 때문에 다산은 유배생활 18년간 글쓰기를 쉬지 않고 계속 해나갈 수 있었다. 다산에게 글쓰기에 대한 목적의식이 없었다면 다산은 500여 권의 저서를 남길 수 없었을 것이다.

다산은 유배생활이라는 자신의 처지에서 벗어나고자 글쓰기를 했다. 자신의 처지에서 벗어나고자 했다는 것은 곧, 더 나은 삶을 바랐다는 말과도 같다. 다산은 백성을 위해서도 쓰고, 더 나은 새 시대를 위해 쓰기도 했지만 그 이전에 자신의 삶이 더 나은 삶이 되기를 바라며 썼다.

다산이 자신의 내부에서 외부로 시선을 돌려 바라봤던 존재가 백성이었다. 백성의 존재는 다산이 글을 썼던 또 다른 이유였다. 이후 다산의 글쓰기 제 1사명은 백성이 되었다. 다산은 늘 애민을 강조했던 실학자였다. 다산은 백성을 사랑했기 때문에 그들이 더 나은 삶을 살길 바랐다. 다산은 백성을 이롭게 하기 위해 그들을 생각하는 마음으로 글쓰기를 했다.

다산은 백성이 판결을 받을 때 억울한 일을 당하지 않도록 『흠흠신서』를 썼고, 백성에게 가해지는 폐해를 바로잡고자 지방 관리를 위한 지침서로 『목민심서』를 썼다. 또 글을 처음 배우는 아이들의 편의와 학습 능률을 위해 『아학편』을 쓰기도 했다.

백성을 위한 다산의 글쓰기는 더 나은 세상을 위한 글쓰기이기도 했다. 백성의 삶을 더 나은 삶으로 만들기 위해서는 조선이라는 나라가 더 좋은 나라로 바뀌어야 했다. 다산의 저서들 대부분이 당대 조선의 폐단을 바로잡고자 했던 개혁안이었음을 떠올려본다면 다산에게 있어서 애국은 곧 애민이었다. 다산의 글은 조선을 살기 좋은 나라로 바꾸기 위한 사회적 개선방안이었다. 다산은 더 나은 세상을 만들기 위한 가이드라인을 글로 제시한 것이다.

다산이 쓴 글로 더 나은 세상이 곧바로 실현되었던 것은 아니다. 하지만 그렇다고 다산의 글쓰기가 아무런 의미를 갖지 못했던 것은 아니다. 더 나은 세상으로 나아가기 위해서는 길이 있어야 한다. 이 길이 앞서 말한 사회적 개선방안과 가이드라인이다. 이러한 대안이 없으면 그 사회는 앞으로 나아갈 수 없다. 길이 있어야 나아갈 수 있기 때문이다. 다산은 글쓰기로 이 길을 제시했던 것이다. 다산의 글쓰기가 새로운 사회로 나아가는 선택지였다는 것만으로도 그의 글쓰기는 큰 의의를 갖는다. 이러한 글쓰기의 효용은 지금 우리 시대에도 유효하다. 더 나은 세상을 만드는 방법은 쓰기이다. 쓰지 않으면 더 나은 세상으로 나아갈 수 없다.

04

글쓰기에
깃든 힘

우리가 독서를 하는 이유는 독서가 나를 변화시킬 것이라는 희망을 갖고 있기 때문이다. 실제로도 독서에는 사람을 변화시키는 힘이 있다. 우리는 이 힘을 알기에 독서를 한다. 인간은 변화를 추구하며, 더 나은 삶을 추구하는 존재이기 때문에 읽기에 마음이 끌리는 것은 자연스러운 일이다. 읽기가 나를 변화시킬 수 없고 우리의 삶을 퇴보시키는 것이라면 아무도 읽기를 하려 하지 않을 것이다.

쓰기는 읽기의 연장이다. 책을 읽다 누군가의 글에 감명 받았을 때 자신도 글을 써서 또 다른 누군가에게 감명을 주고 싶다는 마음을 가질 때도 있다. 이렇듯 읽기 이후에 쓰기에 마음이 끌리는 것은 당연한 수순이다. 쓰기를 하고 싶은 마음이 드는 것 또한 그것이 우리의 삶을 진보하도록 만들 것이라는 믿음이 있기 때문이다. 이 믿음이 있기에 우리는 쓰려고 하는 것이다.

글쓰기에는 변화의 힘이 깃들어 있다. 글쓰기가 다산의 인생을 바꾸고 다산의 글이 다른 사람과 세상을 바꾸었듯이 글쓰기는 우리의 인생을 변화시킬 것이고 우리의 글은 또 다른 누군가를 변화시킬 것이다. 쓰기는 변화다. 한 단계 더 높은 삶으로 변화하길 원하는 것은 우리 인간이 갖는 당연한 욕구이다. 한 차원 더 높은 삶을 살기 원한다면 나를 변화시키는 글쓰기를 시작해야 한다. 글쓰기는 우리의 인생을 다산과 같은 위대한 인생으로 만들어줄 것이다.

글쓰기가 우리의 인생을 어떻게 바꾸는지 구체적으로 파악해보자. 글쓰기를 파악하기 위해서는 글쓰기와 떼려야 뗄 수 없는 독서부터 이해해야 한다. 독서란 무엇일까? 무수히 많은 말로 정의를 내릴 수 있겠지만 여기서는 지식과 정보를 높이 쌓아 세상을 두루두루 넓게 보는 것이라고 독서를 정의해보자.

독서가 넓게 펼쳐놓고 높이 쌓아가는 것이라면 글쓰기는 깊은 곳으로 들어가는 것이다. 글쓰기는 침잠(沈潛)이다. 글쓰기는 자기 자신과 마주하기 위해 더욱 깊은 곳으로 가라앉는 행위이다. 독서가 나를 다른 사람의 의식 속으로 집어넣는 것이라면 글쓰기는 나를 나 자신의 더욱 깊은 곳으로 집어넣는 것이다.

독서가 세상 보는 눈을 틔우는 일이라면 글쓰기는 나 자신을 일깨우는 일이다. 글쓰기는 나 자신과 내 생각에 집중하는 작업이다. 다른 사람과 대화를 나누며 대화와는 상관없는 글을 써야 한다고 가정해보자. 다른 사람과 대화를 하며 글쓰기에 집중하기란 쉽지 않은 일이다. 글은 글대로 제대로 쓰지 못할 것이고 대화는 대화대로 제대로 이어나가지 못할 것이다. 그만큼 글쓰기는 나 자신에게 집중하지 않으면 안 되는 행위인 것이다.

나를 변화시키고 발전시키는 열쇠는 나 자신에게 얼마나 집중할 수 있느냐에 있다. 글쓰기를 통해 나의 더욱 깊은 내면을 들여다보는 몰입을 할 수 있다면 우리는 변화하고 발전하게 된다. 나에게 얼마나 집중하느냐에 따라, 그리고 나를 얼마나 변화시키고 발전시키느냐에 따라 인생이 달라진다. 인생의 결을 가르는 것은 집중력이다. 인생뿐만이 아니다. 학업의 결과나 업무의 성과를 가르는 것 또한 집중력의 차이에 달려있다. 이러한 집중력을 키우는 것이 글쓰기이다. 글쓰기는 우리 인생을 결정한다.

오늘날 우리는 더 많은 돈, 더 깊은 지식, 더 높은 명예가 더 나은 인생을 결정하지 않는다는 것을 안다. 외적 변화는 순간적인 만족감일 뿐이다. 인생 전반을 바꾸기 위해서는 내적 변화를 이루어야 한다. 그래야만 더 나은 인생을 살 수 있다.

내적 변화를 이루어 더 나은 인생을 살도록 돕는 것이 글쓰기다. 글쓰기를 통해 우리는 우리 자신의 깊은 내면과 만나게 된다. 글쓰기를 통해 눈으로 볼 수 없는 생각이나 감정을 실체화하여 정확히 파악하기도 하고, 또 자신이 세상을 어떠한 시선으로 바라보고 있는지 자신의 정체성과 가치관을 깨닫게 되기도 하며, 문제를 만났을 때 그 문제를 어떻게 대하고 어떻게 해결하려 하는지 자신만의 방식을 인식하게 되기도 한다.

이처럼 글쓰기를 통해 자신과 대면하게 되면 자신의 많은 부분을 더욱 구체적으로 알게 된다. 나를 구체적으로 알게 된다는 것은 내 인생을 어떻게 살아야 할지, 그 방법과 방향을 알게 된다는 말과도 같다. 내 인생을 어떻게 살아야 할지 깨닫게 되는 것은 더 나은 인생으로 가기 위한 첫걸음이다.

글쓰기는 우리 인생과도 닮았다. 인생은 문제와 선택의 연속이다. 어떤 사람은 문제를 만나 좌절하고 무너지는 반면 어떤 사람은 문제를 딛고 일어나 더 높은 곳으로 도약하기도 한다. 우리는 이러한 문제의 기로에서뿐만 아니라 삶의 매순간에서 선택을 하며 살아간다. 글쓰기도 이와 같다. 어떤 단어를 쓸 것인지, 어떻게 문장을 마칠 것인지, 그 다음 문장은 어떻게 이어갈 것인지, 글쓰기 또한 매순간 문제를 해결하는 선택의 연속으로 이뤄진다.

글쓰기 능력은 곧 문제 해결 능력이 된다. 문제 해결 능력은 인생을 살아가는 데 있어서도 필요한 능력이다. 따라서 글쓰기 능력은 인생을 살아가는 데 도움이 되는 능력인 셈이다. 글쓰기를 통해 기른 문제 해결 능력은 인생에서 만나는 문제들을 해결하는 능력이 된다. 인생에서의 문제 해결은 한 차원 더 높은 인생으로의 도약이다. 문제의 해결은 보다 가치 있는 삶으로의 방향 전환이다. 이러한 더 나은 인생으로의 도약과 전환을 돕는 것이 글쓰기이다.

다산 역시 글쓰기를 통해 인생의 도약과 전환을 이루었다. 다산은 유배지의 죄인이라는 자신의 처지를 전환시키기 위해, 그리고 백성들의 삶을 보다 나은 삶으로, 당대 조선을 보다 나은 세상으로 도약시키기 위해 글쓰기를 했다. 다산이 글쓰기를 했던 이유는 변화에 있었다.

『동물농장』과 『1984』로 유명한 영국의 소설가, 조지 오웰은 '왜 쓰는가?'라는 질문에 대한 답변 중 하나를 정치적 목적이라 했다. 정치적 목적이란 자신의 글을 통해 다른 사람들, 나아가 사회를 변화시키고자 하는 욕망이다. 조지 오웰의 답변은 마치 다산의 글쓰기를 두고 하는 말 같다. 다산은 백성과 당대 조선 사회를 더 나은 방향으로 변화시키고자 저술을 했기 때문이다.

글쓰기는 과연 사람들과 사회를 더 나은 방향으로 변화시키고 발전시킬 수 있는가? 그렇다. 책을 통한 지식 습득과 세대 간의 지식 전달만을 살펴보더라도 글쓰기는 사람들과 사회를 발전시킬 수 있음을 확인할 수 있다. 책이든 글이든 그림이든 이 모든 것을 포함한 '기록'이란 것이 없었더라면 우리는 다른 사람들 혹은 다른 시대로부터 배움을 얻을 수 없었을 것이다. 기록에는 사람과 사회를 발전시키는 힘이 분명 있다. 글을 포함한 기록에는 당대뿐만이 아니라 후대까지 변화시키는 힘이 있다. 이 힘을 알았던 개인과 집단은 변화의 역사를 갖고 있다. 개인으로서의 다산을 보기에 앞서 집단으로서의 유대인을 먼저 살펴보자. 글의 힘을 알았던 유대 집단의 역사 역시 변화의 역사다.

유대인은 어떻게 세계 경제를 장악할 수 있었을까? 우리가 유대인을 바라보며 항상 갖는 질문이다. 이 질문에 대한 답을 하나로 규정한다는 것은 무리일 것이다. 여기서는 글의 힘이라는 측면에서 위 질문에 대한 답을 살펴보자. 위 질문에 답하려면 중세시대까지 거슬러 올라가야 한다. 중세시대 유대인은 사회 하층민으로서 천대받으며 상업에 종사했다. 하지만 이러한 상황은 오히려 유대인이 부를 축적하는 계기가 되었다. 이들은 이미 중세시대에 상업을 석권했다. 이들이 상업에 특화할 수 있었던 것은 글을 읽고 쓸 줄 알았기 때문이다. 당시 유럽의 문맹률을 98퍼센트로 추정한다. 극히 소수만이 글을 알았다는 말인데 이러한 시대에 상업은 글을 아는 유대인에게 천직이었던 셈이다. 유대인이 세계 경제를 장악할 수 있었던 힘은 글의 힘에 있었다.

상업의 관건은 물품을 사고파는 과정 중에서 큰 차익을 내는 것에 있다. '어디에서 물건을 싸게 사올 수 있는지', '어디에다 물건을 비싸게 팔 수 있는지'에 대한 정보가 곧 돈이 된다. 글을 알면 이러한 돈이 되는 정보를 발 빠르게 입수할 수 있다. 예나 지금이나 시장을 선점하려면 정보를 선점해야 한다. 중세시대에 정보를 선점하는 데 있어서 글을 안다는 것은 아주 유용했다. 유용함을 넘어 글을 모르면 정보를 선점할 수 없는 것이 당시 구조였다. 유대 상인들의 업무에는 편지 쓰기, 즉 글쓰기가 포함되어 있었다. 유대인은 멀리 떨어져 있는 다른 나라들의 유대인 커뮤니티와도 공동체 의식을 지녔기 때문에 그들과 서신으로 정보를 공유했다. 글을 모르면 정보를 선점할 수 없었던 구조는 이 때문이다. 또 상업을 하려면 동료 상인에게 정보를 보내는 것뿐만 아니라 상품의 목록을 작성하고 장부를 정리하며 각종 증빙서류를 관리해야 했기 때문에 글을 알아야 했다.

소수의 유대인이 세계 경제를 장악할 수 있게 된 이유는 다름아닌 글쓰기에 있었다. 유대인은 중세 하층민에서 점차 부상해 현대 최고의 권력층이 되었다. 이것이 글에 깃든 변화의 힘이다.

다산은 바로 글의 '힘'을 알고 있었다. 그래서 그는 글쓰기를 했던 것이다. 다산은 그의 글을 통해 백성과 당대 조선을 바꾸고 발전시키고자 했다. 다산의 저서들 대부분이 더 나은 세상을 위한 개혁안이었음을 떠올려본다면 다산은 시대를 바꾸기 위한 적극적인 몸부림으로써 글쓰기를 했던 것이다.

다산이 시대를 바꾸기 위한 글쓰기를 했던 것은 자신이 처한 상황, 즉 유배 생활이라는 답답한 현실에서 벗어나고자 했던 의지이기도 했다. 유배 생활에는 육체적 속박이 따른다. 그러한 속박마저 부조리의 결과였으니 다산의 마음이 얼마나 답답하고 무거웠을지 짐작이 간다. 그런 다산에게 글쓰기는 도피처였다. 그곳은 부조리를 바로 잡을 수 있는 곳이자 그 누구에게도 구속받지 않으며 하고 싶었던 말을 자유롭게 할 수 있는 공간이었다. 다산은 유배 생활이라는 육체적 속박의 해방구로써 글쓰기를 찾았고 그곳에서 정신적 자유를 만끽했다.

다산은 글쓰기를 통해 새 세상을 제시했지만 그에 앞서 글쓰기는 다산에게 있어서 새 세상 그 자체였다. 다산은 부조리한 현실과 억압에서 벗어나 글쓰기라는 새로운 세상에서 자유를 누리고 희망을 품었다. 글쓰기 속에서 살았던 다산은 희망 속에서 살았던 것이다. 새 시대를 위한 비전은 이러한 희망을 품은 글쓰기로부터 나온 것이다. 다산은 글의 힘을 아는 자였다. 다산은 자신이 처한 환경에 속박되지 않고 글쓰기를 통해 그 환경을 극복했다. 나아가 글쓰기를 통해 다시 인생을 살아갈 새 힘을 얻었다. 그리고 세상을 향한 비전을 제시했다. 이것이 다산이 누렸던 글쓰기의 힘이다.

글쓰기를 통해 자신이 처한 환경을 극복할 힘과 인생의 새로운 비전을 찾게 된다면 우리의 인생 또한 달라질 것이다. 다산과 같은 위대한 인생, 이전과는 다른 더 나은 인생을 살 수 있게 될 것이다. 이것이 글쓰기가 우리에게 주는 선물이다.

05

시대의 요구,
글쓰기

　지금까지 우리는 다산이라는 인물을 통하여 글쓰기를 해야 할 이유들에 대해 살펴보았다. 우리가 다산의 글쓰기를 따라야 하는 것은 나를 바꾸고 다른 사람을 바꾸고 세상을 바꾸는 글쓰기이기 때문이다. 이러한 글쓰기의 이유를 거창하게 느낄 이도 있을 것 같다. 다산과 같이 원대한 포부 없이는 글쓰기를 할 수 없는 것인가 의문을 갖고 글쓰기에 부담감을 느낄 이도 있을지 모른다.

　'다산의 글쓰기 전략'이라는 말에는 두 곳에 방점을 찍을 수 있다. '다산'의 글쓰기 전략이 되기도 하고 다산의 '글쓰기' 전략이 되는 것이 바로 그 이유다. 전자는 다산의 것으로써의 글쓰기 전략을 뜻하는 데 앞서부터 지금까지 살펴본 다산을 중점으로 하는 내용이 이에 해당한다. 후자는 글쓰기 자체에 초점을 맞추는 것으로 이제부터 살펴볼 내용이다.

다산의 경우를 떠나서라도 우리에게는 글쓰기를 해야 할 이유가 있다. 이 시대를 사는 현대인이라면 더 이상 글쓰기는 피할 수 없는 일이 되었기 때문이다. 글쓰기는 이미 시대의 요구가 되었다. 우리가 살고 있는 이 시대가 글쓰기를 다방면으로 요구하고 있다.

소통을 위한 글쓰기

인터넷의 발달과 스마트폰의 보급으로 인해 걸어 다니면서도 인터넷으로 정보를 찾고, SNS와 메신저를 통해 실시간으로 대화를 나눌 수 있는 시대가 되었다. 인터넷에 있는 정보와 메신저를 통한 소통은 모두 글로 이뤄지기 때문에 우리는 어느 때보다도 글을 많이 접하는 시대에 살고 있다.

우리에게 글쓰기를 요구하는 것은 이 시대뿐만이 아니다. 우리가 살아가기 위해 몸담고 있는 사회 역시 우리에게 글쓰기를 요구한다. 대학 과제부터 입사 이전의 자기소개서와 직장에서의 기획서, 보고서까지 우리의 공적인 삶 역시 글쓰기와 밀접한 관계 속에서 이뤄지고 있다. 사회의 한 일원이 되어 일을 한다는 것은 여러 사람들과 소통을 해야 한다는 것을 말한다. 소통은 선택사항이 아닌 필수사항이다.

소통 방식에는 말하기와 글쓰기가 있지만, 오늘날 글쓰기가 유독 강조되는 이유는 무엇일까? 첫째로 앞서 살펴본 시대의 요구 때문이다. 시대가 바뀐 것이다. 말하기도 중요하지만 지금은 글이 중심이 된 시대다. 학원가의 흐름만 보더라도 예전에 성행하던 웅변학

원은 찾아보기 어렵다. 대신에 요즘은 논술학원을 쉽게 찾아볼 수 있다. 이전까지는 텔레비전에서 말로 제공되는 정보를 수동적으로 받아들였다면 이제는 인터넷을 통해 글로 된 정보를 직접 찾아나서는 시대가 되었다. 뿐만 아니라 말 중심이었던 휴대전화 역시 시대의 흐름에 따라 스마트폰으로 대거 교체됨으로 우리의 삶을 더욱 글 중심으로 바꿔놓았다.

글은 공식적인 소통 방식이기 때문에 우리는 글쓰기를 해야 한다. 공식적으로 쓰이고 보관되고 남겨지는 방식은 말이 아닌 글이다. 말은 하는 순간 사라진다. 마음과 생각 속에 남겨지기는 하겠지만 보이는 실체가 없어서 다른 사람이 확인할 방법이 없다. 계약이 서면으로 이뤄지는 이유이기도 하다. 계약뿐만이 아니라 대학 과제, 회사의 보고서 등 중요한 일은 모두 글쓰기로 이뤄진다. 때문에 글쓰기는 이 시대를 살아가는 우리에게 반드시 필요한 소통 방식인 것이다.

우리는 매일 메신저를 통해 글로 소통하고, 공부와 일을 하며 각종 글쓰기를 하고 있는데도 글쓰기가 어렵다고 말한다. 말하기와 글쓰기는 모두 소통을 이루는 도구로써 자신의 생각을 표현한다는 공통점을 갖는데 왜 글쓰기는 말하기보다 까다롭게 느껴지는 것일까?

글쓰기에는 말하기보다 형식에 더욱 규제를 받는 특징이 있기 때문이다. 말하기는 이러한 규제에서 자유롭다. 문법이라는 규칙에 크게 신경 쓰지 않아도 된다. 하지만 글쓰기는 말하기와 달리 눈에 보이도록 그 기록이 남는다. 잘못된 점들이 적나라하게 드러나기 때문에 글쓰기가 말하기보다 더욱 부담이 될 수밖에 없다.

그럼에도 우리가 글을 써야 하는 이유는 시대의 요구 속에서 소통을 잘하기 위해서다. 자신의 생각을 일방적으로 전달하는 것은 소통이 아니다. 소통의 핵심은 자신의 생각을 다른 사람에게 제대로 전달하는 것에 있다. 그 소통의 방법이 글쓰기이기 때문에 글쓰기가 중요한 것이다. 이러한 시대를 살기 위해 우리는 글쓰기 실력을 갖춰야 하는 것이다.

자기발전을 위한 글쓰기

글쓰기를 해야 할 이유에는 소통만 있는 것이 아니다. 글쓰기는 개인의 발전을 이루는 중요한 토대가 된다. 앞에서도 살펴봤듯이 글쓰기는 학업과 각종 업무를 수행하기에 있어 필수적인 일이다. 우리는 글쓰기로 학업과 업무를 수행하는 동시에 글쓰기로 학업 성취도와 업무 능력을 평가받는다. 대학에서는 시험과 과제가, 직장에서는 기획서와 보고서 등이 우리가 보편적으로 하는 글쓰기에 속한다. 시험과 과제를 잘 써내야 좋은 학점을 받고, 기획서와 보고서를 잘 작성해야 승진하는 데 유리해진다. 자신의 능력을 나타내는 방법이 글쓰기인 것이다. 글쓰기 결과물은 눈으로 볼 수 있는 객관적인 지표가 되기 때문에 능력을 평가하는 기준이 된다. 자신의 삶을 한 단계 더 높은 삶으로 발전시키기 위해서라도 보다 나은 능력이 필요한 것이다. 글쓰기는 나를 보다 더 나은 나로 만들어주는 수단이다. 이것이 글쓰기를 해야 할 또 다른 이유다.

글쓰기는 이러한 외면적인 발전뿐만 아니라 우리 내면의 발전 또한 돕는다. 우리 삶의 근본적인 변화를 주도하는 것은 외적 가치가 아닌 내적 가치이다. 외면의 변화는 빙산의 일각에 불과한 것이다. 내면을 발전시키는 것이 외면의 발전보다 중요하다.

내면을 변화시키고 발전시키려면 자신을 알아야 한다. 사실, 우리는 자기 자신에 대해 잘 알지 못한다. 추상적으로 대강 이해하고 있을 뿐이다. 나 자신을 알기 위해서는 나 자신에 대해 생각해봐야 한다. 하지만 생각해보는 것만으로는 구체적인 답을 얻기 어렵다. 생각은 머릿속에만 맴돌 뿐 실제적으로 볼 수 없기 때문이다. 구체적으로 볼 수 없는 생각은 곧 흐지부지한 상태로 머물다 사라지고 만다. 이러한 생각을 가시적으로 보기 위해 글쓰기를 해야 하는 것이다. 글쓰기는 볼 수 없었던 추상적인 생각을 구체적으로 볼 수 있도록 도와주는 역할을 한다.

자신을 알기 위해 자신을 되돌아보며, 자신에게 질문하고, 글쓰기로 답하는 것은 자기 발전으로 가는 길이다. 자신에 대해 되돌아보고 생각해보는 반성이 없이는 발전도 없다. 자기반성이 곧 내면의 발전을 이룬다. 이러한 내면의 발전은 글쓰기를 통해 이뤄진다. 글쓰기를 통해 자기반성을 하게 되면 자신은 몰랐던 자신에 대한 다양한 사실들을 발견하게 된다. 그것은 자신의 강점일 수도, 약점일 수도 있다. 인지하지 못했던 개인적인 관심사에서부터 감춰져 있던 감정이나 상처, 모호해서 자세히 알지 못했던 고민과 문제까지 발견하게 된다.

글쓰기를 통해 이러한 것들을 구체적으로 적어내면 나 자신을 보다 객관적으로 바라볼 수 있게 된다. 진짜 나의 모습과 대면하게 되는 것이다. 삶에 대한 새로운 모색은 이러한 작업이 있은 후에야 시작된다. 나 자신에 대해 더욱 구체적으로 알게 되는 것은 더 나은 삶을 시작하는 첫 단추인 것이다.

사회·문화의 분위기 속에서 주어지는 가치관대로 살아가는 것은 진정한 자신만의 삶이 아니다. 주위의 시선에 맞춰 사는 기계적인 삶일 뿐이다. 물론 우리는 다른 사람과의 관계 속에서 나 자신의 위치를 확인하고 자기발견을 이루기도 한다. 하지만 삶의 진정한 가치를 깨닫는 것은 자기이해로부터 시작된다. 자기이해를 통해 자신의 모습을 구체적으로 인지하고 자신만의 가치를 찾아내야만 나의 삶을 더 나은 삶으로 발전시킬 수 있다.

사실 글쓰기에는 생각보다 많은 자신의 모습이 담겨있다. 여러 사람들에게 같은 내용의 글을 쓰도록 했을 때 사람마다 다른 글이 나오는 것은 각자 가진 개성이 다르기 때문이다. 같은 내용을 갖고 글쓰기를 하더라도 어떤 사람은 다른 내용을 추가하기도 하고 또 다른 사람은 특정 내용을 배제시키기도 한다. 글을 시작하는 방법부터 맺는 방법, 문체와 단어의 선택까지 말 그대로 모든 것을 '선택'해야 하는 것이 글쓰기이다. 글쓰기를 할 때에는 단어 하나를 선택하는 것부터 선택의 갈림길에 놓인다. 우리는 여기서 의식적으로든 무의식적으로든 자신의 취향에 따라 선택을 해나간다. 무의식적으로 써나간다 하더라도 그것은 절대 저절로 선택되어지는 것이 아니다. 이처럼 글쓰기는 그 과정 자체에서부터 나의 개성을 드러낸다. 글을 쓰며 갖는 생각과 고민과 선택이 곧 나의 모습인 것이다.

나의 모습을 찾아가는 글쓰기는 나 자신과의 소통이기도 하다. 글쓰기는 다른 사람과의 소통이기 이전에 나 자신과의 소통인 것이다. 글쓰기를 통해 자신의 생각과 감정을 정돈하면 자신이 무엇을 원하는지 정확히 이해할 수 있다. 이러한 자신에 대한 이해는 다른 사람과의 의사소통 또한 명료하게 만들어준다. 자신의 주관이 뚜렷하지 않은 상태에서 좋은 의사소통의 결과를 바란다는 것은 무리한 요구이다. 글쓰기는 자기발전을 이루는 동시에 소통의 진전을 이룬다.

지식생산을 위한 글쓰기

지식은 이전부터 부(富)와 밀접한 관련을 가졌다. 예전에는 지식의 양이 부의 양을 결정지었다. 하지만 지금은 얼마나 많은 지식인가가 아닌 얼마나 새로운 지식인가에 따라 부의 양이 결정된다.

새로운 지식을 만들기 위해서는 우선 많은 양의 지식이 필요하다. 하지만 지금 시대는 지식을 많이 쌓아두는 것만으로는 앞서갈 수 없는 시대가 되었다. 쌓아둔 지식을 새로운 지식으로 만들어내야 한다. 사회가 복잡해짐에 따라 자신이 가지고 있는 기존 지식을 어떻게 새로운 지식으로 만들어내는지가 더욱 중요하게 되었다.

지식을 쌓고 새로운 지식을 만들어내기 위해서는 독서와 글쓰기가 필요하다. 독서는 지식을 수집하는 통로다. 글쓰기는 독서를 통해 모아놓은 기존 지식들을 재구축, 재해석하여 새로운 지식으로 재창조해내는 작업이다. 글쓰기는 지식생산을 위한 과정인 것이다.

글쓰기를 하려면 필연적으로 생각을 하게 된다. 생각뿐만 아니라 질문도 하게 되는데 새로운 지식은 이러한 질문으로부터 떠오른다. 질문에 대한 답을 찾아나가는 과정 속에서 새로운 지식이 발견된다.

독서감상문 쓰기를 예로 들어보자. 감상문을 쓰려면 읽었던 책에 대해서 생각해봐야 한다. 재미있었는지 혹은 재미없었는지, 또 어느 부분이 좋았는지, 어느 부분은 별로였는지 생각을 해야 글을 어떻게 써야할지 판단이 서게 된다. 하지만 감상문 쓰기는 여기에서 그치지 않는다. 어느 부분은 좋았는데 어느 부분은 별로였다, 이런 식으로 감상문을 마칠 수는 없기 때문이다. 자신이 느낀 감상을 두고 왜 그렇게 느꼈는지에 대한 이유를 덧붙여줘야 감상문은 완성된다.

우리는 자신의 기호(嗜好)에 대해 구체적인 이유를 알지 못한 채 많은 순간을 지나쳐 보낸다. 그냥 느낌 자체만 가지고 있을 뿐, 왜 그렇게 느끼는지에 대한 구체적인 이유는 찾지 않는다. 일상생활에서는 이렇게 지나쳐가도 아무런 문제가 되지 않는다. 하지만 글쓰기는 다르다. 글쓰기에서는 '왜'라는 질문이 매순간 필요하다.

감상문을 쓰려면 어느 부분이 좋았는지, 그리고 그 부분이 왜 좋았는지 찾아내야 한다. 즉 어느 부분이 좋았는지 생각해봐야 한다는 것이고, 그 부분이 왜 좋았는지 질문을 한 뒤, 답을 내려야 한다는 것이다. 생각하고 질문하고 답을 찾는 과정이 글쓰기의 과정인 셈이다. 이러한 과정 속에서 즉, 질문을 하며 답을 찾아가는 중에 우리는 새로운 지식과 맞닥뜨리게 된다.

새로운 지식은 '왜'라는 질문으로부터 생겨난다. '왜'라는 질문은 이전에 습득했던 기존의 지식들을 조합하여 새로운 지식으로 만들어내는 작업을 하기 때문이다. 독서가 기존 지식을 습득하는 작업이라면 글쓰기는 새로운 지식을 생산해내는 작업이다.

글쓰기를 하기 위해 생각하고 질문하고 답하는 과정은 지식에 대한 이해를 갖게 하고 지식을 정리하여 '나의 지식'으로 받아들이게끔 한다. 독서감상문으로 치자면 읽은 책에 대한 이해가 감상문을 쓰는 작업을 통해 훨씬 깊어지는 것이다. 우리는 이러한 과정 속에서 각자 나름대로의 답을 얻게 된다. 그것이 새로운 지식이다. 이것이 글쓰기가 지식생산을 해내는 방식이다.

글쓰기와 지식생산은 상호보완적인 관계다. 생각과 질문을 통해 답을 찾아낸 후에 글쓰기를 시작하기도 하지만 글을 쓰는 중에 생각지도 못한 부분에서 답을 찾아내기도 한다. 글쓰기는 알기 때문에 하는 것이기도 하지만 모르기 때문에 하는 것이기도 하다. 따라서 앎에 이르지 못하였다고 글쓰기를 두려워하며 피할 이유가 없다. 오히려 글쓰기를 통해 앎에 이르게 될 것이다.

21세기 지식과 정보의 홍수 시대에 휩쓸려가지 않고 그 물살을 헤쳐 나가기 위해서는 지식생산을 해야 한다. 새로운 앎에 이르러야 한다. 지식 습득만으로는 부족한 것이다. 지식을 생산해내고 새로운 앎에 이르는 방법, 그것이 곧 글쓰기이다.

06

책 쓰기의 상업적인
유혹을 경계하다

앞서 이야기했듯, 다산의 인생은 500여 권의 저서로 위대한 인생이 되었다. 다산에게 500여 권의 저서가 없었더라면 다산에 대한 평가는 지금과 같지 않을 것이다. 저서의 유무에 따라 평가의 차이가 갈리는 것이다. 이러한 이유때문인지 오늘날에도 많은 사람들이 책 쓰기에 열중한다.

출판사의 이메일에 하루가 멀다 하고 쌓이는 투고 원고들이 이를 증명하는데, 지금 우리 사회의 한 단면에는 자신의 책 만들기에 열을 올리는 사람들이 있다고 말해도 과언이 아니다.

많은 사람들이 위대한 인생으로 나아가는 삶을 살고 있다는 생각에 존경을 표하다가도 하나같이 똑같은 출간기획서들을 볼 때면 책 쓰기 열풍이 과연 올바른 방향과 분위기로 흘러가고 있는 것인지 우려스럽기도 하다.

또한 수백만 원 대에서 1천만 원이 넘는 고액의 책 쓰기 강의가 대성황을 이룬다는 말을 심심찮게 듣게 될 때면 이대로 괜찮은 것인가 하는 노파심이 들기도 한다. 보통은 3개월에서 길면 6개월이라는 기간에 자신의 책을 만들 수 있는 방법을 코칭한다는 것이 그 내용이고, 수강비는 수백만 원에서 1천만 원을 넘기도 한다고 한다.

고액의 책 쓰기 코칭이 무조건 잘못된 것이라고 말하려는 것이 아니다. 책 쓰기를 더 잘할 수 있도록 돕는 것이라면 어떠한 도움이라도 기꺼이 받아야 한다는 것이 나의 입장이다. 이 책도 그러한 연유로 만들어진 책이다. 책 쓰기를 돕기 위한 책이다. 그런 책의 저자가 책 쓰기 코칭을 두고 잘못됐다고 말한다는 것은 모순이겠지만, 다만 '고액'과 '단기간'이라는 점이 경계를 해야 할 부분이다.

고액과 단기간으로 이루어지는 책 쓰기 코칭이 성행하여 그것만이 책 쓰기로 가는 등용문이라는 분위기가 생길지도 모른다는 점을 경계하는 것이다. 책 쓰기 마저 돈으로 스펙 쌓기나 돈 많은 자들만의 리그로 비쳐질지도 모른다는 노파심에서다. 더불어 책 쓰기가 고액을 투자해야만 되는 것이 아니라는 점에 많은 사람들이 오해를 하지 않았으면 하는 바람에서다.

단기간에 책을 쓸 수 있다는 슬로건에도 어느 정도 위험성이 깃들어 있다. 『노인과 바다』의 저자 헤밍웨이는 글이 쉽고 완벽하게 쓰이는 경우가 있는 반면 바위에 구멍을 뚫어 화약을 넣고 폭파시키는 것처럼 어려울 때도 있다며 글쓰기에는 정해진 규칙이 없다고 말하기도 했다. 책은 작가의 성향에 따라 단기간에 쓰일 수도, 오랜 기간에 걸쳐 쓰일 수도 있다. 또한 같은 작가일지라도 어느 책은 단숨에 쓰이는 반면 어느 책은 많은 시간을 소요해야 할 때도 있다. 따라서 단기간에 책을 만들고, 만들지 못하고는 문제가 되지 않는다. 때문에 '단기간'을 지나치게 강조하는 측면이 있다면 이는 생각해 봐야 할 문제라는 것이다.

단기간에 이뤄지는 고액의 책 쓰기 코칭에 경계의 날을 세우는 이유는 내게 그러한 책 쓰기 코칭을 수강할 합당한 돈도 없거니와 단기간에 책을 쓰는 것에 대한 어느 정도의 불신이 있기 때문인지도 모른다.

책 쓰기 코칭 강의는 처음 책을 쓰려는 사람을 대상으로 한다. 처음 책을 쓰는 사람이 단기간에 책을 쓴다는 것은 굉장히 어려운 일이다. 어느 정도로 어려운 일인가 하면 수영을 한 번도 해보지 않았던 사람이 수영장에 들어가 첫 수영을 완벽하게 잘할 확률의 어려움이다. 그 사람이 첫 수영을 잘할 확률은 매우 희박하다. 비록 그 사람이 수영에 대한 이론을 충분히 숙지하고 다른 사람들이 수영하는 것을 유심히 관찰했다 하더라도 말이다. 생각해보자, 수영 이론을 숙지하고 다른 사람들의 수영하는 모습을 관찰했지만 정작 수영은 한 번도 해보지 않은 사람이 처음부터 수영을 잘하는 모습을. 나는 이런 모습보다는 그 사람이 물먹으며 허우적거릴 모습이 먼저 떠오른다. 그만큼 처음 책을 쓰는 사람이 단기간에 책을 써낸다는 것은 굉장히 어려운 일이다.

물론 완전 불가능한 일은 아닐 것이다. 개중에는 아주 극소수겠지만 처음부터 놀랍게도 수영을 잘하는 사람이 있을 수 있듯이 첫 책을 단기간에 써내는 사람도 있을 것이다. 이것은 결국 개인의 차이다. 우리는 각각의 개인이다. 이런 개인들에게 '단기간'이라는 하나의 공식을 적용한다는 것은 어딘가 억지스러운 방법이다.

개인차이긴 하지만 첫 책을 단기간에 써내는 아주 극소수의 사람은 어떤 경우일까? 그들은 책 쓰기를 오래전부터 준비한 사람들이다. 글 한번 써본 적 없었던 소설가 고(故) 박완서 작가가 어떻게 첫 글로 등단할 수 있었는지 살펴보는 것이 도움이 될 듯하다.

어떻게 첫 글로 등단할 수 있었는가 하는 물음에 그녀는 간단하게 답했다. 책을 많이 읽으면 된다는 것이다. 너무 간단명료해서 그녀의 말이 이해되지 않을 수도 있다. 이런 그녀의 말을 뒷받침하는 사례는 미국 남 캘리포니아 대학의 언어학자, 스티븐 크라센 박사의 연구 결과다.

'쓰기에 영향을 미치는 것은 얼마나 많이 써봤느냐 하는 것에 있는 것이 아니라 얼마나 많이 읽었느냐 하는 것에 있다.'

박완서 작가와 스티븐 크라센 박사의 말을 종합해보자면 글을 잘 쓰기 위해서는 많은 독서가 선행해야 한다는 것이다.

아주 극소수의 사람들이 단기간에 첫 책을 써낼 수 있는 것은 책 쓰기 코칭을 받았느냐의 유무에 있지 않고 평소에 많은 양의 독서가 선행하느냐에 있다. '단기간'이라는 단어를 경계해야 할 이유다. 단기간에 책을 쓸 수 있느냐 하는 문제는 결국 사람마다 다르게 적용되는 문제인 것이다. 앞서 본 독서량이 뒷받침되는 극소수의 사람이 아닌 이상 단기간에 책을 써내기는 어렵다. 설령 단기간에 책을 써낸다 하더라도 그 책은 겉만 번지르르한 속빈 강정이요, 소리만 요란한 텅 빈 수레와 다름없을 것이다.

우리나라 최고의 작가 중 한 명인 박완서 작가가 가장 인상 깊게 받은 글쓰기의 가르침에 대해 살펴보자. 고등학교 선생님이 포도주를 만들 때 필요한 것이 무엇인지 물으셨다 한다. 포도, 설탕, 항아리 등 별 대답이 다 나올 때까지 선생님은 같은 질문을 하셨다고 한다. 학생들이 더 이상 대답하지 못할 때 선생님이 하신 말씀은 하나다. '시간.' 포도주는 발효하여 된 술이기 때문에 시간이 꼭 필요하다는 것이다. 이것은 글쓰기에 대한 비유다. 쓰고 싶은 것을 바로쓰지 말고 안에서 삭히고 버무려서 쓰지 않으면 안 될 때까지 기다리라는 것이 그 가르침이다. 그렇지 않은 글은 설익은 포도주와 같다는 것이다. 이것이 박완서 소설가가 꼽은, 자신이 받은 글쓰기의 가장 큰 가르침이었다. 단기간에 이뤄지는 글쓰기를 경계하는 가르침이다.

단지 '단기간'이라는 슬로건과 터무니 없는 '고액'의 비용을 경계하는 것이지 책 쓰기 코칭 자체를 부정하는 것은 아니다. 이미 독서로 많은 내실을 다진 사람이라면 단기간에 책을 쓰는 것이 가능할 수 있고, 경제적 여유가 있는 사람이라면 고액의 책 쓰기 코칭 수강료도 부담되지 않을 것이다. 그런 사람이라면 수강을 하여 충분한 도움을 받는 것도 바람직한 일이다.

다만 책을 쓰기 위한 방법을 배우기 위해 고액을 지불하는 현상을 보며 과연 그만큼의 돈을 지불하여 배울만한 내용이 있는가 하는 의문이 드는 것도 사실이다. 그 높은 액수를 생각해볼 때 책 쓰기 코칭이 책 쓰기를 위한 고액 과외로 변질되고 있는 것은 아닌지 걱정이 앞선다.

고액 과외를 받으면 단기간에 높은 점수를 받을 수는 있다. 하지만 공부는 혼자 하는 것이다. 누군가가 주입해주는 지식을 들었다고, 그저 학원에 앉아 있었다고 해서 공부를 했다고 말할 수 없다. 글쓰기 역시 마찬가지다. 글쓰기도 결국에는 혼자 해야 하는 작업이다. 혼자 써내겠다는 자신만의 의지와 열정 없이 누군가의 도움을 바라서는 결코 글을 쓸 수 없다.

물론 코칭 과정에서 동기부여와 답답함을 위로 받을 수는 있겠지만 글을 쓴다는 것, 책을 쓴다는 것은 결국엔 홀로 해내야 한다.

여럿이서 글쓰기 강의는 들을 수 있지만 실제적인 글쓰기는 혼자 앉아 있는 시간에 이루는 것이다. 그 시간의 외로움을 온전히 자기 것으로 끌어안고 이리저리 부딪히고 고군분투하며 쓰는 것이다. 글쓰기는 결국 혼자 해내야 하는 작업이다. 글쓰기의 요령은 강의실에서 배울 수 있다. 하지만 글쓰기의 실제는 자신의 책상 앞에 앉아서 배우는 것이다.

하지만 위대한 작가들 또한 다른 사람에게 도움을 얻어 글을 쓰기도 했다.

러시아의 대문호 니콜라이 고골의 이야기다. 그는 급하게 돈이 필요해 짧은 작품을 하나 써야했는데 도대체 무엇에 관해 써야 할지 소재가 떠오르지 않아 자신의 지원자이자 친구인 알렉산드르 푸시킨에게 도움이 될 만한 것이라면 어떤 조언이라도 해달라고 아주 절박한 부탁을 했다. 푸시킨은 고골에게 도움을 주었고 고골은 작품을 쓸 수 있었다. 그 작품은 바로 문단의 큰 호평을 받았던『검찰관』이다.

글쓰기에 도움을 얻는 것은 잘못된 일이 아니다. 책 쓰기 코칭으로 어느정도 글쓰기에 도움을 받을 수는 있다. 하지만 기억해야 할 것은 누군가를 전적으로 의지해서는 글쓰기를 제대로 할 수 없다는 것이다. 누군가의 도움을 받아야만 글쓰기를 할 수 있다면 그 방법은 잘못된 것이다. 결국에는 혼자 남는 시간이 오게 된다. 이 시간에 글쓰기를 홀로 감내할 수 있어야 제대로 된 도움을 받은 것이라 할 수 있을 것이다.

글쓰기 특강 역시 말그대로 '특강'일 뿐이다. 매일 먹는 음식을 특식이라고 부르지 않듯이, 특강은 어쩌다가 한 번 듣는 것에 불과하다.

글쓰기 특강과 코칭이 터무니 없이 비싸고 단기간의 성과를 중시하는 만큼 이를 경계해야 한다. 뿐만 아니라 수강자의 과한 의존적 태도 역시 경계해야할 점이다.

글은 타인에게 의존하여 나오는 것이 아니다. 직접 쓰는 것이다. 다른 사람에게 의존하여 글을 쓰고 책을 만들었다고 해서 그것을 온전히 내 것이라고 말할 수는 없을 것이다. 마라톤 선수가 한 모금의 물로 갈증을 해소 할 수는 있어도 결국엔 혼자서 외롭고 고독한 힘든 자기와의 싸움을 감내해야 하듯이 말이다.

매일 글을 써라. 강렬하게 독서해라.
그리고 나서 무슨 일이 일어나는지 한번 보자.

– 레이 브래드버리 (미국 소설가)

2부

다산의
글쓰기 전략

　다산이 유배지에서 처음부터 저술활동을 했던 것은 아니다. 다산은 주막 노파가 제공해준 골방에서 얼마간 마음을 추스르고 편지를 쓰기 시작했다. 다산은 편지 쓰기를 통해 자신의 처지를 토로하며 바깥세상과 의사소통을 했다. 시문에 대한 자신의 견해를 밝히기도 하며 사회 현실에 대한 비판적 인식을 드러내기도 했다. 뿐만 아니라 아들들에 대한 교육도 편지로 이루었다.

　유배생활이 안정되어 저술을 시작하기 이전까지, 다산에게 편지는 그 자신의 존재를 확인시켜주는 유일한 통로였다. 그렇기에 다산의 편지는 자신의 온 존재를 던져 쓴 글이라 할 수 있다.

　천주교도 탄압 사건으로 다산은 18년이라는 유배생활을 했다. 다산이 유배생활을 했던 나이는 40세에서 58세로 한창 왕성한 활동을 해야 할 나이였다. 다산은 유배지에서 자신의 인생이 끝났다고 생각했을까? 처음에는 그렇게 생각했을 수도 있다. 하지만 다산의 유배 생활 전체를 살펴보면 다산 곧 그 생각을 고쳤음을 알 수 있다. 다산은 모두가 끝이라고 말한 그곳에서 새로운 시작을 했다.

다산은 유배생활 18년간 500여 권의 책을 저술했다. 다산은 유배라는 인생 최대의 위기를 발전의 기회로, 도약의 발판으로 삼은 것이다. 다산은 자신의 상황에 절망하지 않고 지속적인 저술활동을 통해 위대한 업적을 이뤄냈다. 유배라는 절망적 상황은 다산에게 저술을 할 힘이 되었다.

다산을 두고 얘기할 때 절망을 빼놓고는 이야기할 수 없다. 다산은 인생 최고의 시절을 엄청난 절망 속에서 보냈다. 누군가는 이런 절망을 견뎌내지 못하고 자포자기하여 몰락한다. 또 누군가는 다산과 같이 자신의 인생을 한 단계 업그레이드 시키는 발전의 기회로 삼는다. 다산은 유배지에서 끝까지 살아남은 자였다. 절망 속에서 500여 권의 저술이라는 업적을 이뤄내 그는 새로운 삶을 시작했다. 유배는 다산 인생의 위기가 아닌 기회였다. 그의 인생의 끝이 아닌 새로운 시작이었다. 유배지에서의 저술은 다산 인생의 새로운 전환점이 되었다. 글쓰기는 다산의 삶을 전환시켜준 위대한 작업이었다.

로마가 하루아침에 만들어진 것이 아니듯 글쓰기 능력이란 것도 하루아침에 뚝딱 쌓이는 것이 아니다. 다산은 유배 18년 동안 자신만의 글쓰기를 꾸준히 했다. 그 결과물이 500여 권의 저서이다.

전략 1 : 근본

내가 몇 년 전부터 독서에 대하여 깨달은 바가 무척 많은데 마구 잡이로 그냥 읽어 내리기만 하는 것은 하루에 천백번을 읽어도 오히려 읽지 않은 것과 마찬가지다. 무릇 독서할 때 도중에 의미를 모르는 글자를 만날 때마다 널리 고찰하고 연구하여 그 근본 뿌리를 파헤쳐 글 전체를 이해할 수 있어야 한다. 날마다 이런 식으로 책을 읽는다면, 한 가지 책을 읽더라도 수백 가지의 책을 엿보는 것이다. 이렇게 읽어야 읽는 책의 의리를 훤히 꿰뚫어 알 수 있게 되는 것이니 이 점을 꼭 알아야 한다.

독서를 하려면 반드시 먼저 근본을 확립해야 한다. 근본이란 무엇을 일컬음인가. 학문에 뜻을 두지 않으면 독서를 할 수 없으며, 학문에 뜻을 둔다고 했을 때에는 반드시 먼저 근본을 확립해야 한다. 근본이란 무엇을 일컬음인가. 오직 효제가 그것이다. 먼저 반드시 효제를 힘써 실천함으로써 근본을 확립해야 하고, 근본이 확립되고 나면 학문은 자연스럽게 몸에 배어들고 넉넉해진다.

다산은 독서에 대해 근본(根本)을 확립해야 한다고 말했다. 다산은 그 근본으로 효제를 들었다. 효제가 아니고서는 학문의 의미가 없다고까지 말했다. 다산의 근본에 대한 신념은 독서뿐만 아니라 글쓰기에도 적용된다. 글쓰기에서의 근본은 글을 쓰는 이유이자 글쓰기에 대한 마음가짐이라 바꿔 말할 수 있다. 다산의 글쓰기의 근본은 애민이었다. 그는 글쓰기를 두고 애민의 목적으로 쓰는 것이 아니라면 필요 없는 것이라고 했다.

다산이 글을 썼던 이러한 이유를 오늘날 우리에게 그대로 적용하는 것은 무리일 것이다. 조선시대를 산 사대부였던 다산은 당대에 진보적인 실학자이긴 했으나 그 사상의 깊은 뿌리는 유교에 있었다. 유교에서 중시하는 것이 충효인데 다산이 독서의 근본으로 강조했던 효제는 유교의 영향으로부터 완전히 자유로울 수 없는 것이었다.

그렇다면 오늘날 우리에게 다산의 첫 번째 글쓰기 전략인 '근본'은 아무런 쓸모가 없는 것일까? 그렇지 않다. 다산이 효제라는 목적의식을 갖고 독서를 하고, 애민이라는 목적의식으로 글쓰기를 했듯이 우리 역시 각자 자신만의 글쓰기의 이유를 갖고 글쓰기를 해야한다. 그렇지 않고서는 글쓰기를 지속하기 어렵다.

'근본'이라는 단어의 뜻은 어떠한 것의 본바탕이라는 사전적 의미를 갖고 있다. 본바탕은 밑바탕과 같은 말이다. 글쓰기의 근본은 글쓰기의 밑바탕이다. 글쓰기의 밑바탕은 무엇일까? 글쓰기의 밑바탕은 글쓰기의 기본기를 가리킨다. 글쓰기의 기본기가 부족하면 그 글은 허술한 글이 될 수밖에 없다. 때문에 글쓰기에는 근본이 중요하다. 글쓰기뿐만이 아니다. 운동이든 음악이든 어떤 다른 일이든 기본기가 중요하다. 기본기가 부족하면 그 뿌리가 흔들릴 수밖에 없기 때문이다. 뿌리가 흔들리는 나무는 쓰러져서 뿌리가 뽑혀버리듯이 운동이든 음악이든 기본기가 약한 사람, 그 뿌리가 약한 사람은 금방 한계를 만나 좌절하게 된다. 글쓰기도 이와 마찬가지다. 그래서 글쓰기의 기본기, 즉 근본을 강조하는 것이다.

01

역량 쌓기-1
(다독 · 다작 · 다상량)

다산이 우리에게 어떻게 근본을 다지길 요청했는지 살펴보자. 다산은 먼저 역량을 쌓으라고 했다. 역량을 쌓지 않고서는 좋은 글쓰기를 할 수 없다는 것이 다산의 첫 번째 글쓰기 전략이다.

사람이 문장을 지님은 초목에 꽃이 피는 것과 같다. 나무 심는 사람은 처음 심을 적에 뿌리를 북돋워 줄기를 안정시킨다. 이윽고 진액이 돌아 가지와 잎이 돋아나 이에 꽃이 피어난다. 꽃은 갑작스레 얻을 수가 없다. 정성을 쏟아 바른 마음으로 그 뿌리를 북돋우고, 도타운 행실로 몸을 닦아 그 줄기를 안정시킨다. 경전을 궁구하고 예법을 연구하여 진액이 돌게 하고, 널리 예를 익혀 가지와 잎을 틔워야 한다. 이때 깨달은 바를 유추하여 이를 축적하고, 축적된 것을 펴서 글을 짓는다. 이를 본 사람이 문장이라고 여기니, 이것을 일러 문장이라 한다. 문장이란 것은 갑작스레 얻을 수가 없다.

아름다운 꽃이 글쓰기라면 그 꽃을 받들고 있는 줄기와 뿌리는 역량이다. 줄기와 뿌리가 튼튼하지 못한 꽃은 금방 시든다. 이처럼 다산은 글쓰기에 대한 근본으로 역량을 쌓으라고 말했다. 그 글쓰기 역량의 가장 기본이 되는 것이 바로 독서다. 글쓰기의 기본기는 독서로 축적되는 것이다. 글쓰기의 재능은 어느 날 갑자기 생겨나는 것이 아니라 독서로 차근히 쌓아 올린 역량으로부터 나오는 것이다.

(…) 학식은 안으로 쌓이고 문장은 겉으로 펴는 것일세. 기름진 음식을 배불리 먹으면 살가죽에 윤기가 나고, 술을 마시면 얼굴에 홍조가 피어나는 것과 다를 게 없지. 그러니 어찌 문장만 따로 쳐서 취할 수가 있겠는가? (…) 사서(四書)를 내 몸에 깃들게 하고, 육경(六經)으로 내 식견을 넓히며, 여러 사서로 고금의 변화에 통달하게 해야겠지.

(…) 내가 마음속에 자욱하게 쌓아둔 것이 큰 바다가 넘치듯 넘실거려 한바탕 세상에 내놓아 천하 만세의 장관이 되게 하고 싶은 생각이 들게 되네. 그 형세를 능히 가로막을 수 없게 되면 내가 드러내려 했던 것을 한바탕 토해놓지 않을 수가 없게 된다네. 이를 본 사람들이 서로들 "문장이다!"라고들 하니, 이런 것을 일러 문장이라 하는 것일세. 어찌 풀을 뽑고 바람을 우러르며 빠르게 내달려, 이른바 문장이란 것만을 구하여 붙들어 삼킬 수가 있겠는가? (…)

앞서 꽃과 뿌리의 비유로 글쓰기와 독서의 관계를 살펴보았다. 다산은 이번엔 음식과 술로 그 관계를 다시 조명하고 있다. 기름진 음식을 먹으면 살가죽에 윤기가 나고 술을 마시면 얼굴에 홍조가 피어나듯이 독서로 역량을 쌓으면 그 역량이 글쓰기에 자연스럽게 드러난다는 것이다.

다산은 글쓰기의 역량을 쌓는 방법으로 독서를 제시했다. 그렇다면 글쓰기의 역량을 쌓는 방법에는 독서밖에 없을까? 아니다. 글쓰기를 잘하기 위한 방법으로 가장 많이 거론되는 말이 있다. 많이 읽고, 많이 쓰고, 많이 생각하라는 것이 그것이다. 아무리 봐도 글쓰기를 잘하기 위한 방법으로는 이만한 것이 없는 것 같다. 다른 방법이 있다면 그것은 단기간에 반짝 성과를 보이려는 눈가림일 뿐 글쓰기의 흔들리지 않는 뿌리를 키우는 진정한 방법은 아니다. 이처럼 글쓰기의 역량을 쌓는 방법에는 별 다를 것이 없다. 다산은 이런 말을 했다.

내가 황상에게 문사를 공부하라고 권했다. 그는 쭈뼛쭈뼛하더니 부끄러운 빛으로 사양하며 이렇게 말했다. "선생님! 제가 세 가지 병통이 있습니다. 첫째는 너무 둔하고, 둘째는 앞뒤가 꽉 막혔으며, 셋째는 답답한 것입니다."

내가 말했다. "배우는 사람에게 큰 병통이 세 가지 있다. 네게는 그것이 없구나. 첫째, 외우는 데 민첩한 사람은 소홀한 것이 문제다. 둘째, 글 짓는 것이 날래면 글이 들떠 날리는 게 병통이지. 셋째,

깨달음이 재빠르면 거친 것이 폐단이다. 대저 둔한데도 계속 천착하는 사람은 구멍이 넓게 되고, 막혔다가 뚫리면 그 흐름이 성대해진다. 답답한데도 꾸준히 연마하는 사람은 그 빛이 반짝반짝하게 된다. 천착은 어떻게 해야 할까? 부지런히 해야 한다. 뚫는 것은 어찌하나? 부지런히 해야 한다. 연마하는 것은 어떻게 할까? 부지런히 해야 한다. 내가 어떤 자세로 부지런히 해야 할까? 마음을 확고하게 다잡아야 한다. 당시 나는 동천여사에 머물고 있었다.

다산이 가장 아꼈던 제자 황상에게 했던 말이다. 글쓰기에는 왕도가 없다. 왕도가 있다면 마음을 다잡고 부지런히 하고, 부지런히 하고, 부지런히 하는 수밖에 없다. 부지런히 할 것은 많이 읽고, 많이 쓰고, 많이 생각하기다.

무엇이든 최고에 이르는 길은 이것저것 잡다하게 하는 것이 아니라 가장 기초적인 것을 되풀이 하는 것에 있다. 그것이 최선의 방법이다. 글쓰기는 음악이나 운동과 같다. 운동을 잘하기 위한 지름길은 없다. 지름길이 있다면 그것은 꾸준히 하는 것이다. 글쓰기 또한 꾸준히 하면 잘하게 된다. 글쓰기를 잘하기 위해 꾸준히 해야 할 것은 많이 읽고, 많이 쓰고, 많이 생각하는 것이다. 이것이 글쓰기의 기초를 닦는 일이요, 글쓰기의 역량을 키우는 일이다. 많이 읽기, 많이 쓰기, 많이 생각하기로 역량을 쌓으면 다산이 말했던 것처럼 큰 바다가 넘치듯 넘실거려 그 형세를 능히 가로막을 수 없는 글이 나오게 될 것이다.

많이 읽기

많은 사람들이 글쓰기는 어려운 것이라 생각한다. 무작정 글을 쓰려고 한다면 이는 당연한 말이다. 글쓰기가 어렵다고 느끼는 것은 쓸 이야깃거리가 없기 때문이다. 많이 넣으면 많이 나오는 것이 이치이듯 독서를 통해 글감을 머릿속에 차곡차곡 쌓아두면 글쓰기를 할 때 글감이 머릿속에서 자연스럽게 나온다. 반대로 넣은 것이 없으면 나올 것도 없다. 이러한 독서의 과정을 거치지 않아 쓸 이야깃거리가 없는 상태에서 글쓰기를 하려 하기 때문에 글쓰기는 어려운 것이 된다.

글쓰기에 대한 부담을 없애고 글쓰기를 즐겁게 하려면 쓸 이야깃거리를 찾아놓아야 한다. 이야깃거리를 찾는 가장 좋은 방법이자 가장 쉬운 방법이 독서다. 독서는 글쓰기의 문을 열어주는 열쇠나 마찬가지다. 다산의 말처럼 독서는 글쓰기라는 꽃을 피우는 방법이다. 글에 윤기가 나게 하고 홍조를 띠우는 방법이 바로 독서다. 글쓰기를 하려면 먼저 독서의 방법을 알아야 한다. 그렇다면 독서는 어떻게 해야 할까?

다산은 독서의 방법으로 정독(精讀)을 강조했다. 정독이란 글을 아주 꼼꼼하게 읽는 것을 말한다. 다산은 한 권의 책을 읽더라도 독서에 집중하여 그 내용을 완벽하게 이해해야 한다고 강조했다. 이 책 저책 손대며 얄팍한 지식을 쌓는 것은 진정한 발전에 도움이 되지 않기 때문이다. 정독은 곧 집중하는 독서다. 독서에 집중하지 않으면 읽는 책의 내용을 내 것으로 만들 수 없다. 수박 겉핥기식의 독서로는 책에 담긴 진리를 온전히 습득할 수 없기 때문이다. 집중하지 않은 독서는 별다른 도움이 되지 않는 행위이다.

　어떠한 개념에 대한 지식이 없으면 우리는 생각조차 할 수 없다. 어떠한 질문을 받았을 때 아무런 대답도 못하고 그 질문에 대해 아무런 생각도 못하는 것은 질문한 것에 대한 어떠한 정보도 알지 못하기 때문이다. 알지 못하면 생각할 수도 없다. 어떤 지식이나 정보가 있어야만 그와 관련된 것을 생각해 볼 수 있는 것이다. 아는 바가 있어야만 그것에 대해 생각해 볼 수 있고 그것에 대해 말을 할 수 있으며 그것에 대해 쓸 수 있다. 이처럼 주변지식의 습득은 글쓰기에 있어서 중요한 요소가 된다.

　글쓰기는 지식과 정보 습득, 즉 읽기로부터 시작된다. 이러한 읽기가 없으면 글쓰기는 이내 어려움에 부딪히게 된다. 지식이 없으면 제대로 생각할 수가 없는데 이 말은 읽지 않으면 쓸 수 없다는 말과도 같다. 보고 듣고 읽은 것이 많을수록 식견이 풍부해진다. 식견이 풍부하다는 것은 글감이 많이 축적되었다는 말이다. 축적된 글감이 많아야 글쓰기가 어렵지 않고 부담스럽지 않다.

　이처럼 읽기의 수준은 사고의 수준과 쓰기의 수준을 결정짓는다. 독서의 폭이 좁으면 좋은 글이 나오기 어렵다. 독서의 수준이 달라지지 않으면 생각하는 수준이 달라지지 않고 또, 글쓰기 수준도 달라지지 않는다. 때문에 글쓰기를 잘하기 위해서는 독서가 뒷받침되어야 한다.

글쓰기를 통해 말하고자 하는 바를 잘 전달하려면 모아놓은 자료를 잘 연결하고 조직화해야 한다. 자료끼리의 연결 방법과 조직화 방법이 다양하면 다양할수록 다른 사람들과는 차별화된 글이 된다. 다양한 연결 방법을 갖추려면 일단 자료가 다양하게 갖춰져 있어야 한다. 자료가 많으면 여러 가지 연결 방법을 시도해볼 수 있다. 연결할 방법의 수가 많아지는 것이다. 연결 방법의 수가 많아지면 자료를 조직화하는 수준이 달라진다. 때문에 많은 경험을 하고 지식을 쌓고 정보를 습득하는 것이 중요한 것이다. 내면에 저장된 정보량이 글쓰기의 질을 좌우하기 때문이다. 내면에 정보량이 많이 쌓일수록 글쓰기를 하는 데 유리해진다. 많은 독서와 경험이 강조되는 것은 많이 보고 많이 느끼는 만큼 자료에 대한 접근법이 다양해지기 때문이다.

아무리 대단한 요리사여도 재료가 좋지 못하면 맛있는 음식을 만들어내기 어렵다. 글쓰기도 이와 비슷하다. 좋은 글을 쓰려면 좋은 글감이 있어야 한다. 글을 쓰는 재주가 뛰어나도 소재가 빈약하면 몇 줄 이어나가지 못한다. 좋은 글감은 가만히 있어서는 얻을 수 없다. 만화가 허영만은 '만화는 발로 그리는 것'이라고 말했다. 좋은 소재를 찾기 위해 그만큼 돌아다니며 취재를 했다는 것이다. 하지만 우리는 전업 작가가 아니기 때문에 글감을 찾기 위해 많은 시간을 들여 돌아다닐 수 없다. 그렇다면 전업 작가가 아니면 좋은 글을 쓸 수 없는 것일까? 그렇지 않다. 우리의 삶 자체도 글감이 될 수 있다. 다른 사람들과의 대화, 여행, 깊은 고민 등을 허투루 넘기지 않고 찬

찬히 살피면 그 속에서 얼마든지 좋은 글감을 찾을 수 있다. 일상을 이전과 다른 눈으로 보기 시작하면 어디서든 새로운 글감이 튀어나올 것이다. 일상에 세밀한 관심을 기울인다면 전업 작가가 아니더라도 직접 경험에서 얼마든지 글감을 찾아낼 수 있다.

글감을 쌓기 위해서는 간접경험도 필요하다. 책을 비롯한 신문과 잡지 같은 다양한 읽을거리부터 텔레비전, 라디오, 인터넷과 같은 시청각 매체까지 모두 간접경험의 중요한 통로가 된다. 간접경험을 말할 때 가장 많이 언급되는 것이 독서다. 책은 인터넷과 같은 매체보다 믿을만하기 때문이다. 책은 특정 주제를 긴 분량으로 체계적으로 심도 있게 파헤치고 비교적 믿을만하고 보기 편하게 정리된 형식으로 제공된다. 이에 반해 인터넷 정보는 책에 비해 호흡이 상대적으로 짧아 설명이 불충분할 수 있다. 또한 익명으로 제시되는 정보이기 때문에 그 정보의 정확성에 대해서도 의심해 볼 여지가 많이 있다. 정보를 얻기 위한 방법으로 인터넷보다 독서를 권장하는 것이 이러한 이유에서이다.

많이 쓰기

다산은 저술을 하기 위한 글쓰기 방법으로 질서(疾書)와 초서(鈔書)를 활용했다. 이는 『다산의 독서 전략』(권영식 저, 글라이더)에서도 언급되는 내용으로 글쓰기 훈련법이기도 하다. 그만큼 독서와 글쓰기는 떼려야 뗄 수 없는 관계이다. 특히 글쓰기를 말할 때 독서를 빼놓을 수 없는 것은 글쓰기와 독서는 상호작용을 이루기 때문이다.

질서는 책을 읽을 때 깨달은 것을 잊지 않기 위해 빨리 메모했던 방법을 말한다. 질서를 했던 이유는 스스로 깨닫고 학문에 대한 자신의 견해를 튼튼히 세우기 위함이었다. 깨달음이 있으려면 의심이 있어야 한다. 글쓴이가 왜 이런 주장을 하고 여기서는 왜 이러한 표현을 했는지 의심해보고 생각해봄으로써 깨달음에 이르도록 하는 독서법이자 메모 방법이다.

초서는 책을 읽다가 중요한 글이 나오면 옮겨 적는 것을 말한다. 이러한 메모는 책의 핵심 내용을 자기 것으로 만들 수 있는 효과적인 방법이다. 초서는 글쓰기, 특히 저술을 염두에 둔 독서법이자 메모 방법으로써 발췌를 의미한다.

나는 임술년(1802년) 봄부터 책을 저술하는 일에 마음을 기울이고 붓과 벼루를 옆에 두고 밤낮으로 쉬지 않으며 일해 왔다. 그래서 왼쪽 팔이 마비되어 마침내 폐인이 다 되어가고 시력이 아주 형편없이 나빠져 오직 안경에 의존하고 있는데 이렇게 하는 일이 무엇 때문이겠느냐?

다산이 자신의 아들들과 조카를 위해 밤낮 쉼 없이 저술에 몰두하고 있음을 토로하는 편지 내용이다. 다산은 유배지에서 팔이 마비되고 시력이 나빠질 정도로 저술에 몰두하여 500여 권이나 되는 많은 책을 만들었다. 다산이 그 수많은 책을 쓸 수 있었던 것은 수없이 많은 시간을 글쓰기에 쏟아 부었기 때문이다. 좋은 글을 쓰는 것도 마찬가지다. 좋은 글이 나올 때까지 끊임없이 쓰면 되는 것이다. 글쓰기의 결과물을 남기려면 일단 써야 한다는 것을 명심하자.

산방에 처박혀 하는 일이라곤 책 읽고 초서하는 것뿐입니다. 이를 본 사람은 모두 말리면서 비웃습니다. 하지만 그 비웃음을 그치게 하는 것은 나를 아는 것이 아닙니다. 우리 선생님께서는 귀양살이 20년 동안에 날마다 저술만 일삼아 복사뼈가 세 번이나 구멍났습니다. 제게 삼근의 가르침을 내려주시면서 늘 이렇게 말씀하셨지요. "나도 부지런히 노력해서 이것을 얻었다." 몸으로 가르쳐주시고 직접 말씀을 내려주신 것이 마치 어제 일처럼 귓가에 쟁쟁합니다. 관뚜껑을 덮기 전에야 어찌 그 지성스럽고 뼈에 사무치는 가르침을 저버릴 수 있겠습니까?

다산의 제자 황상의 말이다. 다산이 얼마만큼 저술에 몰두했는지 엿볼 수 있는 일화다. 다산의 저서 500여 권은 그냥 만들어진 것이 아니었다. 다산은 한번 앉으면 복사뼈에 구멍이 날 정도로 많이 쓰기를 했던 것이다.

만두귀를 보면 싸움을 피하라는 말이 있다. 다산의 복사뼈 일화를 보며 떠오른 말이다. 운동선수들에게서 볼 수 있는 만두귀는 그만큼 고된 수련을 거쳤다는 징표이기도 하다. 귀가 변형될 만큼 자신의 종목을 단련했을 선수들의 모습은 복사뼈에 구멍이 나도록 글쓰기를 했던 다산의 모습과 겹친다. 운동선수들의 만두귀와 실력이 그냥 만들어지는 것이 아니라 끊임없이 반복되는 훈련으로 만들어 지듯이 글쓰기 실력도 저절로 생기는 것이 아니라 부단한 노력으로 연습을 하는 중에 생기는 것이다.

글쓰기 실력은 써 본만큼 늘어난다. 이론을 잘 알고 있다 하더라도 그 이론을 내 것으로 만들기 위해서는 글쓰기를 실제로 해봐야 하는 것이다. 글을 쓰는 과정을 통해서만 글쓰기를 내 것으로 체득할 수 있다. 글쓰기의 대가라 할지라도 처음부터 좋은 글을 쓸 수 있었던 것은 아니었다. 처음부터 좋은 글을 쓸 수 있는 사람은 그리 많지 않다. 그러니 처음부터 완벽한 글을 쓰겠다는 생각은 버리자. 초라하고 형편없는 모습의 내 글과 마주하게 되는 것을 두려워하지 말고 일단 글쓰기를 시작하자. 시작하는 것이 무엇보다 중요하다. 글은 점차 나아질 것이다.

많이 생각하기

학문의 종지는 먼저 큰 줄거리를 결정한 뒤에 저술해야 쓸모가 있게 됩니다. 대저 그 방법은 효제를 바탕에 두고, 예악으로 꾸미며, 감형 · 재부 · 군려 · 형옥을 아우르고, 농포 · 의약 · 역상 · 산수 · 공작의 기술을 씨줄로 삼아야 거의 온전하게 될 것입니다. 무릇 저서할 때에는 매번 이 항목을 점검하여, 여기에서 벗어난 것은 지을 필요도 없습니다.

다산은 형 정약전의 글을 보며 효제를 바탕으로 실용에 기여하는 내용이어야 한다고 말했다. 여기에 해당하지 않는 것이라면 저술할 가치조차 없다고 말했다. 이런 이유로 정약전의 글의 근본은 애민의 마음에서 나왔으니 반드시 만들어야 될 책이라고 했다.

　다산이 글을 쓰는 목적은 애민이었다. 때문에 형, 정약전에게도 글을 쓰는 목적이 애민이 아니면 글을 쓸 이유가 없다고 말한 것이다. 다산의 이러한 글쓰기의 근본에 대한 신념을 우리에게도 적용해볼 수 있다. 쓰고자 하는 글에 대하여 왜 이 글을 써야하는지 생각해보는 것은 중요한 일이다. 목적이 없는 글은 존재의 이유가 없는 글이나 마찬가지이기 때문이다.

　하버드 대학교의 낸시 서머스 교수의 연구를 살펴보자. 그는 박사 논문을 쓰는 사람들을 대상으로 글을 잘 쓰는 사람과 그렇지 못한 사람의 차이점을 살펴봤다. 글을 잘 쓰지 못하는 사람은 문장을 꾸미고 고치는 것에 대부분의 시간을 집중했고 글을 잘 쓰는 사람은 글을 써야 하는 이유에 대해 깊이 생각했다고 한다.

　글을 잘 쓰는 사람은 '글을 읽을 사람이 누구인지', '글의 구성을 어떻게 할 것인지'에 대해 깊이 생각했다. 하나하나의 작은 문장에 신경 쓰는 것보다 더 큰 틀에서 글의 전체적인 모양새를 어떻게 만들어야 할지, 왜 쓰는지에 대해 깊이 생각한 것이다. 이러한 생각하는 과정에서 글을 잘 쓰는 능력이 나왔다는 것이 낸시 서머스 교수의 주장이다. 이것은 쓰려는 글에 대해 어떤 생각을 하느냐에 따라 글쓰기 능력이 달라진다는 것을 의미한다.

　생각하기가 곧 글쓰기의 자양분인 셈이다. 글쓰기를 할 때에 왜 써야하는지, 그리고 어떻게 써야할지 스스로에게 질문해보자. 그 질문에 대한 답변을 생각하는 사이에 글쓰기는 더 나은 방향으로 나아갈 준비를 하게 될 것이다. 질문에 쉽게 대답하지 못했을지라도 너무 걱정하지는 말자. 그 대답은 글쓰기를 하는 도중에 발견될 수도 있다. 질문은 다양한 생각을 할 수 있도록 도와주고 하나의 현상을 두고 여러 측면에서 바라볼 수 있는 관점을 갖게 해준다.

생각하기는 간접경험으로써의 독서와 직접적인 경험의 중간 지대에 해당하는 것으로써 글쓰기의 중요한 요소 중 하나이다. 독서는 적은 시간에도 방대한 자료를 접할 수 있다는 장점이 있지만 생동감이 떨어질 수도 있다는 단점이 있다. 직접적인 경험은 생생한 글감을 제공한다는 장점이 있지만 시간과 물질적인 측면에서 제한된다는 단점이 있다. 이 둘의 장점을 살리고 단점은 보완해주는 것이 생각하기이다. 생각하기는 간접경험과 직접적인 경험을 적절하게 조합하여 생생하면서도 풍성한 글을 쓸 수 있도록 도와준다.

이에 여러 가지 예시를 다 거두어 넣어두고, 오로지『주역』한 부만 가져다가 책상 위에 얹어놓고 마음을 쏟아 깊이 탐구하며 밤으로 낮을 이었지요. 계해년 3월부터는 눈으로 보고 손으로 만지며 입으로 읊조리는 것, 마음으로 사색하고 필묵으로 베껴적는 것에서, 밥상을 마주하고 뒷간에 가고 손가락을 튕기고 배를 문지르는 것에 이르기까지 어느 것 하나『주역』아닌 것이 없었습니다.

다산은 『주역』을 이해하기 위해 밤낮으로 끊임없이 『주역』만을 생각했다고 한다. 다산은 『주역』을 온갖 것에 연결 지어 생각했다. 밥을 먹을 때나 화장실에 갈 때나 배를 긁는 것까지 다산은 『주역』을 생각하지 않을 때가 없었다. 다산은 『주역』을 자기의 것으로 만들기 위해 생각하기를 결코 멈추지 않았던 것이다. 그 결과는 어땠을까?

이제 설괘의 글과 변도의 법을 취하여 384개의 효사를 잠심구색 해보면, 글자마다 부합되고 구절마다 맞아떨어져서 의심스럽고 꽉 막혀 통하지 않는 것이 조금도 없습니다. 도저히 이해할 수 없는 오묘하고 은미한 말로 홍공거유조차 문만 바라보고 달아났던 것도 파죽지세로 그 칼날 아래 이해되지 않는 것이 없습니다.

구절마다 맞아떨어지고 통하지 않는 것이 조금도 없으며 파죽지세로 이해되지 않는 것이 없는 상태가 되었다고 한다. 다산의 속이 얼마나 시원했던지 글에서 다산의 기쁜 마음이 느껴질 정도다. 이것이 생각하기의 힘이다. 생각하기를 거치면 여러 정보들이 맞아떨어져 통하게 된다. 즉, 정보들 상호간에 연결이 되기 시작하는 것이다. 생각하는 과정을 거치지 않으면 이러한 정보의 결합은 일어나지 않는다. 생각하기를 거쳐 여러 정보들이 연계되기에 이를 때 자신만의 시선이 담긴 좋은 글을 쓸 수 있다.

역량 쌓기-2
(이완)

많이 읽고, 많이 쓰고, 많이 생각하는 것과 같이 머리 아픈 방법만이 역량 쌓기의 유일한 방법인 것은 아니다. 다산은 느슨한 마음으로 글쓰기를 즐기기도 했다. 다산은 벗들과 함께 어울릴 줄도 알았고 자연을 느끼며 기행을 즐길 줄도 알았다. 다산은 「세검정에서 노닌 기」에 벗들과 세검정에 다녀온 일을 기록하고 있다. 다산이 벗들과 즐겁게 여흥을 즐기는 모습을 이 기록에서 엿볼 수 있다. 뿐만 아니라 다산의 묘사를 통해 소나기가 내리는 날의 세검정의 아름다움도 살펴볼 수 있다. 아래는 「세검정에서 노닌 기」의 부분이다.

세검정의 빼어난 풍광은 오직 소낙비에 폭포를 볼 때뿐이다. 그러나 막 비가 내릴 때는 사람들이 옷을 적셔가며 말에 안장을 얹고 성문 밖으로 나서기를 내켜하지 않고, 비가 개고 나면 산골물도 금

새 수그러들고 만다. 이 때문에 정자가 지편 푸른 숲 사이에 있어
도 성중의 사대부 중에 능히 이 정자의 빼어난 풍광을 다 맛본 자
가 드물다. (…)

마침내 말을 재촉하여 창의문을 나섰다. 비가 벌써 몇 방울 떨어
지는데 주먹만큼 컸다. 서둘러 내달려 정자 아래 수문에 이르렀다.
양편 산골짝 사이에서는 이미 고래가 물을 뿜어내는 듯하였다. 옷
자락이 얼룩덜룩했다. 정자에 올라 자리를 벌여놓고 앉았다. 난간
앞의 나무는 이미 뒤집힐 듯 미친 듯이 흔들렸다. 상쾌한 기운이 뼈
에 스미는 것만 같았다.

이때 비바람이 크게 일어나 산골물이 사납게 들이닥치더니 순식
간에 골짜기를 메워버렸다. 물결은 사납게 출렁이며 세차게 흘러
갔다. 모래가 일어나고 돌멩이가 구르면서 콸콸 쏟아져 내렸다. 물
줄기가 정자의 주춧돌을 할퀴는데 기세가 웅장하고 소리는 사납기
그지없었다. 난간이 온통 진동하니 겁이 나서 안심할 수가 없었다.
내가 말했다. "자! 어떤가?" 모두들 말했다. "여부가 있나!"

술과 안주를 내오라 명하여 돌아가며 웃고 떠들었다. 잠시 후 비
는 그치고 구름이 걷혔다. 산골물도 잦아들었다. 석양이 나무 사이
에 비치자 물상들이 온통 자줏빛과 초록빛으로 물들었다. 서로 더
불어 베개 베고 기대 시를 읊조리며 누웠다. (…)

이 글을 보면 원리원칙대로만 할 것 같은 대학자 다산의 다른 면
모를 알 수 있게 된다. 다산의 위대한 업적에 가려진 다산의 또 다른

모습이라 하겠다. 다산 정약용이라 하면 위대한 사상가, 엄격한 아버지의 모습이 먼저 떠오르는데 이 글을 보면 다산이 벗들과 즐겁게 어울릴 줄도 아는 사람이었고 자연의 아름다움도 즐길 줄 아는 사람이었음을 발견하게 된다.

앞에서 살펴본 역량 쌓기는 다소 경직된 역량 쌓기였다. 이와 반대로 「세검정에서 노닌 기」에서는 이완된 역량 쌓기에 가깝다.

다산의 예를 오늘날 우리에게 적용해본다면 다양한 사람들과의 만남, 다양한 곳으로의 여행이 글쓰기를 위한 역량 쌓기의 또 다른 방편이 될 수 있다는 것이다. 이러한 이완적 역량 쌓기에는 만남과 여행만 있는 것이 아니다. 그동안 겪어보지 못했던 다른 경험, 다른 접촉 그 어떤 것이라도 글쓰기를 위한 역량 쌓기가 된다.

글쓰기에 도움이 되지 않는 경험이란 없다. 모든 경험은 글쓰기에 도움이 된다. 모든 경험은 역량 쌓기 방법이다. 특별한 경험도 역량 쌓기의 방법이 되고 특별하지 않은 경험도 역량 쌓기의 또 다른 방법이 된다. 특별하지 않은 경험일지라도 얼마든지 글감이 될 수 있다. 우리의 오감을 자극하고 인식의 환기를 불러오는 것들이라면 그 어떤 것도 글쓰기를 위한 역량 쌓기가 된다.

이완적 역량 쌓기는 익숙한 것으로부터의 도망이기도 하다. 다산의 일화 한 가지를 더 보자. 「천진암에서 노닌 기」에는 다산이 가족들 곁으로 가 물고기를 잡고 형제들과 같이 산을 거닐었던 즐거운 한 때가 기록되어있다. 다산은 가족들과 자연 경치를 즐기고 싶은 마음에 근무지 이탈까지 감행했다고 썼다. 다산은 근무지로 다시 돌아올 때 20여 편의 시를 얻었다고 한다. 다산은 일탈을 하는 중에도 글쓰기의 끈을 놓지 않았다. 모든 것을 글쓰기와 연관 지어 생각하고 모든 것에서 글감의 가능성을 찾았던 것이다. 일탈을 통해 경험한 낯선 감각은 글쓰기에 있어서 의외의 결과물을 가져다주기도 한다. 다산은 이처럼 훌쩍 길을 나서서 바람을 쐬고 돌아오는 것도 글쓰기의 역량 쌓기로 활용했다. 다산은 긴장의 역량 쌓기뿐만 아니라 이완적 역량 쌓기도 잘 활용한 글쓴이였다.

여행하기

여행은 우리가 일상에서 미처 느끼지 못했던 것을 느끼게 해준다. 우리는 여행지에서 외부인이 된다. 외부인이 되면 모든 것을 바라보는 시선이 달라진다. 외부인 입장에서 얻게 되는 새로운 관점과 인식은 우리에게 새로운 깨달음을 가져다준다. 이러한 깨달음은 우리의 인생과 글을 더욱 풍요롭게 만든다. 하지만 여행을 많이 했다고 해서 무조건적으로 많은 깨달음을 얻게 되는 것은 아니다. 여행을 통해 깨달음을 얻고, 경험을 나만의 것으로 만들려면 자기화 과정이 필요하다. 비슷한 여행지에서의 비슷한 깨달음은 누구라도 경험할 수 있는 것이기 때문이다.

많은 것을 알고 있고, 많은 것을 경험했다고 해서 무조건 글을 잘 쓸 수 있는 것은 아니다. 많은 글을 읽고 많은 경험을 한 것은 글을 쓰는 데 좋은 글감이 될 수는 있다. 하지만 자신만의 것으로 녹여내는 자기화 과정을 거치지 않으면 누구나 쓸 수 있는 그저 그런 글감으로 그치게 되는 것이다. 자기화 과정이 없는 소재는 한낱 단편적인 지식에 지나지 않는다. 단편적인 지식과 경험을 완전히 내 것으로 체화하기 위해서는 앞서 살펴봤던 생각하기 과정을 거쳐야 한다.

관찰하기

글쓰기를 잘하기 위해서는 관찰력이 필요하다. 표현하는 힘은 관찰에서 비롯되기 때문이다. 직접 체험하고 느낀 것으로 쓰는 글과 그렇지 않고 앉아서 상상으로만 쓰는 글은 그 깊이부터 다를 수밖에 없다. 글에서 느껴지는 생동감 자체가 다르기 때문이다. 이러한 생동감의 차이는 관찰의 힘에서 나온다.

관찰력을 기르려면 삶과 사물을 살펴보는 예민한 감각이 필요하다. 글감이 없다고 하는 것은 자신의 삶과 주변에 대한 인식의 부족 혹은 무관심에서 오는 것일 수도 있다.

다른 사람들이 쉽게 지나쳐버리는 것을 쉽게 지나치지 않는 것, 일상에서 보고 듣고 느낀 것을 다시 되새겨보는 것, 사소한 것에 대해서도 질문하고 고민하는 것은 자신과 자신의 삶과 주변에 대한 인식을 보다 넓혀줄 것이다. 글쓰기를 잘하기 위해서는 어떤 것도 그냥 지나치지 않으려는 자세를 가져야 한다. 읽은 책, 접했던 언론뿐만 아니라 가족이나 친구들의 말까지도 여기에 포함된다.

요약하기

요약은 글이나 책의 핵심을 추리는 작업으로써 독서를 통해 얻은 자료를 자신의 것으로 만드는 방법이다. 좋은 글을 만들기 위한 요소 중 가장 큰 비중을 차지하는 것이 글감, 즉 자료이다. 자료가 풍성한 글은 더욱 설득력 있게 전달된다. 여러 자료들을 생각지 못했던 방법으로 묶어내면 색다른 글이 되기도 한다. 자료를 잘 활용하는 것은 이처럼 중요한 일이다.

요약한 자료를 있는 그대로 인용하는 것보다 자신만의 방식대로 다시 써내면 그 글은 더욱 풍성하고 창의적인 글이 된다. 요약을 할 수 없다는 말은 비교, 분석, 판단, 비판을 할 수 없다는 말이다. 이러한 것들을 못한다는 것은 자신의 생각을 논리적으로 풀어갈 수 없다는 말이기도 하다. 요약이란 단순히 내용을 압축하는 것이 아니다. 글이 전하고자 하는 핵심 메시지를 찾아내는 것이다. 그렇게 찾아낸 메시지를 자신만의 언어로 고쳐 쓰는 것이 요약이다. 요약은 일종의 재창조인 셈이다. 유시민 저자는 이러한 요약과 발췌로 베스트셀러 작가가 되었다고 고백하기도 했다.

요약은 글을 몸에 적극적으로 기억시키는 작업이기도 하다. 긴 글을 짧은 글로, 한 권의 책을 서너 장 분량으로 요약해보면 그냥 읽기만 했을 때에는 발견할 수 없었던 글의 구성과 핵심 문장을 발견하게 된다.

글은 구성과 핵심 문장을 뼈대 삼아 점차적으로 확장해 나가는 것이다. 요약은 전체 글속에 있는 핵심 문장과 구성을 반대로 추적해

나가는 작업이다. 요약은 한 편의 글이 말하고자 하는 핵심 문장을 찾아가는 것이다. 이러한 행위는 글쓴이의 정신적 경로를 따라가는 것으로써 베껴 쓰기와도 비슷한 특징을 갖는다. 베껴 쓰기와 요약하기는 글쓴이의 정신적 경로를 좇아갈 수 있도록 도와주는 나침반이다. 글을 베껴 쓰거나 요약하다보면 글쓴이가 설계해놓은 생각의 지도를 이해할 수 있게 될 것이다.

휴식하기

글쓰기는 작곡과도 닮은 점이 있다. 작곡을 하려면 기본적인 규칙을 따라야 한다. 하지만 그것만으로는 감명 깊은 곡이 나오지 않는다. 많은 작곡가들이 명곡은 순간적인 영감으로 인해 만들어진다고 말하는 것은 이러한 이유에 있다. 물론 오랫동안 공을 들여 만들어진 명곡이 없다는 것은 아니지만 명곡을 만들어낸 많은 작곡가들이 왜 이와 같은 말을 되풀이하는지 상기해 볼 필요는 있다.

글도 이와 비슷하다. 글의 규칙인 문법을 따르면서도 자신만의 시선이나 독창적인 아이디어가 담겨야 한다. 독창적이고 위대한 생각은 문득 떠오르는 경우가 많다. 휴식이 필요한 이유다. 쉴 새 없이 바쁘면 새로운 생각이 나올 틈이 없기 때문이다. 눈앞에 당장 처리해야 할 일이 보이면 머리는 모든 집중력을 그곳으로 쏟아 붓는다. 이때 머리는 일처리 말고는 다른 생각을 할 겨를이 없다. 그러다가 잠시 휴식을 취하거나, 어딘가로 이동하며 딴 생각을 할 때, 혹은 누군가를 기다리는 그런 짧은 순간에 갑자기 아이디어가 튀어나온다.

세상을 놀라게 한 위대한 생각들이 예기치 못한 순간에 떠올랐음을 생각해보자. 골똘히 생각하는 것도 생각의 발전을 이루는 방법이다. 하지만 도저히 생각을 굴릴 수 없는 상황에 처했을 때는 휴식을 취해주는 것이 좋다. 휴식은 좋은 아이디어와 글감을 찾기 위한 또 하나의 방법이 되기 때문이다.

역량 쌓기는 단번에 되는 것이 아니다

여러 가지 역량 쌓기의 방법들에 대해 살펴보았다. 어느 것 하나 쉬운 것이 없고, 어느 것 하나 많은 시간을 요구하지 않는 것이 없다. 글쓰기를 잘하기 위한 역량을 쌓기 위해서는 그만큼의 시간과 노력을 기울여야 한다는 것을 뜻한다. 역량을 쌓기 위해서는 시간과 노력을 기울여야 한다. 이러한 특징은 비단 글쓰기만의 특별한 점이 아니다. 글쓰기의 이치 역시 세상의 이치와 크게 다르지 않다. 글쓰기의 성과가 단기간에 나타나지 않는다고 조바심을 갖지 말고 역량 쌓기에 집중하자.

문장이란 무엇인가? 허공에 걸려 있어 쳐다볼 수 있고, 땅에 펼쳐져 있어 뛰어가 잡을 수 있는 것인가? 옛 사람은 덕을 쌓으며, 중용을 지켜 인격을 닦고, 효도와 우애, 충성과 믿음으로 행동했다. 또 시서와 예악으로 기본 몸가짐을 기르고, 『춘추』와 『역경』으로 세상 모든 사물이 변화하는 이치를 깨달았다. 즉 하늘과 땅의 올바른 이치와 모든 사물의 온갖 실정을 두루 꿰뚫었다. 그래서 대지가 모든 사물을 짊어지고 대해가 모든 물줄기를 담아내듯, 비구름이 가득하고 우레가 번쩍이듯, 마음속에 가득 쌓인 지식이 가만있지 못하고 터져 나오게 된다.

이렇게 된 뒤에 어떤 사물을 마주하여 공감을 일으키거나 그렇지 않은 것을 글로 써 밖으로 드러내면, 거대한 바닷물이 소용돌이치고 눈부신 태양이 찬란하게 빛나는 듯하다. 또한 이 글로 가깝게는 사람들이 감동하고, 멀게는 하늘과 땅이 움직이며 귀신이 탄복한다. 이것을 가리켜 '문장'이라고 하는 것이다. 이렇듯 문장이란 결코 밖에서 구할 수 없다. 문장은 마음 깊은 곳에 쌓아둔 지식에서 나오는 것이다.

글은 임기응변으로 쓰는 것이 아니다. 순간순간 몇 번은 번득이는 재치로 넘어갈 수 있겠지만 이러한 과정이 반복되면 진정한 발전을 이루지 못해 결국 한계를 만나게 된다. 글에 묵직한 힘이 실리기 위해서는 다산이 말한 것처럼 마음 깊은 곳에 쌓아둔 지식이 있어야 한다. 즉 내면에 두텁게 쌓인 역량이 있어야만 그에 걸맞은 좋은 글이 나온다는 것이다. 뛰어난 글은 겉치장으로 완성되는 것이 아니다. 이전부터 오랫동안 쌓아온 역량으로부터 나오는 것이다.

03

베껴
쓰기

마땅히 살폈어야 할 것은 다만 기물의 정교함과 군사를 조련하는 여러 가지 방법이다. 하지만 이 책은 생략하였으니 탄식할 만하다. 우리나라 사람이 표류하여 일본에 이르면 저들은 모두 새 배를 건조하여 돌려보내주었다. 그 배의 제도가 절묘하였는데, 이곳에 도착하면 우리는 모두 부숴버려 그 방법을 옮겨오려 하지 않았다. 왜관의 방과 창을 꾸미는 제도 또한 정교하고 깨끗하며 환하고 따뜻하다. 그러나 누구도 이를 본받으려 하지 않으니, 그 방법을 기록한들 무엇 하겠는가? 예전 문충공 유성룡 공이 아니었더라면 조총의 제도 또한 마침내 우리에게 전해지지 않았을 것이다.

신유한이 사신을 수행해 일본에 다녀와 적은 『해사견문록』을 다산이 읽고 탄식하며 한 말이다. 신유한이 일본의 좋은 것을 배워올 생각은 하지 않고 그들이 얼마나 야만스럽고 해괴한지에 대해서만 쓴 것에 다산은 한탄했다. 위 글에서 다산은 군사훈련 방법뿐만 아니라 일본 배의 제도를 포함한 각종 정교한 기술을 배울 필요가 있다고 말한다.

위 글을 통해 다산은 좋은 것이라면 남의 것이라도 자신에게 적용해 자신의 능력을 향상시켜야 한다는 입장임을 알 수 있다. 나에게 잘 맞지 않는 것이라도 내게 맞춰 적용하여 사용한다면 그것은 내게 큰 유익이 될 것이다. 남의 장점을 내 것으로 만들라는 것이 다산의 가르침이었다. 이러한 다산의 가르침을 글쓰기에 적용해보자.

문장가가 되고프면 유향이나 한유는 어떤 사람이냐? 라고 하면서 열심히 실천에 옮기기만 하면 될 수도 있다. 글씨 잘 써서 이름을 날리고 싶으면 왕희지나 왕헌지는 어떤 사람이냐 로부터 시작하고. 부자가 되고프면 도주나 의돈은 어떤 사람이냐 라고 하여 노력하면 된다. 무릇 하나의 하고픈 일이 있다면 그 목표되는 사람으로 한 사람을 정해놓고 그와 같은 사람의 수준에 오르도록 노력하면 그런 수준에 이를 수 있으니. 이런 것은 모두 용기라는 덕목에서 할 수 있는 일이다.

위 글에는 한 분야에서 최고가 되고 싶다면 그 분야의 최고인 사람을 모방하라는 뜻이 담겨있다. 부자가 되고 싶으면 최고의 부자를 모방해 그가 어떻게 그런 부자가 되었는지 연구하고 노력하라는 것이다. 다산은 글쓰기에 대해서도 말한다. 문장가가 되려거든 최고의 문장가를 목표로 정해놓고 그 수준에 오를 때까지 노력하라고 말이다. 좋은 글을 쓰고 싶다면 좋은 글을 따라 쓰는 연습을 하라는 것이 다산이 오늘날 우리에게 주는 가르침이라 할 수 있을 것이다.

소크라테스는 '모방은 모든 예술의 모태'라는 말을 했다. 여기에는 예술만 포함되는 것이 아니다. 기술이라든지 사업 수단이라든지 다양한 분야에서 모방은 유용하게 쓰이는 방법이다. 글쓰기 역시 마찬가지다. 글쓰기도 모방을 통해 한층 더 업그레이드할 수 있다. 글쓰기의 모방에는 무엇이 있을까? 가장 쉽게 할 수 있는 베껴 쓰기가 있다. 좋은 글을 베껴 쓰는 것은 글쓰기 실력 향상에 도움이 된다. 좋은 글을 베껴 쓰다보면 어떠한 것이 좋은 글이지 몸이 기억하게 된다. 체화하는 것이다. 우리는 말을 할 때에 주어, 목적어, 술어를 생각하지 않고 말한다. 말하기가 그만큼 우리 몸에 자연스럽게 배어있기 때문이다. 베껴 쓰기를 하면 의식하지 않고도 잘하는 말하기처럼 글쓰기도 어떻게 써야하는지 익숙해진다는 것이다. 이것이 베껴 쓰기의 비밀이다.

베껴 쓰기를 하면 어떤 변화가 일어나는지 자세히 살펴보자. 베껴 쓰기를 통하면 문장의 구조를 파악할 수 있게 된다. 아무런 생각 없이 해치우듯이 베껴 쓰는 것이 아니라 집중해서 베껴 쓰기를 하다보면 문장에 대한 이해가 깊어져 글쓴이가 숨겨놓은 의미를 파악할 수 있게 된다. 띄어쓰기와 맞춤법 역시 베껴 쓰기를 통해 자연스럽게 익히게 된다. 또한 베껴 쓰기는 글 전체의 개요를 파악하게 하고 문장 구조와 핵심 키워드를 찾을 수 있도록 도와준다.

베껴 쓰기를 하면 다른 사람의 글과 자신의 글이 똑같아져 개성을 잃어버리는 것은 아닌지 걱정을 하는 사람들도 있다. 이것은 전혀 걱정할 필요가 없는 부분이다. 내가 다른 사람의 글을 아무리 베껴 써도 내 글은 베껴 쓰는 글과 같은 글이 될 수가 없기 때문이다. 글쓴이라는 주체가 다르다는 것이 그 이유다. 베껴 쓰는 글과 내 글이 비슷할지언정 똑같을 수는 없다. 글을 쓰는 주체는 각각의 고유한 존재이기 때문에 다른 글이 나올 수밖에 없는 것이다. 걱정할 것 없다. 자신만의 특징에 베껴 쓴 글의 특징이 덧입혀진다고 생각하면 된다. 이는 절대로 같을 수가 없는 것이다. 여기에 또 다른 글쓴이의 글을 베끼면 그의 글이 또 덧입혀진다. 이러한 수없이 많은 과정을 거치다보면 어느새 그들의 특징은 지워지고 나만의 색깔을 가진 글이 나오기 시작한다. 그러니 자신의 개성이 사라질까 베껴 쓰기를 걱정할 필요가 없다. 베껴 쓰기는 반대로 나만의 개성을 찾아가기 위한 작업이다.

글쓰기에 대한 감각은 어떻게 익히는 것일까? 질문이 어렵게 느껴진다면 질문을 바꿔보자. 운동선수들은 자신의 종목에 대한 감각을 어떻게 익힐까? 별다를 것이 없다. 기초적인 동작과 기술을 무한히 반복한다. 특별할 것 없는 방법처럼 보이지만 사실 이것이 가장 특별한 방법이다. 기초의 무궁한 반복은 곧 최고로 가는 길이다. 반복은 각인의 효과를 갖는데 각인은 몸이든 정신이든 절대 잊히지 않는 감각을 새겨 넣는다.

업어치기를 주특기로 하는 유도 금메달리스트가 있다. 이 선수가 최고의 자리에 오르기까지 어떠한 연습을 가장 많이 했을까? 기초 체력단련을 제외한다면 업어치기 연습을 가장 많이 했을 것이다. 이 선수는 과연 업어치기 연습을 몇 번이나 했을까? 우리는 감히 상상하지 못할 정도로 업어치기 자세를 수없이 반복했을 것이다. 어떤 상황에서도 한 치에 흐트러짐도 없는 업어치기를 사용할 수 있게끔 말이다. 이러한 반복은 몸에 업어치기를 각인하는 작업이다.

음악가들이 음악 감각을 익히는 것도 다름이 없다. 외과학자 올리버 색스의 말을 보자. "피아니스트들은 근육이 음표와 소나타를 기억한다고 말한다. 그들은 손가락에 이러한 기억을 저장한다." 손가락에 음표와 소나타를 기억시키기 위해서는 손가락이 음표와 소나타를 기억할 때까지 반복하는 것이다.

답은 쉽다. 하지만 그 과정은 절대 쉽지 않다. 그 과정을 극복하는 사람만이 최고의 경지에 이르게 되는 것이다.

그럼 다시 질문해보자. 글쓰기에 대한 감각은 어떻게 읽힐 수 있을까? 글쓰기에 대한 감각이 생기기까지 글쓰기를 하면 되는 것이다. 그러한 방편 중 하나가 바로 베껴 쓰기인 것이다. 글을 많이 접하는 것이 글쓰기를 배우는 방법이자 글쓰기를 잘하는 방법이다. 베껴 쓰기로 글을 많이 접함으로써 글쓰기에 대한 감각을 체득할 수 있다. 글쓰기는 글쓰기로 배우는 것이다. 베껴 쓰기는 몸으로 글쓰기를 기억하는 훈련법이다.

베껴 쓰기는 쓰기뿐만이 아니라 읽기에도 좋은 영향을 끼친다. 베껴 쓰기를 통해 글을 옮겨 쓰는 작업을 하려면 우선 신중하게 읽는 작업이 선행되어야 한다. 신중하게 읽기는 읽기 능력에 좋은 영향을 끼친다. 단어와 문장에 더 민감해지도록 만들어준다. 이러한 좋은 영향은 글쓰기에도 미치게 된다. 단어와 문장에 민감해진 읽기 능력은 글쓰기 능력을 향상시켜 글을 더욱 감각적으로 쓸 수 있게 만들어준다.

베껴 쓰기는 글쓰기에 대한 안목을 키우는 일이다. 베껴 쓰기를 통해 단어와 문장, 단락을 파악할 수 있게 되면 글쓰기에 대한 안목도 생기게 마련이다. 이러한 안목이 생겼을 때에야 글을 구성하는 능력도 생긴다. 같은 내용의 글이라도 구성에 따라 주제가 더 효과적으로 전달될 수도 있고 분위기가 바뀌기도 한다. 베껴 쓰기는 이러한 구성 감각을 길러준다.

베껴 쓰기란 잘 쓰인 글이 지니는 구성력, 사고력, 표현력을 내 것으로 만드는 일이다. 다른 사람의 유익한 것을 내 것으로 만드는 것, 이것이 다산의 가르침이었다. 다산은 좋은 것을 내 것으로 만들라고 우리에게 주문했다. 좋은 글쓰기 방법을 내 것으로 만들어야 내 글도 좋은 글이 된다. 베껴 쓰기는 내 글을 업그레이드하는 방법이다.

베껴 쓰기를 실제적으로 시작하기 위해서는 먼저 베껴 쓸 좋은 글을 찾아야 한다. 좋은 글을 베껴 써야 함은 너무나도 당연한 말이다. 좋지 않은 글을 베껴 쓰면 잘못된 글쓰기 습관이 배어 글쓰기에 대한 발전을 저해할 수 있기 때문이다. 이것은 너무도 자명한 사실이다. 발전하고자 하는 베껴 쓰기가 발전을 저해한다면 그만큼 억울한 일도 없을 것이다.

좋은 글을 찾는 것이 어렵다면 검증된 글을 찾으면 된다. 논설위원의 신문기사와 칼럼도 좋고 소설가의 소설이나 에세이도 좋다. 전자가 글의 구성을 파악하는 논리력을 향상시켜 숲 전체를 보는 시선을 길러준다면 후자는 감각적인 문장력을 익히도록 도와줘 하나하나의 나무를 튼튼히 세울 수 있도록 해준다.

좋은 글 중에서도 자신의 마음에 드는 글을 찾아 베껴 쓰면 더욱 좋다. 마음에 드는 글을 베껴 쓰는 것에는 이점이 있기 때문이다. 어떠한 글이 마음에 들었다면 그 글의 내용이나 형식이 마음에 들었다는 말이다. 내용이 마음에 들었을 때는 쉽게 설명할 수 있지만 형식이 마음에 들었을 때는 쉽게 표현하기 어렵다. 글의 형식이 마음에 들었다는 것은 그 글의 형식이 내게 잘 맞는다는 말이다. 그 글의 전달 방식이 내게 편하게 받아들여졌다는 뜻이기도 하다. 다시 말해 내가 좋아하는 글의 형식은 내가 쓰려는 글의 형식과 부합한다는 말이다. 마음에 드는 글을 베껴 쓰면 자신이 선호하는 전달 방식을 발견하고 발전시켜 나갈 수 있다.

형식은 내용처럼 뚜렷하게 보이는 것이 아니어서 자신조차 자신의 내용 전달 방식을 제대로 알지 못하는 경우도 있다. 사람들에게는 각자에게 맞는, 각자가 좋아하는 방식이 있기 마련이다. 똑같은 내용이어도 사람에 따라 전개 방법과 표현, 의사전달 방식이 다르게 나타날 수밖에 없는 이유다. 형식이나 표현 방법이 사람마다 천차만별의 차이를 갖는 것은 각자 살아온 환경이 다르기 때문이다. 살아온 환경의 차이는 어떠한 일에 대응하는 방식에 있어서도 차이를 가져온다.

한 문학평론가는 자신의 글을 두고 자신의 기호를 추적해나가는 과정이라고 말했다. 어떠한 소설을 즐겁게 읽었는데 그에 대한 명확한 이유를 모를 때 그는 글쓰기를 시작한다고 한다. 그 글은 자신의 좋음에 대한 이유를 발견하기 위해 떠나는 여정인 것이다. 이처럼 글은 자신의 기호를 찾아나가는 방법이 되기도 한다. 베껴 쓰기는 여러 다른 사람들의 글을 접하는 중에 자신만의 글쓰기 방식을 찾아가는 작업이 된다. 자신이 좋아하는 글을 베껴 쓰다보면 그 글에 반한 이유를 발견할 수 있을 것이다.

베껴 쓰기를 할 때 처음부터 많은 분량을 베끼는 것은 피해야 한다. 부담되지 않을 정도의 적은 분량으로 시작하는 것이 좋다. 베껴 쓰기의 목적은 글쓴이의 정신적 경로를 따라가는 데에 있지, 급하게 해치우는 데에 있지 않다. 베껴 쓰기는 글쓴이의 생각을 따라가는 작업임을 잊지 말자. 종이의 빈 칸을 채우기에 급급해하는 것은 아무런 의미 없는 행위일 뿐이다. 그러므로 베껴 쓰기는 차분한 마음으로 글자 하나하나, 구두점까지 천천히 베껴 써 내려간다. 운동선수들의 훈련을 살펴보면 이러한 글쓰기 훈련법은 전혀 이상한 것이 아니다. 분량과 시간을 채우는 것도 중요하지만 그보다 더 중요한 것은 정확성이다. 정확성이 떨어지면 결코 좋은 성적을 내기 힘들다. 정확도에 맞춰 반복하는 기계적 학습은 몸에 기억을 심는 데 탁월한 방법이다. 글쓰기와 베껴 쓰기의 관계도 이와 같다. 베껴 쓰기는 실제적인 글쓰기를 위한 훈련이다.

전략 2 : 편목

글쓰기를 잘하려면 글쓰기 이전의 사전작업을 잘 해놓아야 한다. 글쓰기는 집짓기와 같다. 설계도 없이 무턱대고 집을 짓는 사람은 없다. 설계도 없이 무턱대고 집을 짓는 사람이 있다면 그 사람은 집짓기에 무지한 사람이다. 집을 짓기 이전에 설계도를 작성하고 기초공사를 시작해야 한다. 글쓰기에서 설계도 작성 단계에 해당하는 것이 편목(篇目)이다. 편목은 실질적인 글쓰기를 준비하는, 글쓰기 직전의 단계다. 글을 쓸 때에는 그 글의 모양을 알고 있어야 한다. 그래야 허술해지지 않는다. 집을 무턱대고 짓지 않듯 글쓰기도 마구잡이로 하는 것이 아니다. 글짓기라는 말이 있듯이 글도 집과 같이 짓는 것이다. 글을 쓰려면 글의 설계도라 할 수 있는 기본적인 목차가 있어야 한다.

옛날에 안지라는 분은 『효경』을 전했고 마융은 『충경』을 지었고 진덕수는 『심경』을 찬했다. 너희들은 『제경』을 짓겠다니 매우 좋은 일이다. 차례와 편목이 잘 정돈되어 난잡하지 않아야 되는 법이라. 시험삼아 아래와 같이 짜보았으니 다시 생각해 보고 확정짓도록 해라.

편목이란 책의 목차를 말한다. 다산은 두 아들에게 쓴 편지에서 책을 만들기에 앞서 먼저 목차를 세우라고 당부했다. 특히 목차를 잘 정돈하여 난잡하지 않게 만드는 것이 중요하다고 가르쳤다. 그런 후에 책을 만들라고 말했다. 다산은 글쓰기를 함에 있어서 편목의 단계를 중요시 여겼다. 목차는 책 전체를 지탱하는 뼈대로써 매우 중요한 것이기 때문이다. 다산은 책을 만들 때에 되는대로 마구잡이로 만들지 않았다. 책을 만들기 이전에 대략적인 얼개를 세워두고 글쓰기 작업을 진행했다.

목차를 만든다는 것은 책의 구성을 짠다는 말이다. 글을 쓰기 이전에 구성을 짜는 것은 써야할 글의 방향에 대해 생각해 보는 것이다. 편목의 단계를 거치는 것은 주제와는 상관없는 내용이 중간중간에 끼어들지 못하도록 하기 위함이고, 말하고자 하는 바를 흐트러짐 없이 한 방향으로 죽 흘러가게 만들기 위함이다. 문장이 길어지면 주어와 술어가 맞지 않아 잘못된 문장이 되기 쉽듯이 책의 내용이 많아지면 가야할 방향을 잃어버리고 갈피를 못 잡는 경우가 생기기 마련이다. 이때 목차는 글쓴이를 돕는 역할을 한다. 목차는 써야할 글의 방향을 잃어버리지 않게끔 도와주는 이정표다.

다산은 목차를 만든 뒤, 그 목차에 채워 넣을 자료들을 수집했다. 목차를 만들었다는 것은 목적의식을 뚜렷하게 세웠다는 말이다. 명확한 목적의식이 있으면 자료를 수집하는 데에 굉장한 효율성이 생긴다. 목적의식이 뚜렷하면 자료조사를 할 때 필요하지 않은 부분은 건너뛰고 필요한 부분은 건져낼 수 있는 집중력이 생긴다. 찾아야 할 자료를 분명하게 인지하고 있다면 선택해야 할 내용과 선택하지 말아야 할 내용을 빠르게 분간할 수 있다. 목차를 세워야만 이러한 목적의식을 가질 수 있다. 목차가 없으면 자신에게 진정으로 필요한 자료가 무엇인지 분간하는 데 오랜 시간이 걸린다.

이렇듯 글쓰기를 위한 목적의식은 독서법에도 긍정적인 영향을 끼친다. 목적의식이 있다는 것은 찾아내야 할 정보가 있다는 것과 같은 말이다. 찾아내야 할 정보가 뚜렷하게 정해져 있으면 불필요한 독서는 하지 않게 된다. 다산 역시 독서를 할 때 자신에게 필요하지 않고 중요하지 않은 부분은 구름이 가고 물이 흐르듯 읽었다.

다산은 저술할 때에 이러한 집중력을 활용하여 다른 많은 책에서 자신에게 필요한 부분들만을 간추려 골라냈다. 다산은 중국의 사례는 물론 당대 사람으로서는 이례적으로 일본의 사례까지도 검토했다. 그리고 우리나라의 사례는 꼭 포함한 것이 특징이다. 이렇게 여러 자료들을 살피며 다양한 정보들을 접하다보면 생각이 발전하여 자신만의 사상 체계를 확고히 세우게 된다.

다산은 이런 많은 자료들을 눈으로만 보고 넘긴 것이 아니다. 반드시 초서(鈔書)를 하여 자료들을 수집했다. 초서란 책을 읽다가 중요한 글이 나오면 종이에 옮겨 적는 것을 말한다. 다산이 초서를 한 이유는 책을 만들기 위한 목적이 있었기 때문이다. 다산은 책 만들기를 염두에 두고 독서를 하며 초서를 했다. 초서는 필요한 자료를 수집하는 데 있어서 매우 유용한 방법이다. 특히 많은 양의 자료를 조사할 때 초서의 진가가 드러난다. 기억력에는 한계가 있기 때문에 자신이 봤던 자료가 어느 책 어디에 있었는지 혼란이 올 수밖에 없다. 다산은 이러한 혼란을 피하고 시간을 낭비하지 않기 위해 위해 초서를 했던 것이다. 필요한 내용과 그 출처를 기록으로 남겨두면 자료를 다시 찾기 위해 책을 들춰보는 번거로움도 없앨 수 있다. 초서는 책 만들기에 없어서는 안 될 도구였다.

초서는 특정 내용을 자기 것으로 만들어주는 역할을 한다. 이에 대한 예는 우리 대부분이 이미 경험한 적이 있다. 학창시절 영어 단어를 외울 때 눈으로만 보며 외우는 것보다 손으로도 쓰며 외우는 것이 암기에 더 효율적이라는 것을 경험했다. 한 가지 감각을 사용하는 것보다 여러 가지 감각을 복합적으로 사용하여 정보를 입력하는 것이 그 정보를 기억하는 데 더 유리하다고 한다. 초서에도 이러한 원리가 들어있다. 초서는 읽기와 쓰기를 함께하는 작업이기 때문이다. 그냥 읽기만 하는 것보다 읽기와 쓰기를 병행하는 초서가 특정 내용을 깊이 받아들이는 데 있어서 더욱 유리하다는 것이다. 초서는 정보를 그냥 읽고 흘려보내는 것이 아니라 생각과 마음에 담는 행위인 것이다.

다산은 목차를 짜고, 초서로 자료를 수집한 다음, 수집한 자료들을 분류하는 작업을 했다. 글을 만들고 책을 저술하기 위해 다산은 비슷한 것들끼리는 묶고 상이한 것들은 떨어뜨려놓았다. 다산이 『천자문』의 문제점을 밝히며 『아학편』을 만들었던 일화를 살펴보며 다산이 분류를 했던 이유를 보자.

찰 영(盈)의 반대는 빌 허(虛)요, 기울 측(仄)의 반대는 평평할 평

(牛)이다. 그런데『천자문』에서는 '일월영측(月盈仄)'이라 하여 영
(盈) 자를 측(仄) 자와 짝지었다. 이것은 세로를 말하다가 가로에 건
주는 격이니 그 비슷한 종류가 아니다. 해 세(歲) 자는 때 시(時) 자
와 무리가 되고, 양(陽)은 음(陰)과 짝이 된다. 그런데 '윤여성세(閏
餘成歲)'라 하고 '율려조양(律呂調陽)'이라고 따로 말하여 홀로 가고
동떨어져 있게 하니 그 종류가 아닌 것이다.

대저 무릇 문자를 배울 때는 맑을 청(淸) 자로 흐릴 탁(濁) 자를
일깨우고, 가까울 근(近)으로 멀 원(遠) 자를 깨우치며, 가벼울 경
(輕)으로 무거울 중(重) 자를 가르치고, 얕을 천(淺)으로 깊을 심
(深)을 알게 해야 한다. 짝지어 들어서 함께 펼쳐 보여주면 두 가
지 뜻을 다 통하게 된다. 반대로 하나만 말하거나 치우쳐서 애기
하면 두 가지 뜻이 함께 막혀서, 아주 똑똑한 경우가 아니고는 능
히 깨우칠 수가 없다.

자료들을 분류해 비슷한 계통끼리 모아놓으면 그 계통의 더 큰 줄
기를 이해할 수 있게 된다는 이치이다. 자료를 분류하여 하나의 범
주로 묶으려면 모아놓은 자료들을 상세히 살펴봐야 하는데 이러한
과정에서 그 범주에 관한 이해가 일어나게 된다. 조금 거창하게 말
하자면 눈이 뜨이는 것이다. 여기저기서 모아온 갖가지 자료들을 분
류하며 정리하는 사이에 자신의 생각 또한 정리되는 것이다. 자신이
가진 자료들이 머릿속에서 일목요연하게 정리될 때 또 다른 방향과
대안이 떠오르게 된다.

분류를 하려면 모아놓은 자료들에 관심을 가져야 한다. 모아놓기만 하고 분류는 하지 않아 아직 제 각각 따로 놀고 있는 정보에 관심을 기울이다보면 그 자료들은 한 방향으로 꿰어진다. 자료에 대한 이해가 일어나 자신의 내면에서 자료에 대한 새로운 인식의 변화가 일어나는 것이다. 이때에 비로소 모아놓은 자료들을 이용해 어떻게 글을 써야할지 윤곽이 드러나게 된다.

지금까지 다산의 두 번째 글쓰기 전략인 편목의 작업 순서를 알아보았다. 편목은 글쓰기 직전의 단계로써 글에 대한 전반적인 구상을 하는 단계에 해당된다. 편목의 단계에서 글에 대한 구상을 마치고 글쓰기 이전의 준비작업을 빈틈없이 해놓는다면 실제적인 글쓰기는 흔들림 없이 탄탄하게 나아갈 것이다.

01
골라
내기

두 번째 글쓰기 전략인 편목은 실질적으로 글쓰기를 준비하는 글쓰기 직전 단계로써 특히 독서와 더욱 밀접한 관련을 갖는다. 자료를 분류하기 이전에 자료를 골라내는 것 자체가 독서로부터 나와야 하는 행동이기 때문이다.

많이 읽어야 잘 쓸 수 있다. 많은 정보들을 접해야 보다 깊이 있고 다양한 관점으로 풍성한 글을 쓸 수 있다. 바꿔 말하자면 잘 쓰기 위해서는 많은 정보를 접하고 읽어 봐야한다는 말이다. 하지만 우리에겐 시간이 그리 많지 않다. 그렇기 때문에 정보들을 골라내는 작업을 해야 하는 것이다. 나에게 불필요한 정보에 시간과 정성을 들여 끝까지 보고 있을 필요는 없다.

다산은 자신이 세운 목차의 내용에 맞는 자료들을 다른 저서들에서 골라냈다. 글을 쓰려면 다산과 같이 쓰려는 특정 주제에 대한 정보를 많이 살펴보고 접해보는 것이 좋다. 그 정보를 그냥 보고 넘기는 것이 아니라 필요한 자료는 어떤 형태로든 모아두는 것이 필요하다.

어떤 정보를 갖고 있기 위해 하나의 온전한 책을 갖고 있을 필요는 없다. 이것은 효율적이지 못하다. 책 한 권에서 내게 필요한 정보만을 취하면 된다. 기록 형태는 꼭 글로 남겨져야만 하는 것은 아니다. 이미지의 형태로 소유해도 좋고, 출력물이나 휴대폰의 메모 기능을 사용해도 좋다. 자료의 형태보다 중요한 것은 자료를 모아두는 것이기 때문에 자료를 어떠한 형태로 갖고 있든 그것은 문제가 되지 않는다. 한 문장 혹은 한 단어라 할지라도 자신이 그 한 단어를 보고 생각을 떠올리고 발상을 이어나갈 수 있다면 그것 또한 효율적인 보관 형태일 것이다.

지금은 효율성의 시대이다. 이런 시대에 가장 좋은 자료조사 방법은 최소한의 시간을 투자해 최대한의 자료를 취하는 것이다. 이런 골라내기를 하기 위한 독서법을 간략히 살펴보자.

예를 들어 『다산의 독서 전략』이란 책에서 글쓰기에 대한 자료를 찾고 싶다면 글쓰기와 관련된 단어들을 키워드 삼아 책을 훑는 것이다. 보통, 목차를 보면 그 책이 말하고자 하는 바를 알 수 있는데 그 목차를 통해 골라내기를 효율적으로 할 수 있다. 목차는 책의 뼈대이다. 다산이 책을 만들기 이전에 목차를 먼저 만들었듯이 목차만 제대로 살펴봐도 책이 말하고자 하는 바를 어느 정도 이해할 수 있다. 목차는 저자에게만 중요한 것이 아니다. 독자에게도 중요하다. 목차는 저자가 독자에게 일러주는 책의 이정표이기 때문이다.

목차에서 글쓰기와 관련된 단어들을 찾는다. '읽으며 기록하기', '독서흔적 남기기', '황홀한 취미, 베껴쓰기', '자신만의 책을 써라' 등의 목차가 내가 찾고 있는 글쓰기에 관한 정보가 들어있는 목차가 된다. 이곳만 살펴보더라도 이 책에 있는 글쓰기에 대한 대부분의 정보들을 살펴보는 것이 된다. 목차의 키워드를 중심으로 살펴본 글쓰기 관련 내용은 이 책이 갖고 있는 글쓰기에 대한 정보의 100%일리는 없다. 실제로 '질서', '초서'라는 단락에 글쓰기에 대한 정보가 더 있다. 그렇다면 우리는 그만큼의 정보를 놓친 것이 되는데 그럼에도 골라내어 읽기를 효율적인 방법이라고 할 수 있을까?

다르게 생각해보자. 20%의 효율로 80%의 정보를 얻는 것과 100%의 효율로 100%의 정보를 얻는 것, 어떤 것이 더 효율적인 방법인지 말이다. 누구라도 앞의 방법을 더 효율적인 방법이라 말할 것이다. 효율적인 방법을 사용하면 시간을 절약할 수 있다. 시간을 절약한다는 말은 같은 시간에 더 많은 책을 볼 수 있다는 말이 된다. 이것이 골라내기를 해야 할 이유이다.

또 다르게 생각해보자. 우리는 전능하지 않다. 인간이란 실수하기 마련이고 완벽한 사람은 이 세상 어디에도 없다. 정보도 이와 비슷하다. 우리는 모든 정보를 다 알 수 없다. 다 알기 이전에 다 볼 수조차 없다. 때문에 앞의 사례에서처럼 숨겨진 20%의 정보를 놓치는 것을 두려워할 필요는 없다. 모든 정보를 다 가질 수 없는 것은 당연한 일이기 때문이다.

책은 많은 참고자료를 통해 만들어진다. 다산의 저술 방법도 그러했다. 다산은 많은 책에서 자료를 골라내어 일목요연하게 재정리하여 묶는 방식으로 저술을 했다. 다산이 100권의 책을 참고하여 1권의 책을 만들었다고 가정해보자. 우리는 다산의 책 1권을 읽으므로 100권의 책에 담긴 핵심 내용을 대략적이나마 훑어본 것이 된다. 다산의 책을 읽고 다른 사람이 쓴 같은 분야의 책을 또 읽는다고 하자. 그 사람의 책도 100권의 참고도서를 보고 만들어진 것이다. 다산이 보았던 100권과 분명 겹치는 참고도서가 있을 것이다. 이렇듯 자료와 정보는 많은 부분 재사용되고 있다. 앞서 놓친 20%의 정보를 찾기 위해 80%의 공력을 쏟지 말고 차라리 또 다른 책을 살펴보길 권한다. 이러한 행위가 반복될수록 첫 책에서 놓친 20%의 격차를 점차 줄여나갈 수 있을 것이다. 그 격차를 줄일 수 있는 것은 물론 추가적으로 새로운 정보들 또한 습득하게 될 것이다.

아직도 골라 읽기에 대해 불신을 갖고 있을지 모를 독자를 위해 조금 더 이야기해보자. 우리는 대부분 책을 처음부터 끝까지 다 읽어야 한다는 생각을 갖고 있다. 하지만 이것은 강박에 불과하다. 책은 처음부터 차근히 읽어야 한다고 생각하는 것은 우리가 그동안 해왔던 공부습관과 관련이 있기 때문이다. 우리는 학교에서 교과서로 공부했다. 교과서는 쉬운 내용부터 시작해서 어려운 내용으로 넘어간다. 앞부분을 제대로 이해하지 못하면 뒷부분을 이해할 수 없게 된다. 그래서 책을 차근차근 꼼꼼히 순서대로 봐야 한다는 생각이 자리 잡게 된 것이다. 이러한 생각은 그동안의 교육으로 이루어진 강박이자 고정관념일 뿐이다. 대부분의 교양서의 목차는 어느 정도 연계가 되지만 교과서보다는 그 연관성이 훨씬 느슨하다. 읽고 싶은 부분 혹은 필요한 부분만 골라 읽어도 그 내용을 이해하는데 크게 무리가 없다. 이렇게 구성되어 있는 책을 처음부터 끝까지 차근히 읽어나간다는 것은 빠른 시간 안에 많은 정보를 찾아내야 하는 사람들에게는 아까운 시간을 허비하는 행동이 되는 것이다.

살펴보기

골라낸 자료는 자주 살펴보는 것이 좋다. 언제 어디서든 꺼내볼 수 있는 형태로 가지고 다니길 추천한다. 한두 장의 인쇄물이라거나 휴대폰의 메모 기능도 좋다. 골라낸 자료들을 자주 보다 보면 그 자료들은 머릿속에서 자기들끼리 상호작용을 하기에 이른다. 이것은 공부하고 잠을 자야 그 정보가 잊히지 않고 입력된다는 것과 비슷한 이치다. 또한 이런 무의식적 작용뿐만 아니라 의식적으로도 각 정보들 간의 연결점과 관계성을 인지하기 시작한다.

이러한 골라내기와 살펴보기가 글쓰기에서 중요한 것은 시선의 깊이 때문이다. 문장은 투박할지라도 깊은 시선이 담긴 글이 읽는 사람의 마음을 움직인다. 이러한 시선은 많은 정보를 취합한다고 생기는 것이 아니다. 많은 정보를 취하면 넓은 시야는 생긴다. 하지만 깊은 시선을 갖는 것은 이와는 별개의 일이다. 깊은 시선은 사색으로부터 온다. 즉, 내가 가진 자료들을 훑어보고 생각으로 굴려보는 데서 온다는 것이다. 이런 깊은 시선과 지혜가 담긴 글을 쓸 수 있도록 도와주는 것이 골라내기를 통한 살펴보기이다.

분류하기

돌아가신 우리 아버지께서 나에게 보내주신 편지가 아직도 고리짝 속에 남아 있는지, 없어지진 않았을까 걱정이다. 혹 남아 있다면 그 가운데서 자잘한 일상의 일들은 모두 삭제하고 훈계해 주신 이야기와 그립게 생각해 주셨던 말들을 모아 그 시기별로 안배하여 추려서 한 권의 책으로 만든다면 좋겠다. 내가 이곳에 있어 직접 만들지 못하는 것이 한스럽기만 하구나.

다산은 둘째 아들 학유에게 보내는 편지에서 자신의 아버지가 보내주셨던 편지를 정리해주길 부탁하며 그 요령에 대해 말해주었다. 다산은 학유에게 자신이 보낸 편지에서 불필요한 내용은 제외하고 훈계로 삼을 만한 부분을 모아 한 권의 책으로 만들라고 지시했다. 다산이 아들들에게 분류하기를 요구했던 것은 불필요한 내용을 걷어내어 필요한 내용으로만 정리하는 훈련을 시키기 위함이었다. 다산은 자녀와 제자들에게 읽고 공부한 내용을 간추려서 정리해 둘 것을 끊임없이 요구했던 것은 자료들 간의 경중을 따져 꼭 필요한 자료만을 추리기 위함이었다. 이러한 분류와 정리의 기술은 다산의 독서법이자 교육법이자 저술법이었다.

분류는 차이를 활용하는 정보 처리방법이다. 분류란 유사한 것들을 공통의 속성이나 특성에 따라 묶는 것을 말한다. 분류 과정을 거치면 상이한 것들은 떨어져나간다. 정보를 구분하고 묶어주는 과정에서 상이한 것은 분리하고 유사한 것은 한데 모으는 것이 분류 절차이다. 구분하고 분류하는 일은 논리적인 능력을 필요로 하는 작업이다. 그리고 분류가 중요한 것은 이후에 이루어질 수정과 편집 작업을 용이하게 해주기 때문이다.

어느 유명한 목수는 작업을 하기 이전에 모든 작업 도구를 종류와 크기순으로 작업실 전체에 나열해 둔다고 한다. 그렇게 하는 것이 작업을 훨씬 쉽게 만든다는 것을 알기 때문이었다. 뿐만 아니라 분류는 도서관에서도 슈퍼마켓에서도 사용되며 우리의 편의를 돕는다.

분류는 흩어진 자료들의 연관성을 파악하여 그 성질이 같은 것들끼리 모으는 작업이다. 분류 작업을 하기 위해서는 분류의 원칙과 기준을 명확히 세워야 한다. 그렇지 않으면 자료가 중첩되고 뒤섞여 혼란을 일으킨다. 제대로 된 기준을 세워 자료들의 분류 작업을 마쳤다면 이전보다 보기 쉽고 알기 쉽게 자료가 정리되었을 것이다. 정리된 자료들을 다시 살펴보며 미흡한 부분이 있다면 보충하도록 한다.

모아놓은 자료를 분류하는 것은 다음 작업이기도 한 본격적인 글쓰기를 위해서다. 모아놓은 자료를 활용하면 보다 수월하게 글을 쓸 수 있기 때문이다. 같은 계통의 자료들을 모아두면 글을 쓸 때 필요한 내용을 취사선택함에 용이하며 중복되는 내용도 금방 눈에 띄어 손쉽게 처리할 수 있다.

또한 자료를 분류하며 글의 전체적인 짜임새와 흐름을 예측해보 기도 한다. 글의 내용에는 일관성을, 글의 구조에는 통일성을 가져 야 한다. 그렇지 않으면 읽는 사람과 쓰는 사람 모두 책 속에서 가야 할 길을 잃어버리게 된다. 여행을 할 때에 대략적인 계획이라도 세 워두지 않으면 여행지에서 어디에 가고 무엇을 해야 할지 몰라 방 황하게 되는 것처럼 말이다. 이러한 일을 방지하기 위해서 자료를 분류하는 기준을 명확히 세워 비슷한 내용이 이곳 저곳에서 중첩되 지 않게끔 신경 써야 한다.

02

지정
하기

독자 정하기

세상에서 다만 손암 선생만이 나의 지기였는데 이제는 그분마저 잃고 말았구나. 지금부터는 학문 연구에서 비록 얻어진 것이 있다 하더라도 누구에게 상의를 하겠느냐. 사람이 자기를 알아 주는 지기가 없다면 이미 죽은 목숨보다 못한 것이다. 네 어미가 나를 제대로 알아 주랴. 자식이 이 아비를 제대로 알아 주랴. 형제나 집안 사람들이 나를 알아 주랴. 나를 알아 주는 분이 죽었으니 또한 슬프지 않겠는가? 경서에 관한 240책의 내 저서를 새로 장정하여 책상 위에 보관해 놓았는데 이제 나는 불사르지 않을 수 없겠구나.

위 글은 다산이 세상을 떠난 둘째 형 정약전을 회상하며 두 아들에게 부친 편지 내용의 일부이다. 위 내용을 통해 다산은 자신의 저서를 둘째 형님에게 보이길 가장 즐겨했음을 알 수 있다. 둘째 형님이 세상에 없기 때문에 자신의 저서 역시 불태워야 한다고 할 정도로 자기 저서의 존재 이유를 정약전에게서 찾고 있다. 다산은 자신을 알아주는 사람이 없다면, 즉 자신의 저서를 읽어줄 사람이 없다면 그 저서의 존재 의미가 없다고 생각했다. 그만큼 글에 있어서 읽어줄 사람이 있다는 것은 중요한 것이다. 나의 글을 읽어줄 사람이 있다는 것은 행복한 일이다. 내 글을 읽어준다는 것은 내 글에 대한 그만큼의 애정이 있다는 것이기 때문이다. 이 애정은 곧 글쓴이를 향한 애정이라 말해도 틀리지 않다.

쉬운 예로 편지를 생각해보자. 누군가가 내 편지를 즐거움으로 기꺼이 읽어준다면 나 역시 기분이 좋아진다. 내 편지가 마치 나 인양 기분이 좋아진다. 내 편지 즉, 내 글은 나의 분신이나 마찬가지다. 때문에 다산도 자신의 저서를 읽어줄 형님이 이 세상에 없는 것을 두고 자신을 알아줄 이가 없다고 말한 것이다. 내 글을 알아주는 사람은 곧 나를 알아주는 사람이다. 글쓰기를 하기 이전에 내 글을 읽어줄 사람을 꼭 찾아두자. 그 특정 독자로 인해 글쓰기는 더욱 즐거운 작업이 될 것이다.

다산이 보낸 편지에는 이러한 구절이 많이 발견된다. 자신의 저서를 봐주길, 자신을 알아주길 바라는 내용들인데 이는 다산이 유배지에서 살아남기 위해 처절한 몸부림의 글쓰기를 한 것임을 보여준다. 다산은 자신을 드러내 보이지 않으면 자신이 다른 사람들의 기억 속에서 사라질지도 모른다는 생각으로 처절하게 글을 쓴 것이다. 다산의 저술활동은 다산 자신의 존재이유였다. 다산의 저서는 다산 자신의 살아있음을 세상에 알리는 다산의 분신이었다. 다산의 편지들을 조금 더 살펴보자.

내가 나라에 은혜를 입어 실낱같은 목숨만은 보전하여 여러 해 동안 곤궁하게 살아오면서 저술한 책이 많아졌다. 다만 한탄스러운 것은 너희들이 내 곁에 있지 않아 미묘한 말과 의미를 전해들을 기회가 적고 문리가 트지 못했고 학문을 좋아하는 습성이 생기지 않은 것이다. 몇 가지를 억지로 이야기해 주어도 듣자마자 잊어먹어 마치 진나라 효공이 임금 되는 도를 들려주는 것과 같으니 무슨 의미가 있겠느냐? 내 아들이 이 모양이니 상자 속에 감추어 둔 책들이 나를 알아주는 사람을 만나게 될 때까지 전해지기를 기다리기가 어렵겠구나.

나 죽은 후에 아무리 청결한 희생과 풍성한 음식으로 제사를 지내 준다 하여도 내가 흠향하고 기뻐하기는 내 책 한 편을 읽어 주고 내 책 한 부분이라도 베껴 두는 일보다는 못하게 여길 것이니 너희들은 꼭 이 점을 새겨두기 바란다.

다산은 형 정약전 말고도 아들들에게 자신의 글이 읽히기를 간절히 바랐다. 자신이 죽은 후에라도 자신의 저서를 꼭 읽어달라는 다산의 당부는 어딘가 비통하게 느껴지기도 한다. 다산의 저서는 다산 자신에게 있어서 그만큼 중요한 것이었다.

내가 집에 있으면서 너희들을 가르쳤는데도 듣지 않았다면, 이런 일은 다른 집안에서도 혹 있을 수 있는 일이지만, 지금 나는 멀리 귀양살이 와서 남쪽 풍토병이 심한 변방에서 겨우 목숨을 부지하고서 외롭고 불쌍하게 지내면서 밤낮으로 너희들에게 희망을 걸고 마음속에 담긴 뜨거운 마음을 쏟아 편지를 보내고 있는데, 너희들은 이것을 한번 얼핏 읽어보고는 고리짝 속에 처넣어버리고는 다시 마음을 두지 않아서야 되겠느냐?

다산이 얼마나 애닳아 했는지 잘 보여주는 편지이다. 다산에게서 아들들을 다그치는 편지를 많이 볼 수 있는 것은 아들들이 다산의 저서를 중하게 여기지 않아 다산이 안타까워 애가 탔기 때문이다. 다산의 저술에 대한 열정은 자신의 형 정약전뿐만 아니라 그의 아들들 때문이었다고 말해도 과언이 아니다. 아들들을 향한 희망이 있었기에 다산은 많은 편지를 써 보냈고 그 아들들을 생각하는 열정으로 그 방대한 저술을 해낼 수 있었던 것인데 아들들은 아버지의 저서에 별다른 관심을 두지 않는 것 같아 다산은 속을 끓였던 것이다.

이처럼 다산에게는 자신의 글을 읽어줄 사람, 즉 독자가 절실히 필요했음을 알 수 있다. 이는 지금 글쓰기를 하려는 우리에게도 꼭 필요한 요소이다. 지극히 개인적인 일기가 아닌 이상 모든 글은 특정, 불특정 독자들을 염두에 두고 쓰이기 때문이다. 누군가로부터 자신의 글이 애정 어린 관심을 받는다면 그 관심은 글쓴이가 지치지 않고 글을 써나가는 원동력이 될 것이다.

『상례사전』은 내가 성인의 글을 독실하게 믿고서 만든 것으로, 내 입장에서는 엉터리 학문이 거센 물길처럼 흐르는 판국에 그 길 흐르지 못하도록 모든 냇물을 막아 수사의 참된 학문으로 돌아가게 하려는 뜻에서 저술한 책이다. 정밀하게 사고하고 꼼꼼히 살펴 그 오묘한 뜻을 알아주는 사람이 있게 된다면 죽은 뼈에 새살을 나게 하는 일이고 죽은 목숨을 살려주는 일이다. 나에게 천금의 대가를 주지 않더라도 감지덕지하겠다.

자신의 글을 알아봐주는 사람이 그 어떤 천금보다도 귀하다는 다산의 말이다.

내가 너희들에게 바라노니, 다행히 나의 저서에 대하여 깊이 연구한 후 심오한 뜻을 알아주기만 한다면 내가 아무리 궁색하게 지내더라도 걱정이 없겠다.

지식인이 책을 펴내 세상에 전하려고 하는 것은 단 한 사람이라도 그 책의 진가를 알아주는 사람이 있기를 바라서이다.

책의 진가를 알아준다는 것은 어떤 의미일까? 그 책을 쓴 나의 진가를 알아준다는 말이다. 나의 글을 좋아해주는 독자를 만난다는 것은 그만큼 행복한 일이다. 그것은 곧 나를 좋아해준다는 말과 다르지 않기 때문이다. 독자라고 말하면 조금 거창한 느낌이 들 수 있다. 어렵게 생각하지 말자. 독자에는 내 글에 애정을 갖고 읽어주는 주변사람들도 포함된다.

앞서 다산의 글에서 보았듯이 다산은 독자를 선정해놓고 저술을 했다 해도 과언이 아니다. 그의 독자는 아주 좁게는 그의 형, 정약전과 그의 아들들이었다. 넓게 본다면 백성에게 가해지는 폐해를 바로잡고자 썼던 『목민심서』의 독자는 지방 관리였고, 글의 학습능력을 돕기 위해 썼던 『아학편』의 독자는 글을 배우려는 아이들이었다.

글쓰기를 할 때에는 독자를 분명하게 설정해야 한다. 독자를 설정해놓지 않은 글쓰기는 받는 사람을 정하지 않고 쓰는 편지와 같다. 일기와 같은 지극히 개인적인 글쓰기를 제외하면 읽히지 않는 글은 없기 때문이다.

글과 말에는 비슷한 점이 많다. 말에서도 그렇듯이 글에서도 소통이 중요하다. 저자가 화자라면 독자는 청자다. 이러한 관계는 활자매체가 발달하기 이전부터 이어져 내려오던 것이다. 화자는 청자에게 즐거운 이야기를 전달해주는 사람으로서 활자매체를 주로 사용하는 오늘날 화자는 저자로, 청자는 독자로 시간과 공간에 구애받지 않는 관계로 다시 설정되었다. 청자 없는 화자의 외침이 공허한 메아리에 불과한 것처럼 독자를 선정해놓지 않은 글쓰기는 무의미한 행동이다. 화자에게 있어서 가장 중요한 것은 청자와의 소통이다. 저자에게 있어서 가장 중요한 것은 역시 독자와의 소통이다. 말하기는 당장 눈앞에 청자가 보이지만 글쓰기에서 독자는 눈앞에 보이지 않는다. 따라서 글쓰기에는 독자를 배려하는 신중함이 요구된다.

독자 선정은 글쓰기에 있어서 중요한 부분을 차지한다. 동일한 소재를 가지고 글을 쓴다하더라도 독자의 범위에 따라 글의 내용과 형식, 분위기와 문체 등 거의 모든 것이 달라지기 때문이다. 독자층은 성별, 연령, 지식수준, 소득수준 등으로 다양하게 나뉜다. 이러한 점들을 고려해야 전달하려는 내용을 명확하게 쓸 수 있다. 독자와 소통이 되는 글은 독자를 이해하는 글이다. 독자를 이해해야만 읽히는 글이 된다. 이처럼 독자는 저자의 글쓰기 과정에 간접적으로 영향을 끼치는 존재이다. 보이지 않는 가상의 독자라 할지라도 그 독자는 저자의 글쓰기에 영향을 끼치는 존재인 것이다.

독자는 저자에게 가장 필요한 친구이기도 하다. 자신의 글에 단한 명일지라도 진실한 독자가 존재한다면 저자에게 그보다 더 큰 기쁨은 없다. 내 글을 읽어줄 사람이 있다는 것은 그야말로 저자에게 내려진 가장 큰 축복이다. 다산에게 있어서 그의 형, 정약전의 존재와 같이 글쓴이를 인정해주는 독자의 존재는 그 존재 자체만으로도 글쓴이의 용기를 북돋아 준다. 글쓴이는 그 독자로 인해 자신이 존중 받고 격려 받는 듯한 느낌을 얻는다.

또한 저자는 독자가 쉽게 이해할 수 있도록 글을 써야 한다. 의사소통에 있어서 이해는 가장 큰 비중을 차지하는 요소이기 때문이다. 이해가 선행되지 않으면 설득도 할 수 없다. 이처럼 독자를 이해시키려면 글은 보다 쉽고 분명하게 써야 한다.

시작하면서 다산이 자신의 글을 알아주지 않는 아들들의 모습에 한탄하는 모습을 보았다. 이런 다산의 한스러운 마음을 풀어준 사건이 있었다. 다산이 해배된 이후의 일이다.

김매순이 다산에게 보낸 편지가 그것이다. 김매순은 다산의 『매씨상서평』을 읽고 미묘한 부분을 건드려서 그윽한 진리를 밝혀냈다며 찬사를 아끼지 않았다. 그는 또 이렇게 말했다.

"유림의 대업이 이보다 더 클 수가 없도다. 아득하게 먼 천 년의 뒤에 와서 온갖 잡초가 우거져 있는 구이의 가운데서 이처럼 뛰어나고 기이한 일이 일어났다고 말하지 않으랴."

김매순은 정조가 아꼈던 노론 대신이었다. 다산의 진가를 알아준 사람은 그의 가족들도, 같은 남인들도 아닌 반대 진영에 속해 있던 자였다. 다산은 이에 감격해 답장을 보냈다.

"박복한 목숨 죽지 않고 살아나 죽을 날이 멀지 않은 때에 이러한 편지를 받고 보니 처음으로 더 살아보고 싶은 생각이 든다."

다산의 박복한 삶을 지탱하고 있었던 것이 바로 이것이었다. 다산은 자신의 뜻과 이상을 알아봐주는 독자를 기다렸던 것이다. 다산이 살아 있음을 느끼고 더 살고 싶다고 느끼게 하는 것은 다른 것이 아닌 독자의 격려였다. 이처럼 독자의 격려는 저자의 위로가 된다.

주제 정하기

글쓰기를 할 때에는 글을 읽는 독자뿐만 아니라 글을 쓰는 목적 또한 분명히 해야 한다. 독자와 목적이 맞는 글이 좋은 글이다. 자신의 글을 보며 누가 읽을 것인지 생각해보고 그들에게 강조해야 할 중심 내용을 갖고 글을 전개해 나가야 한다. 특히 추상적인 생각을 구체화하여 독자에게 명확하게 제시할 수 있어야 한다. 말하고자 하는 핵심내용을 완전한 문장으로 표현해보자. 독자에게 강조해야 할 요지가 무엇인지 구체적으로 확인할 수 있도록 도움이 될 것이다.

주제가 명확해야 좋은 글이다. 주제를 드러내기 위해서는 단락이 형식면에서나 내용면에서 유기적으로 잘 조직되어야 한다. 그래야만 주제가 일관성 있게 유지된다.

글을 쓰는 기본적인 목적은 하고자 하는 말을 전달하기 위해서다. 하고 싶은 말이 글을 통해 제대로 전달되기 위해서는 주제가 분명하게 제시되어야 한다. 주제를 분명하게 제시하려면 전달하고자 하는 생각을 적절하게 구조화시키는 것이 필요하다. 주제를 잘 드러내기 위한 글의 구조를 만들어내는 것이 글의 질을 결정하는 것이기 때문에 이는 아주 중요한 작업이다.

특히 주제를 한정시켜 놓으면 여러 정보들에 휩쓸리지 않고 중심 주제에 대해 밀도 있는 글쓰기를 할 수 있다. 또한 어떤 자료를 검토할 때 주제와 관련해 검토해본다면 그 자료의 중요성이나 가치에 대한 평가를 쉽게 내릴 수 있다. 글에서 다뤄야 할 내용인지 아닌지 분별할 수 있게 되며 더욱 부각시켜 강조해야 할 정보가 무엇인지도 알게 된다. 더하여 글의 순서를 어떻게 해야 전하고자 하는 바를 효과적으로 전할 수 있을지도 분명히 알게 된다.

주제는 글쓴이가 글을 통해 전달하고자 하는 중심 생각이기 때문에 글에서 선명히 드러낼 수 있는 주제를 정하는 것이 중요하다. 자신의 관심사를 주제로 선정하는 것이 무난하다. 자신의 관심사와는 거리가 먼 것을 주제로 삼으면 글쓰기에 흥미를 느끼지 못하기 때문에 글을 제대로 쓰지 못하게 된다. 또한 자신의 관심사이기는 하나 아직 그것을 글로 다룰 능력이 부족한 경우에도 적합한 주제라고 할 수 없다.

자신이 정한 주제가 독자의 흥미를 불러일으킬만한 주제라면 더욱 좋을 것이다. 글은 결국 독자에게 읽히는 것이기 때문이다. 특정 주제에 대해 글쓴이가 재미를 느낀다하더라도 독자가 그 주제에 흥미를 갖지 않는다면 아무리 잘 쓴 글이라 하더라도 읽히지 않는 글이 된다. 책은 독자에게 읽힐 때 의미가 있다. 독자에게 읽히는 책이 되려면 독자의 관심을 불러일으킬 만한 주제를 선택해야 한다.

03

메모
하기

다산은 책을 읽다가 중요한 글이 나오면 종이에 옮겨 적는 초서라는 방식의 메모를 했다. 다산이 한 가지 더 사용한 방식의 메모가 있는데 그것이 질서다. 질서는 책을 읽을 때 깨달은 것이 있으면 잊지 않기 위해 빨리 메모했던 방법이다. 메모는 초서와 질서 모두를 포함하는 포괄적인 개념이다. 그래도 굳이 분류하자면 초서는 골라내기에 가까운 쓰기이고 질서가 일반적인 메모에 가깝다. 다산이 스승으로 삼았던 성호 이익은 질서에는 의심하고 스스로 깨닫고자 하는 의지가 담겨 있어서 자신의 견해를 튼튼히 세우는 데 그 목적이 있다고 설명했다.

독서를 하는 중에 메모를 하면 이익의 설명처럼 자신의 주관이 또렷이 서게 된다. 책을 읽다가 의문이 생기는 부분이 있으면 그 부분에 대한 자신의 견해를 적어보자. 학자의 글이라고 겁먹을 필요가 없다. 저자의 견해가 자신의 생각과 다르다면 그 동의되지 않는 내용에 대해 써 내려간다. 자신의 견해를 계속 적어내려 가다보면 생각이 정리되면서 사고의 발전을 이루게 된다. 이렇게 되면 그저 받아들이기만 하던 수동적인 읽기에서 저자의 견해와 씨름하고 대화하는 능동적인 읽기로 바뀌게 된다. 이것이 질서의 장점, 즉 메모의 장점이다.

메모는 순간의 깨달음이나 아이디어를 놓치지 않기 위해서, 해야 할 일을 잊지 않기 위해서 한다. 또 메모는 자료를 효율적으로 관리할 수 있게 도와주기도 한다. 잊지 않기 위해 하는 것이 메모다. 하지만 다시 생각해보면 잊기 위해 하는 것이 메모다. 기억해야 할 것이 메모되어 있으므로 힘들게 외우지 않아도 된다는 말이다. 메모를 하면 자신의 생각이 눈에 들어오는데 이는 다른 많은 다양한 생각들을 불러들인다. 생각들이 꼬리에 꼬리를 물고 나타나는 것이 메모의 효력이다.

에디슨은 3,200여 권이나 되는 메모 노트로 발명왕이 되었다고 한다. 초등학교도 마치지 못한 에디슨이 1,093건에 이르는 특허를 낼 수 있었던 것은 노력의 힘이기도 했지만 메모의 힘이기도 했다. 그는 항상 정보의 활용 방법을 생각하며 습관적으로 메모했다. 신문, 책, 자료를 통해 얻는 정보는 메모로 남기는 과정에서 창조적인 생각으로 바뀌었다. 에디슨은 방화사건에 얽힌 보험 분쟁 기사를 보며 불에 강한 철근 콘크리트 주택과 관련된 아이디어를 떠올리고 이를 새로운 집짓기 공법으로 연결했다고 한다.

다산은 유배 18년 동안에 자신만의 메모 노하우로 500여 권이나 되는 방대한 저술을 남겼다. 다산이 500여 권에 이르는 방대한 책을 펴낼 수 있었던 것은 책을 읽으면서 필요한 내용을 바로 메모하고 갈래별로 분류해 두었기 때문이다. 다산은 "먼저 자기의 뜻을 정해 만들 책의 규모와 편목을 세운 뒤에 남의 책에서 간추려내야 맥락이 묘미가 있게 된다"고 말했다. 책을 읽으면서 필요한 내용을 골라내려면 먼저 주관을 세워야 하는 것이다.

글쓰기를 잘하고 싶다는 목적으로 메모를 해도 좋다. 짧은 메모로 글쓰기에 대한 거부감을 줄이고 글쓰기에 친숙함을 느끼도록 하는 것도 하나의 방법이다. 메모한 것은 반드시 분류하여 다시 봐야 한다. 메모는 재활용해야 할 정보이기 때문이다. 써놓고 다시 쳐다보지 않을 것이라면 메모를 할 이유가 없다. 메모한 것을 다시 들여다보고 살펴볼 때 정보들은 우리 머릿속에서 상호작용을 한다.

메모 관련 책을 살펴보면 유독 일본인 저자가 많다. 이는 일본이 기록 문화가 우수한 나라라고 평가받는 것과 관련이 있을 것이다. 일본은 정밀 공업에 강하고 장수기업이 많은데 한 저자는 그 이유를 기록에서 찾았다. 이와 비슷한 나라로 독일이 있는데 독일 또한 정밀 공업과 장수기업이 많고 기록 문화가 발달했다는 공통점이 있다. 일본은 200년 이상 된 기업이 3천 여 개이고 독일은 천 오백여 개라고 전한다. 앞 세대의 우수한 지식은 글쓰기를 통하여 서적과 문서의 형태로 다음 세대에 전달된다. 또한 남겨진 기록은 다음 세대에 가시적인 것으로 남아있어 노하우 전달과 기술 및 사상의 체계화에도 유리하다.

처음에는 독서를 하며 메모하는 것을 막막하게 느낄 수도 있다. 막막하다고만 생각하면 메모를 할 수 없다. 일단 지금부터 무작정 시작해보는 것이다. 글쓰기를 잘 하려면 글쓰기를 많이 해봐야 하는 것이다. 우리는 글쓰기를 그동안 너무 어렵게만 생각해왔는지도 모른다. 특히나 메모는 남에게 보여줄 것이 아니기 때문에 망설이지 말고 어떤 것이든 써보자. 지금부터 시작하자. 독서를 할 때 자신의 책이라면 의문점이나 의견을 책의 여백에 메모해보자. 메모 내용을 다시 찾기에도 쉽고 나중에 그 책을 열어봤을 때 내가 이전에 어떤 생각을 했고 지금 생각은 이전과 여전히 같은지, 혹은 달라졌는지 파악해볼 수도 있다. 여기서 재독서의 즐거움을 느끼기도 한다. 그리고 독서를 하며 메모를 하면 그 내용에 더욱 몰입할 수 있다. 저자의 의견에 반대하는 의견이라든지 궁금한 점이라든지 메모를 하며 계속 독서를 해나가면 이전보다 더욱 능동적으로 독서를 하게 된다. 자신의 책이 아니라면 따로 메모지나 포스트잇을 준비해서 메모를 한다. 포스트잇은 내가 원하는 곳이라면 어디든 떼어다 붙일 수 있다는 이점이 있다.

손으로 직접 써서 메모를 하는 것도 좋고, 번거롭다면 늘 지니고 다니는 휴대전화로 메모를 하는 것도 좋다. 정보를 남기는 것이 중요한 것이지 메모의 형태와 방식이 중요한 것은 아니다. 손으로 쓰는 것이 번거로워서 메모를 멀리한다면 그것만큼 더 큰 폐해는 없을 것이다.

딱히 메모할 내용이 없다면 해야 할 일을 적어보자. 처리해야 할 업무라든지, 개인적으로 해야 할 일이라든지 써보면 더 명확하게 보일 것이다. 어떤 일이 더 급한 일인지, 어떤 일을 좀 더 미뤄도 되는지 알게 될 것이다. 기록은 시각적으로 볼 수 있도록 도와주기 때문에 어떤 사안에 대해 더욱 명쾌하게 이해할 수 있다는 이점이 있다.

이런 메모가 모여 글쓰기가 된다. 다산의 글쓰기가 그러했다. 메모는 다음에 사용하기 위한 일시적인 행위임을 잊어서는 안 된다. 다산의 초서와 질서 역시 자신의 책을 쓰기를 위해 사용할 자료들을 골라내는 작업이었다. 메모는 일시적인 것이지만 이러한 메모를 정리하여 써 낸 기록은 남기기 위한 것이다.

사람마다 중요하게 여기는 것이 다르듯이 선호하는 메모 방법도 각기 다르다. 하루를 마치며 어떤 이는 그날에 했던 일을 적기도 하고 어떤 이는 만난 사람을 적기도 한다. 어떤 이는 장소를 적는가 하면 먹은 음식을 적는 경우까지도 있다. 그날 먹은 음식을 떠올리면 그날 무엇을 했는지도 떠오른다는 것이 그의 답변이다. 이렇듯 사람마다 메모 방법이 다른데 자신에게 잘 맞는 메모는 짧게 적더라도 많은 것을 떠올리게끔 하는 메모이다.

메모는 기억을 연장시키는 도구이지만 메모를 남겨두고 너무 오래 방치하면 그 메모에 대한 기억이 가물가물해지기 마련이다. 기억을 연장하기 위해서는 남겨둔 메모를 자주 들춰봐야 한다.

　기록은 기억보다 오래 살아남기 때문에 순간적으로 달아나려는 생각을 빨리 메모하여 보관하도록 한다. 당장 메모지가 없다면 우리가 늘 손에 들고 있는 스마트폰의 메모 기능을 잘 활용하는 것도 방법일테다. 우리는 모든 것을 다 기억할 수 없기 때문에 기록하지 않으면 결국 잊게 된다. 그래서 어떤 저자는 메모장을 두고 몸 밖에 있는 뇌라 명명했다. 몸 밖에 있는 뇌를 많이 사용하면 할수록 두뇌에는 빈 공간이 생겨 또 다른 생각을 할 수 있는 창의적 공간이 된다.

　독서를 할 때뿐만 아니라 언제든 메모를 할 수 있도록 상시 메모를 위한 휴대품을 소지하고 다니는 것이 좋다. 수첩이나 메모지, 펜 혹은 휴대전화 등이면 메모 준비는 끝난다. 요새는 휴대전화의 메모기능이 잘 되어 있어서 휴대전화만 소지해도 메모 걱정은 없는 편이다. 메모를 할 때 글의 형태만 고집하지 않아도 된다. 사진 기능이나 녹음 기능을 활용하는 것도 좋다. 사진은 글로는 표현 못할 분위기를 포착할 수 있고 녹음 기능은 그 당시의 생생한 느낌을 담아낼 수 있다.

　이런 메모가 거추장스럽기도 하고 번거롭기도 해서 지속을 하지 못하는 경우가 많다. 메모 역시 메모를 하겠다는 목적의식이 있어야만 메모를 지속할 수 있다. 다산이 편목에서 특히 강조했던 것이 목적의식이었음을 떠올리자. 그런 다산이 읽을 때 눈으로만 읽지 말고 손으로도 읽기를 권했다. 읽으면서 부지런히 메모해야 생각이 튼실해지고 주견이 확립되기 때문이다.

글쓰기가 끝났다하여 정말로 다 끝난 것이 아니다. 글쓰기의 끝은 다시 쓰기의 시작이다. 다산은 글쓰기 이후 작업으로 윤색(潤色)의 단계를 거쳤다. 윤색이란 윤이 나도록 매만져 곱게 한다는 뜻이다. 윤색은 초고를 더욱 완성도 있는 글로 만들기 위해 미흡한 곳은 보완하고, 거친 곳은 부드럽게 다듬고, 어색한 곳은 자연스럽게 만드는 작업이다. 즉 고쳐야 할 모든 부분을 찾아 다시 쓰는 작업인 셈이다.

초본이라 한 것은 어째서인가? 초를 잡는다는 것은 수정하고 윤색하기를 기다린다는 것이다. 식견이 얕고 지혜가 부족하며 경력은 적고 문건은 고루하다. 거처는 궁벽하고 서적은 부족하다. 그러니 비록 성인이 가려 뽑는다 해도 잘하는 자를 시켜 수정하고 윤색하지 않을 수 없다. 수정하고 윤색하지 않을 수 없는 것이 어찌 초가 아니겠는가?

다산은 초고를 윤색하지 않으면 안 될 것이라 말했다. 완성된 초고를 다시 살펴보면 여기저기 고쳐야 할 부분들이 보인다. 현상을 편협하게 바라본 시각, 지식과 경험의 미달이 드러나는 내용, 진부한 표현 등 다산의 말대로 초고 곳곳에서는 윤색을 기다리고 있다. 초고는 완성본이 아닌 원석이다. 원석이 세공 과정을 거쳐야 비로소 보석의 꼴을 갖추듯이 초고 역시 윤색을 거쳐 빛나는 글이 된다. 원석을 보석으로 만드는 세공 과정이 바로 글쓰기의 윤색 단계.

전략 3 : 윤색

01

고쳐
쓰기

무릇 이 같은 내용은 결단하여 행해지기를 진실로 원한다. 하지만 소소한 조례나 자질구레한 명칭 또는 수사자 중에 혹 막혀서 통용되기 어려운 것은 어찌 감히 자기 생각만 굳게 지켜 한 글자도 바꿀 수 없다고 말하겠는가? 고루한 부분은 분명하게 하고, 꽉 막혀 답답한 것은 평평하게 하여, 수정하고 윤색해야 할 것이다. 혹 수십 년간 행해보아 편리한지 불편한지를 징험해보고, 그러고 나서 금석에 새길 만한 법도로 삼아 후세에 전해준다면 이 또한 지극한 바람이요 큰 기쁨이 아니겠는가?

이 글은 『경세유표』의 첫머리에 실린 「방례초본 서」이다. 다산은 각종 제도에 대해 상세하게 논한 뒤 맞지 않는 부분이 있으면 얼마든지 고쳐나가야 한다며 글을 마무리했다.

"고루한 부분은 분명하게 하고, 꽉 막혀 답답한 것은 평평하게 하여, 수정하고 윤색해야 할 것이다"라는 그의 말은 마치 글쓰기를 다마친 후에 해주는 조언과도 비슷하게 들린다. 위 말은 실제로 다산의 저술 활동에서도 잘 드러나는 특징이다. 다산은 저술을 마친 후에도 자신의 저서를 많은 횟수 반복해서 고쳤다. 그는 그의 저서들을 거듭된 수정과 윤색을 통해 거친 것을 다듬고 부족한 것을 채우며 군더더기를 덜어내 최상의 상태로 만드는 일에 있어서 쉬지 않고 노력했다.

다산은 초고를 완성한 것으로 그의 저술활동을 끝내지 않았던 것이다. 그 초고를 몇 번이고 마다하지 않고 고쳤다. 끊임없이 수정했다. 이것이 고쳐 쓰기다. 다른 말로는 퇴고라고도 한다.

『기년아람』을 나도 처음에는 좋은 책이라 했는데 요즈음 자세히 읽어보니 소문처럼 좋지는 않구나. 대충 내 생각을 이야기하자면 책을 지은 본래의 뜻이 해박하다는 것을 과시하고 자랑하려는 것이지 실용과 실리에 도움을 주려는 데 있지 않고 일관된 기준이 없기 때문에 그 기록이 번거롭고 간단명료함이 부족하여 산만하기만 하더라.

(…)

대충 보더라도 글자마다 흠투성이고 구마다 잘못투성이라 이루 다 지적할 수가 없을 정도다. 잘 다듬어 요령 있게 편집을 한다면 한두 권으로 압축될 수 있어 읽기에도 편한 것을 이렇게 만들어 놓았구나.

다산이 두 아들에게 부치는 편지에서 『기년아람』에 대한 평을 내리는 내용이다. 다산은 이 책에 대해 좋지 않은 평을 내리는데 그 내용은 다음과 같다.

'일관된 기준이 없다', '간단명료하지 않고 산만하다', '글자마다 잘못투성이다', '불필요한 분량이 많다', '읽기에 불편하다'

이러한 특징이 나타나는 것은 위에서 다산이 말했듯이 글을 잘 다듬어 놓지 않았기 때문이라 할 수 있다. 다산의 말처럼 잘 고쳐 썼다면 읽기에 괜찮은 책이 될 수 있었을 것이다. 이처럼 고쳐 쓰기는 잘못투성이인 글을 좋은 글로 만들어주는 하나의 방법이다. 편집이란 단어는 출판에서도 사용되는 말이지만 방송에서도 사용되는 말이다. 방송 편집의 예를 살펴보면 고쳐 쓰기를 더 쉽게 이해할 수 있을 것이다. 방송에서 편집이 본래의 내용을 얼마나 어떻게 변형시킬 수 있는지 이제 많은 사람들이 편집으로 내용을 누락시켜 오해를 사기도 하고 특정 내용을 부각시켜 확대해석을 하게끔 만들기도 한다. 이러한 편집의 기술은 방송과 출판뿐 아니라 글쓰기에도 그대로 적용되는 것이다. 다산은 고쳐 쓰기의 위력을 이미 오래 전부터 알고 있었던 것이다.

위에서 『기년아람』의 단점으로 지적한 사항은 다산의 고쳐 쓰기 원칙이기도 하다. 그만큼 좋은 글, 좋은 책은 고쳐 쓰기로 좌우된다. 헤밍웨이는 '초고는 걸레'라고 말했을 정도다. 걸레를 빨면 빨수록 깨끗해지듯 글 역시 고쳐 쓰면 고쳐 쓸수록 좋은 글이 된다. 고쳐 쓰기의 효과는 세탁의 효과와도 같다.

글은 단번에 완성되지 않는다. 글은 점진적인 발전 과정 속에서 완성된다. 점진적인 발전 과정이 곧 고쳐 쓰기이다. 글은 고쳐 쓰기를 통해 완성되는 것이다. 처음부터 완벽한 글이 나오지는 않는다. 자신의 글에 대해 다시 생각해보고 고민하면서 다시 고쳐 쓸 때에 글은 더욱 나은 모습으로 바뀌게 된다.

소설가 은희경은 자신의 초고를 절대 남에게 보여주지 않는다고 한다. 그 이유로 너무 상투적임을 들었다. 그걸 고치고 고치고 또 고쳐서 겨우 한 편의 소설을 만들어 낸다는 것이다. 저명한 소설가도 이럴진대, 한 번에 좋은 글을 쓰려는 것은 과한 욕심일 것이다. 고쳐 쓰기를 거치지 않고서는 글은 완성되지 않는다. 때문에 고쳐 쓰기를 하지 않은 글은 미완성 글이나 마찬가지이다.

헤어짐의 시간 갖기

그렇다면 고쳐 쓰기는 어떻게 해야 할까? 고쳐 쓰기를 하기 위해 가장 먼저 해야 할 일은 자신의 글과 헤어지는 시간을 갖는 것이다. 헤어짐의 기간에 대해서는 각자 사람마다 의견이 분분하다. 어찌됐든 헤어짐의 시간이 필요한 것은 사실이다. 자신의 글과 헤어짐을 갖는 이유는 자신의 글에서 빠져나와 글을 쓰던 자신의 생각과 거리감을 두기 위해서다. 때문에 헤어짐의 기간보다 중요한 것은 헤어져 있는 기간 동안 어떠한 것을 접하고 어떠한 것을 경험했느냐에 있다.

이때에 사고의 전환을 일으킬만한 경험을 겪는다면 어떻게 될까? 자신의 글을 다시 꺼내봤을 때 확연히 다른 느낌을 받을 것이다. 하지만 사고의 전환을 일으킬만한 거창한 경험은 인생에 몇 번 있을까 말까 한 일이다. 이런 거창한 경험을 요구하는 것이 아니다. 사소한 대화에서도 미처 깨닫지 못했던 것을 깨달을 때가 있듯이 사람을 만나거나 일상생활을 하는 동안에도 우리의 인식과 사고는 조금씩 변해간다. 이러한 변화는 글을 쓸 때와는 또 다른 관점이 되어 글을 고쳐 쓸 때에 이전에 썼던 글을 다른 시선으로 바라볼 수 있게 되는 효과를 갖는다.

이처럼 사고방식과 관점의 변화가 일어나면 자신의 글을 더욱 객관적으로 볼 수 있게 된다. 헤어짐의 시간 없이 자신의 글을 바로 고치려고 하면 고쳐야 할 부분이 잘 보이지 않는다. 왜냐하면 글을 썼을 때의 사고방식과 관점에 아무런 변화가 없기 때문이다. 이런 의식 변화의 여지를 주는 시간이 헤어짐의 시간이다.

어떻게 고쳐 쓸 것인가

자신의 글과 헤어짐의 시간을 가진 이후, 고쳐 쓰기를 할 때에는 독자가 되어야 한다. 즉 독자의 입장이 되어서 글의 전반적인 부분들을 살펴봐야 한다는 말이다. 오타와 잘못된 맞춤법을 찾아내는 세밀한 부분뿐만 아니라 나아가 더 큰 부분들, 즉 문장과 문장과의 관계, 문단과 문단과의 관계, 글의 흐름에 있어서도 고쳐야 할 곳을 찾아내야 한다. 철저하게 독자의 입장이 되어서 버려야 할 부분과 보충해야 할 내용을 찾아 독자가 독서에 몰입할 수 있도록 수정한다. 또한 글이 자연스럽게 읽히도록 글의 순서와 구성을 바꿔주는 것도 좋다.

요즘에는 주로 컴퓨터로 글쓰기 작업을 하기 때문에 고쳐 쓰기를 할 때에는 다 쓴 글을 인쇄해서 살펴보는 것이 좋다. 화면으로 글을 보는 것과 인쇄물로 글을 보는 것은 완전히 다르기 때문이다. 자신이 쓴 글을 인쇄물로 보면 좀 더 객관적으로 보이는 효과가 있다. 객관적으로 볼 때라야 비로소 보이지 않던 잘못된 부분들이 발견된다. 이렇듯 고쳐 쓰기는 객관적인 입장이 되어 내 글에 접근하는 것이다.

소리 내어 읽는 방법도 고쳐 쓰기를 하기 위한 좋은 객관화 방법이다. 글을 소리 내어 읽다보면 눈으로만 읽을 때에는 미처 발견하지 못한 어색한 부분들을 발견할 수 있다. 글과 말은 전혀 관계가 없는 것이 아니기 때문에 읽을 때 거치적거리는 부분은 문장으로써도 어색한 부분이다. 또 글을 소리 내어 읽으면 눈으로만 읽을 때와는 달리 단어와 문장에 더 신경을 써서 읽게 되는데 이때 맞춤법이나 문법적으로 틀린 부분들을 찾을 수 있게 된다. 소리를 내어 읽을 때는 호흡을 사용하기 때문에 독서 호흡에 어색한 문장, 숨이 차거나 입에 잘 붙지 않는 부분도 골라낼 수 있다. 이러한 문장은 읽기 편한 문장으로 바꿔주면 된다. 소리 내어 읽기는 글의 적절한 호흡을 찾고 문장의 길이를 조절하는데 유용한 방법이다.

고쳐 쓰기를 할 때에는 비판적인 사고를 필요로 한다. 나 자신과 내 글에 대해 비판적으로 생각해보면 분명 고쳐야 할 부분들을 발견하게 될 것이다. 비판적으로 생각한다는 것은 어떠한 것에 의문을 갖는다는 것이다. 그동안 의심 없이 써내려 왔던 글에 대해 의문을 가져보자. 과연 나의 주장이 타당한 것인지, 나의 생각은 과연 정당한 것인지 의심해본다. 뿐만 아니라. 내가 말하고자 하는 것이 무엇인지 반문하며 이에 걸맞는 내용을 썼는가 하는 질문을 하며 자신의 글을 살펴야 한다. 글속의 주장이 논리적으로 타당해야 독자에게 설득력을 갖기 때문에 자신의 글에 대해 의문을 갖고 그 답을 찾아나가는 과정은 매우 중요한 작업이다.

무엇을 고쳐 쓸 것인가

이번에는 조금 더 구체적으로 무엇을 고쳐야하는지 살펴보도록 하자.

앞서 고쳐 쓰기를 하려면 자신의 글과 헤어짐의 시간을 가져야 한다고 살펴보았다. 이 시간은 객관성을 회복하는 시간이다. 글을 쓸 때에 글쓴이는 글의 세계에 깊이 빠져 들어간다. 그 글의 세계를 숲이라고 해보자. 숲 전체를 조망하기 위해서는 그 숲에서 나와야 한다. 글에 몰입되어 있는 것은 그 숲 속 깊은 곳에서 하나하나의 나무들을 보고 있는 것과 마찬가지다. 숲에서 빠져나와 숲을 보는 시각을 가진 이후에야 고쳐 쓰기를 할 수 있게 되는 것이다.

고쳐 쓰기를 할 때에는 큰 부분부터 고쳐나간다. 전체적인 부분을 먼저 손보고, 다음으로 세밀한 부분을 고친다.

먼저 글의 큰 흐름을 살피며 각 문단을 점검한다. 주제의 흐름과 어색하지 않게 문단들끼리 잘 연결되어 있는지, 어색하거나 불필요한 부분은 없는지 살핀다. 같은 내용끼리는 묶어주고 맞지 않는 내용은 걸러낸다. 불필요한 부분, 반복되는 부분, 주제의 초점을 흐리는 부분은 삭제한다. 반대로 설명이 지나치게 생략된 부분이나 이해를 더 도와야 할 부분에 대해서는 보충 내용을 추가한다. 또한 논리적 완결성을 위해 구성을 재조정한다. 효과적인 순서로 내용을 재배치하여 주제와 소재가 어색하지 않게 만들고 글의 흐름을 자연스럽게 만들어 글 전반에 대한 통일성을 갖춘다. 글이 산만하면 독자의 주의는 흩어지고 결국 글은 읽히지 않게 된다. 글의 통일성은 독자가 글을 읽기에 편안한 느낌을 주며 독자가 독서에 집중할 수 있도록 돕는 역할을 한다.

다음으로 각 문장들이 주제에 부합하는지 살피고 문장과 단어를 정돈하는 세부적인 작업을 한다. 문단 내부에 있는 각 문장들이 긴밀하게 조화를 잘 이루는지 살핀다. 내용을 늘어지게 만드는 불필요한 접속사는 삭제하고 형용사와 부사도 꼭 필요한 경우가 아니면 제거한다. 읽기에 불편한 긴 문장은 짧은 문장들로 나눠주고 표현은 적합한지, 어법은 바른지 살피며 문장을 정돈한다. 특히 주어와 술어가 호응하는지 확인하는 것이 중요하다.

우리말은 주어와 술어가 제대로 호응할 때 그 뜻이 명확해진다. 말하기에서는 주어와 술어를 생략해도 의사소통을 하는 데 문제가 없다. 대화를 이어나가며 쉽게 이해할 수 있기 때문이다. 이해하지 못하는 내용이 나오더라도 곧바로 물어봄으로써 문제를 해결할 수도 있다. 하지만 글쓰기에서는 말하기에서처럼 바로 소통을 할 수가 없다. 때문에 글을 읽는 도중에 의문이 생기지 않도록 정확한 글쓰기를 하는 것이 중요하다. 주어와 술어는 생략하지 말고 정확하게 써준다.

이러한 절차를 거쳐 글 전반에 대한 고쳐 쓰기를 마쳤음에도 미심쩍은 마음이 솟아날 수도 있다. 다 잡아놓은 구성이나 완벽하다고 생각했던 내용이 마음에 들지 않아 글이 뿌리째 흔들릴 수도 있다. 그렇다고 낙담할 필요는 없다. 이는 어쩌면 새로운 아이디어를 발견해 더 좋은 글을 만들 기회가 될 수도 있기 때문이다. 글을 쓰는 동안 글에 대해 이러한 고민이 없었다면 그 글은 별 볼일 없는 글이었을 지도 모른다.

완성된 글과는 어울리지 않는 다른 생각이 떠올랐을 때 어떤 것이 더 나은 것인지 몰라 이러지도 저러지도 못하는 상황을 맞닥뜨리게 될 수도 있다. 양쪽 어떤 것도 선택할 수 없을 때에는 어떻게 해야 할까? 그 상황을 즐기도록 하자. 기존 영역의 균열은 새로운 곳으로 통하는 틈이기 때문이다. 균열은 더욱 창조적인 방향으로 나아갈 기회다. 그러니 새로운 곳으로의 도약을 위해 잠시 재충전한다는 마음으로 새로운 방안을 생각하는 시간을 갖자.

앞서 살펴본 여러 가지 고쳐 쓰기 제안들이 복잡해 도저히 따라갈 수 없다고 느낄 수도 있다. 이러한 불안감에도 걱정하지 말자. 이럴 땐 자신의 직감을 믿자. 우리는 글쓰기를 하려는 것이지 머리를 아프게 하려는 것이 아니다. 글쓰기에 대한 장벽이 더욱 낮아져야 할 필요성이 있다. 글쓰기에 대한 이런저런 기교에 대해 듣는 것보다 중요한 것은 글쓰기 자체를 실천하는 것이다.

글을 쓰고 난 뒤에 다시 읽어볼 때 그 글이 어색한지 어색하지 않은지 우리는 직감으로 알 수 있다. 그동안 듣고 말하고 읽은 경험들이 우리 안에 축적되어 있기 때문이다. 이러한 경험들이 직감으로 나타나 제대로 쓰인 글인지 그렇지 않은 글인지 구분할 수 있게 된다. 이러한 자양분을 축적하는 방법이 역량 쌓기이다. 글쓰기에 대한 여러 가지 기술적인 측면을 숙지하는 것이 어렵게 느껴진다면 역량 쌓기에 더욱 집중하자. 사실 이것만큼 글쓰기 능력을 키우는 좋은 방법도 없다. 역량을 쌓는 만큼 잘못된 어법과 어색한 문장들을 자연스럽게 발견해낼 수 있다. 다산이 글쓰기를 하기 이전에 근본, 즉 역량 쌓기를 중요시 한 것이 바로 이러한 이유 때문이다.

초고의 완성은 글쓰기의 끝이 아닌 시작이다. 고쳐 쓰기는 글의 완성도를 높이는 작업이다. 고쳐 쓰기를 하면 할수록 글은 더욱 정교해지고 예리해진다는 것을 잊지 말자. 초고가 애정으로 만들어졌다면 고쳐 쓰기는 냉정한 눈으로 이루어져야 함을 명심하자.

02

비판
받아들이기

김매순 : '그 뼈가 이미 허옇다.' 노공왕이 무제의 말년을 볼 수 없었던 것은 증거가 이미 명확하고 이치가 마땅히 틀림이 없습니다. 다만 '그 뼈가 이미 허옇다'는 표현은 전아함이 조금 부족한 듯합니다. '무덤의 나무가 이미 아름드리가 되었다'로 고치는 것이 낫겠습니다.

다산 : '그 뼈가 이미 허옇다'는 표현은 바로 약삭빠르고 경박한 말투여서 부끄럽기 짝이 없습니다. 이것은 20년 전에 지은 것이니 말할 것도 없고, 지금도 또한 조금만 취하면 글을 쓸 적에 이 같은 말투가 튀어나옵니다. 얼마 못 가서 역시 뉘우치지만, 습기의 병통은 갑작스레 없애기가 어렵군요. '무덤의 나무가 이미 아름드리가 되었다'가 좋겠습니다.

위 글은 김매순과 다산이 주고받은 편지 내용의 일부다. 이전에 다산이 『매씨서평』을 읽은 김매순에게 문제점을 짚어달라고 부탁했다. 이에 김매순이 지적한 문제점에 대해 다산이 수긍하며 받아들이는 모습이다.

고쳐 쓰기가 혼자 하는 작업이라면 비판 받아들이기는 다른 사람들과 같이 하는 작업이라 할 수 있다. 다산은 자신의 글을 다른 사람들에게 보이며 잘못된 점은 없는지, 혹은 어색한 점은 없는지 검토해주길 부탁했다. 다산은 상대방의 지적이 타당하다 싶으면 자신의 뜻을 고집하지 않고 바로 수정했다.

좋은 글은 주변에 이런 숨은 조력자와 비판자들의 도움으로 만들어진다. 자기만의 세계에 빠지지 않으려면 주변 사람들의 비판과 지적에 귀를 기울일 필요가 있다. 그들의 말을 귀 기울여 듣는다면 자신의 글을 이전보다 객관적으로 바라볼 수 있는 안목이 생길 것이다. 비판 받아들이기는 다른 사람들의 의견을 통해 자신만의 생각에 갇히지 않도록 도와준다.

비판 받아들이기 역시 고쳐 쓰기와 마찬가지로 자신이 쓴 글을 한 걸음 떨어져서 바라보는 작업이다. 다른 사람들의 눈을 통한다면 내가 미처 보지 못했던 점을 찾아내게 된다. 자신이 전혀 생각하지 못했던 지점들에 대해 생각해 볼 수 있게 되고 자신의 글을 다른 시각으로 바라볼 수 있는 눈이 열리게 된다.

다른 여러 사람들의 지적과 의견을 통해 새로운 구상을 얻게 되기도 하고 그 구상을 발전시켜 나가 스스로도 알지 못했던 생각의 경로를 발견하기도 한다. 모호했던 부분은 구체화되기도 하고 빈약했던 부분은 풍성해지기도 할 것이다.

또한 비판 받아들이기는 독자의 반응을 사전에 가늠해보는 작업이기도 하다. 비판 받아들이기는 내 글의 성과를 다른 사람들에게 드러내어 판단을 받는 적나라한 과정이기 때문에 거부감이 들 수도 있다. 하지만 겁먹지 말고 내 글을 업그레이드 시키는 좋은 기회라고 생각하자. 여러 사람들의 지적을 통해 내 글의 부족한 점과 고쳐야 할 부분에 대해 보완할 수 있는 방법들이 명확하게 제시될 것이기 때문이다. 내 글에 그들의 지적을 덧붙인다면 더 넓은 시각의 폭과 더 깊은 사고의 질이 담긴 글이 완성될 것이다. 이처럼 비판 받아들이기는 내 글의 완성도를 더욱 높여줄 작업으로써 꼭 거쳐야할 과정이다.

어째서 내 글을 봐주는 사람들은 내가 보지 못했던 것을 볼 수 있는 것일까? 이러한 원리는 바둑이나 장기에서 훈수를 두는 사람의 위치와 비슷한 것이다. 직접 시합을 하는 사람들의 눈에는 잘 보이지 않는 것이 시합 밖의 구경꾼들에게는 훤히 보일 때가 있다. 완성된 글을 다른 사람들에게 보여 비판을 받아봐야 할 이유가 여기에 있다.

비판 받아들이기 작업을 도와줄 사람들에게 구체적인 질문이나 검토 사항을 제시해주면 더욱 구체적이고 풍성한 의견을 받아들일수 있다.

글의 내용은 유용한지, 주제 전달은 잘 되고 있는지, 글의 구성에 통일성이 있는지, 문장과 표현에 잘못된 점은 없는지, 주장하는 내용에 근거는 충분한지, 쉽게 이해할 수 있는지, 흥미롭게 몰입하여 독서할 수 있는지, 문제적인 부분은 어디인지, 인상적인 부분은 어디인지.

이러한 질문을 통해 의견을 나누고 내 글에 대한 강점과 약점을 파악하여 내 글에 대한 보완과 수정 방안을 모색하자.

차가운 비판의 문제점

비판에도 차가운 비판과 따뜻한 비판이 있다. 차가운 비판은 비판만을 위한 비판이고 따뜻한 비판은 글에 대한 발전 가능성을 염두에 둔 비판이다. 글에 대한 애정이 있느냐 없느냐에 따라 차가운 비판과 따뜻한 비판이 갈린다. 차가운 비판은 맹목적이고 감정에 치우친 비판이다. 이러한 비판만을 위한 비판에 상처받고 글쓰기를 두려워하게 된 이들도 적지 않다. 글쓰기를 더 이상 못하게 용기를 꺾는 이러한 맹목적인 비판은 글쓴이를 죽이는 행위나 마찬가지이다. 이러한 행위를 하는 것은 비판을 하는 진짜 목적을 모르기 때문이다. 비판은 글쓴이를 깎아내리려고 하는 것이 아니라 글쓴이가 발전할 수 있도록 도와주기 위해 하는 것이다. 이 사실을 잊어서는 안 된다.

사람들은 글쓰기를 할 때에 흠 잡히지는 않을까 하는 두려움에 사로잡힌다. 글쓰기를 함에 있어서 이러한 걱정이 앞서는 것은 그동안 차가운 비판만을 들어왔기 때문이 아닐까? 이러한 걱정을 앞세우는 것도, 이러한 걱정을 불식시켜주는 것도 비판 받아들이기의 결과이다. 비판 받아들이기 과정에서 누군가가 내 글의 가능성에 대해 말해준다면 앞서 살펴본 글쓰기에 대한 걱정에서 해방될 수 있을 것이다. 글쓴이에게 필요한 것은 따뜻한 비판이다. 글쓴이는 자신의 글에 대한 불안감을 해소시켜줄 독자가 필요하다.

따뜻한 비판은 글쓴이와 그가 쓴 글에 대한 애정으로부터 나온다. 그러한 애정으로부터 나온 비판은 글쓴이를 발전시키고 그의 글을 보다 나은 방향으로 이끌어주는 역할을 한다. 차가운 비판과는 달리 따뜻한 비판은 글쓴이와 그의 글을 살리는 비판이 된다. 앞서 말했듯이 비판의 목적은 글쓴이를 죽이는 데에 있지 않다. 글쓴이와 그의 글을 더 나은 방향으로 살려주는 데에 그 의미가 있음을 잊지 말아야 한다.

글쓴이의 글을 애정과 호기심으로 바라봐주고 의견을 제시해주는 사람이 있다는 것은 글쓴이에게 있어서 진정한 축복이다.

덕담에 대한 유의점

지적은 미흡한 점에 대해서만 하는 것이 아니다. 장점도 지적할 수 있다. 장점에 대한 지적은 글의 가능성과 비전을 제시해주는 쪽으로 한다. 이러한 지적은 글쓴이에게 자신감을 심어준다.

소설가 김영하는 글쓰기에서 정말 좋은 선생님은 학생의 장점을 하나라도 들어서 얘기해주는 사람이라고 말했다. 그는 '어떻게 이런 재미있는 표현을 생각해냈는지 칭찬해주고 써봐라 또 써봐라' 격려해 주는 사람을 두고 정말 좋은 선생님이라 했다.

하지만 이러한 격려 속에서도 경계해야 할 점이 있다. 글쓴이의 마음이 상할까봐 좋은 덕담만 주고받는다면 자칫 의미를 상실한 비판 받아들이기가 될 수도 있다는 것이다. 이렇게 비판 받아들이기가 덕담해주기로 바뀌면 얻을 수 있는 것이 없어진다. 비판 받아들이기를 감정에 치우쳐 인신 공격적으로 해서도 안 되지만 인정에 이끌려 좋은 말만 해주는 것으로 착각해도 곤란하다. 듣는 사람의 마음이 아프더라도 글쓴이의 발전을 위해 진실 되게 말해줘야 한다. 이러한 과정 속에서 불쾌감을 느낄 수도 있다. 하지만 이런 긴장과 자극이 없어지면 글을 냉정하게 바라보고 파악할 수 있는 기회 또한 사라진다는 것을 알아야 한다.

비판 받아들이기는 자신의 글을 자신이 냉정하게 바라보기 힘들기 때문에 다른 사람에게 도움을 요청하는 과정이다. 다른 사람들에게 도움을 받아 내 글을 점검하는 작업임을 기억하자. 그 사람들마저 내 글을 냉정하게 읽어주지 않는다면 비판 받아들이기는 무의미한 일에 그치고 만다.

내 글을 읽어줄 사람들

혼자 해내야 하는 고쳐 쓰기와는 달리 비판 받아들이기는 다른 사람들과 함께 해야 하는 작업이다. 때문에 어떠한 사람들이 내 글을 읽어주는지가 중요하다. 앞서 살펴봤듯이 비판의 목적을 상실한 맹목적인 비판을 하지 않으면서도 인정에 이끌려 덕담만을 건네지 않는 균형 잡힌 비판자들이 필요하다. 다산의 두 번째 글쓰기 전략인 편목에서도 봤듯이 나와 내 글에 애정을 갖고 읽어주며 의견을 제시해줄 사람들을 찾아보도록 하자. 뿐만 아니라 글쓴이인 자신도 다산처럼 다른 사람들의 합리적인 지적에는 인정하고 그의 의견을 수용할 줄 아는 자세를 갖추도록 노력해야 한다.

03
자유롭게 쓰기

노인의 한 가지 통쾌한 일은

붓 내달려 미친 노래 짓는 것일세.

험한 운자 반드시 구애치 않고

퇴고하며 구태여 끌지도 않네.

흥 이르면 그 자리서 뜻을 펼치고

뜻 이르면 그 즉시 베껴낸다네.

나는야 누군가, 조선의 사람

즐거이 조선의 시를 지으리.

그대는 그대 법을 씀이 옳으니

어리석다 떠들어댐 그 누구인가.

구구한 격이나 율 같은 것은

먼 데 사람 어이해 알 수가 있나.

오만하기 그지없는 이반룡이는

우리를 동이라고 조롱했었네.

원굉도, 우동이 이반룡을 후려쳐도

중국에선 별다른 말이 없었지.

등 뒤서 새총을 든 자 있는데

어느 겨를 마른 매미 엿본단 말가.

나는 산석 시구 사모하나니

아녀자란 놀림을 받을까 싶네.

어찌 능히 서글픔 꾸며대어서

괴롭게 애끊는 소리를 내랴.

배와 귤은 그 맛이 제각가이니

기호는 마땅함을 따를 뿐이라.

다산이 73세 때 지은 「노인의 한 가지 쾌사」라는 시이다. 다산은 위 시에서 취향이 다른 것은 당연한 것이라고 말하고 있다. 중국 시와 조선 시가 달라서는 안 된다며 무조건적으로 중국 시만을 칭송하는 것은 어리석은 일이라고 다산은 말했다. 다산은 배와 귤의 맛이 각기 다르듯이 각자의 개성과 취향이 있다는 것을 말하며 다른 나라의 형식에만 치중하는 당시 조선의 세태를 지적했다.

중국과 우리나라의 취향이 다른 것처럼 우리 각자에게는 나름의 개성이 있다. 그 개성을 발굴해내어 계발해야 한다. 자신만의 개성은 발견하지 못한 채, 남의 것을 무조건적으로 따라하는 데에는 한

계가 있다. 글쓰기도 마찬가지다. 우리가 각자 나름의 개성이 있는 존재이듯이 글 또한 각각의 글마다 개성이 있음을 인지하자. 지금까지 글쓰기에 대한 많은 이야기를 해왔지만 그러한 것들보다 중요한 것은 자신만의 개성이 있는 글쓰기는 해야 한다는 것이다.

다산의 시에서도 확인할 수 있듯이 형식적인 것들에만 너무 치중하면 개성 있는 글쓰기를 하기 어려워진다. 자신의 뜻대로, 자기 손이 가는대로 글을 쓰는 것이 개성 있는 글쓰기로 가는 첫걸음이다. 유려하지만 다른 글과 아무런 차이가 없는 글보다는 거칠더라도 자신만의 개성이 있는 글이 더 좋은 글일 수 있다. 자신만의 형식에 따라 쓰는 글은 이 세상 그 어디에도 없는 하나뿐인 개성을 지닌 글이기 때문이다.

앞서 비판 받아들이기에 대해 살펴봤다. 다른 사람의 의견과 지적을 잘 받아들이는 것이 내 글을 발전시키는 것이라고 했는데 이에 한 마디 덧붙이자면 다른 사람의 의견을 무조건적으로 수용하는 것 또한 올바른 것은 아니라는 점이다. 받아들일 것은 받아들이고 걸러내야 할 것은 걸러내야 한다. 다른 사람의 의견을 받아들이지 못하고 모두 걸러낸다면 독단적인 자기 세계에만 갇힐 우려가 있다. 반대로 다른 사람의 의견을 걸러내지 못하고 모두 받아들이기만 한다면 자신만의 개성이 담긴 글은 만들지 못할 것이다.

보내주신 편지에서 1구 반이라는 주장은 참으로 확실하고 정미하여 경전의 뜻과 꼭 맞습니다. 기뻐 용약함을 이기지 못하겠습니다. 원서가 오면 경에 관한 조목은 마땅히 즉각 고치겠습니다. 정말 다행입니다.

비율에 따라 차등을 두는 방법은 역수가의 차율법입니다. 비록 몹시 정밀하지만 악가의 차율법과는 전혀 맞지 않습니다. 더구나 셋으로 차등을 두는 것은 예전 악관인 영주구의 법입니다. 이제 이미 영주구의 말은 따르지 않으면서 셋으로 차등을 두시니, 어디에 근거한 것입니까? 옛사람의 법은 따르려면 따르고 어기려면 어겨야지. 그 법은 다 폐기해놓고 다만 셋으로 차등을 두는 법만 취해다가 우리의 법에 적용한다면 어찌 이치에 합당하겠습니까?

위 글은 다산이 그의 형 정약전에게 쓰는 편지다. 다산은 첫 번째 단락에서 정약전의 지적에 오히려 기뻐하는 내색으로 즉각 고치겠다고 말한다. 하지만 두 번째 단락에서는 그 태도를 바꿔 앞의 태도와는 전혀 다른 모습을 보인다. 다산은 정약전의 지적에 대해 편파적이고 근거가 부족하다며 자신의 견해를 굽히지 않는 모습을 보인다.

글쓰기를 할 때에는 자신만의 기준과 신념이 있어야 한다. 그렇지 않으면 다른 사람들의 말에 이리저리 휩쓸려 자신의 글도 아니고 남의 글도 아닌 글이 만들어진다. 최소한의 자기 기준을 세워두고 받아들일 것은 받아들이고 흘려보낼 것은 흘려보내야 한다. 그래야 다른 사람의 지적에 예민하게 반응하지 않고 자유롭게 글을 쓸 수 있다. 다른 사람의 지적에 너무 신경을 쓴 나머지 글쓰기를 자유롭게 하지 못하고 글쓰기에 부담감을 갖게 된다면 그것 또한 글쓰기의 발전에 방해가 될 것이다.

글쓰기에 있어서 개성은 그것 하나만으로도 소중한 자원이다. 다른 사람들과는 다르다는 것, 그것이 개성이다. 다른 사람들이 쓰는 대로만 글을 쓴다면 그 글에서는 글쓴이만의 개성을 찾아볼 수 없다. 평범한 것은 눈에 잘 띄지 않지만 개성이 있는 것에는 저절로 눈길이 간다. 무언가 다른 점, 특별한 점이 있어야 사람들의 이목을 끌 수 있다. 아직 거칠고 어색할지라도 가장 나다운 것이 나의 가장 큰 경쟁력이 된다. 그러한 글은 세상에 단 하나밖에 없는 것이기 때문이다. 인간이 가치 있는 이유에는 많은 이유들이 있지만 그중에 한 가지는 인간은 한사람도 같은 존재가 없다는 것에 있다. 글도 마찬가지다. 어디에도 없는 개성을 가진 글은 가치가 있는 글이다. 그 자체만으로도 존재의 이유가 되는 것이다.

훌륭한 가수들은 자신만의 목소리를 갖고 있다. 우리는 그들의 목소리나 노래를 듣고 그가 누구인지 안다. 특별한 목소리와 노래는 잘 기억되지만 그렇지 않은 것은 금방 잊힌다. 가수에게 있어서 목소리는 곧 그 가수의 정체성이다. 또, 어떤 노래를 들을 때 누가 부른 노래 같다, 누가 작곡한 노래 같다 라는 명확한 느낌을 주는 노래가 있다. 이런 노래들은 이미 하나의 입지, 자신만의 견고한 세계를 세우는 일에 성공했다는 말이다. 목소리나 노래를 들었을 때 어떤 가수인지 쉽게 알 수 있다는 것은 그 가수에게 그만큼의 개성이 있다는 말이 된다.

글도 이와 크게 다르지 않다. 소설가를 예로 들어보자. 누가 쓴지 모른 채 어떤 소설을 읽었을 때 그 글의 작가를 맞춘다면 그 소설은 그만큼 개성이 있는 소설이며, 그 소설가는 그만큼 개성이 있는 소설가라는 말이다. 노래뿐만이 아니라 글에도 자신만의 목소리가 깃든다. 이것이 개성이다. 이 개성은 문체만을 의미하지 않는다. 글을 통해 드러나는 세계관이 될 수도 있고 나만의 소재, 아이디어, 상상력, 통찰, 어휘 사용, 표현, 구성이 될 수도 있다.

이러한 자기만의 색깔을 보여주는 것이 글쓴이의 최고 과제다. 나만이 쓸 수 있는 글이어야 대체 가능할 수 없는, 살아남는 글이 되는 것이다. 세상에는 나보다 똑똑한 사람, 섬세한 감각을 가진 사람, 좋은 문장력을 가진 사람 등 글을 잘 쓰는 사람이 많다. 하지만 나와 똑같이 생각하는 사람은 없을 것이고 또 나와 똑같이 글을 쓰는 사람 역시 없을 것이다. 우리 모두에게는 각자의 개성이 있음을 잊지 말자.

다른 사람과 같은 경험을 했을지라도 자신만의 시선으로, 자신만의 느낌으로 쓴 글은 참신하다. 이러한 글이 개성 있는 글이다. 자신만의 글이 아닌 정형화된 틀에 맞춰 쓰는 글은 무난한 글은 될 수 있어도 좋은 글은 될 수 없다. 독자들에게 통하는 안전한 글쓰기만 고집하면 글쓰기의 성장과 발전에 방해가 된다. 성장을 하려면 모험이 필요하듯이 이전과는 다른 방법으로 글쓰기를 시도해봐야만 나에게 알맞는 개성을 찾을 수 있게 될 것이다.

글재주가 없다고, 개성이 없다고 낙심하지 말자. 그러한 생각은 많이 써보지 않았기 때문에 하는 걱정일 수도 있기 때문이다. 나의 생각과 경험을 나만의 언어로 쓰는 훈련을 지속적으로 반복해야 자신만의 고유한 개성이 드러나게 된다. 겪었던 경험을 자신만의 관점으로 써보길 도전해보자. 그러는 중에 결국에는 자신만의 목소리가 깃든 개성 있는 글이 만들어질 것이다.

글쓰기가 두려운 이유는 무엇일까? 다른 사람들의 시선 때문이다. 나를 이상하게 생각하지는 않을까? 이 글 때문에 망신당하면 어쩌지? 지적당하고, 공격당하면 어떡하지? 이러한 두려움 때문에 대부분의 사람들이 글쓰기를 주저한다. 다른 사람의 시선을 의식하기 때문에 글쓰기가 두려운 것이다. 글쓰기에는 그만큼의 용기를 필요로 한다는 말도 된다. 글쓰기의 방법뿐만 아니라 다른 사람들의 시선에서도 자유로워질 필요가 있다. 주위의 시선에 굴하지 않고 자신이 원하는 대로 글쓰기를 시작해보자.

무슨 일을 하든 어깨에 들어가 있는 힘을 빼라고 요구하는 경우가 많다. 몸이 경직되어 있으면 유연성과 상황대처 능력이 떨어져 제 실력을 발휘하기 힘들기 때문이다. 이러한 현상은 글쓰기에서도 통용된다. 다른 사람들의 시선과 얽매인 형식에서 자유로워져야 할 필요성이 여기에 있다. 어떤 일이든지 어깨에 들어가 있던 힘이 빠질 때 잘 풀리는 법이다. 글쓰기에 대한 경직된 자세가 이완될 때 더욱 자유로운 글을 쓸 수 있게 될 것이고 이는 더 나은 글을 만들어낼 것이다.

부담감과 두려움에서 벗어나 즐거운 글쓰기를 해보자. 어차피 글은 혼자 쓰는 것이다. 많은 사람들 앞에서 공개적으로 글을 쓰는 것이 아니기 때문에 자신이 쓰고 싶은 것을 쓰며 즐거움을 느끼는 것도 글쓰기의 흥미를 돋우는 데 유용한 방법이 된다. 자신의 관심사나 흥미를 갖는 이야기에 대해서도 편하게 써보자. 어떤 작가들은 스스로 재미를 느끼기 위해 쓴다고도 한다. 글쓰기에 즐거움을 느끼지 못한다면 글쓰기만큼 고역인 일도 없다. 글쓰기는 고통스러운 일이기도 하지만 분명 즐거운 일이기도 하다. 이 즐거움을 잃지 않도록 노력하는 것도 잊지 말자.

마구 쓰기

마음껏 자신 있게 글을 쓰지 못하는 이유는 자신도 모르게 진행되고 있는 자기검열 때문이다. 머릿속의 복잡한 규칙을 거친 후에야 비로소 글쓰기를 시작하려 하기 때문에 글쓰기가 어렵게 느껴지는 것이다. 글쓰기가 쉽고 편해진다는 것은 그만큼 자기 자신의 속박으로부터 자유로워진다는 것을 의미한다. 마구 쓰기는 이러한 글쓰기의 자유로움을 선사한다.

마구 쓰기는 의식적 자아와 생각을 뒤로 물러나게 한 채, 단어와 글의 흐름만을 따라 글을 쓰는 방법이다. 프리라이팅이라고도 한다. 글쓴이의 의도를 완벽하게 따르는 글과는 또 다른 것이다. 마구 쓰기는 내적 무의식의 발산인 셈이다. 마구 쓰기는 의식의 검열에서 벗어나 억압된 무의식을 발산하는 행위다. 멈추지 않고 자유롭게 글을 써나가면 억압되지 않은 자신의 진짜 감정을 볼 수 있게 된다. 진짜 나의 감정은 실제로 마주하기에는 두려운 어떤 것이다. 때문에 의식은 검열을 거쳐 마주하기 두려운 것을 애써 피하도록 혹은 모른 척하도록 만든다. 이러한 진짜 나의 모습은 의식적으로 이끌어 낼 수 없기 때문에 무의식적인 방법을 사용해야 한다. 그 방법이 바로 마구 쓰기이다.

마구 쓰기에는 자유연상법이 사용된다. 자유연상이란 내 마음에 떠오르는 생각이나 느낌을 그 어떤 것에도 구애받지 않고 숨김없이 드러내는 방법이다. 어떠한 낱말을 정하고 글쓰기를 한다고 가정해 보자. 그 낱말 뒤로 연이어 떠오르는 것들을 말잇기 놀이를 하듯 쭉 써나가는 것이다. 이때에 생각이 제멋대로 흘러가는 것을 막지 않는다. 생각과 마음속에 떠오르는 것이면 무엇이든 편안한 기분으로 낙서하듯 그 흐름을 따라 써내려간다. 사소한 것이어도, 말이 되지 않는 것이어도, 일관성이 없어도, 비합리적인 것이어도, 경솔한 것도, 난처한 것도, 내게 어울리지 않는 것도 모조리 남김없이 다 쓴다.

마구 쓰기를 할 때에는 가능한 한 솔직하게 자신의 모든 것을 드러내겠다는 마음가짐을 가져야 한다. 이러한 글쓰기를 할 때 마음속에 거부반응이 일어나는 것은 당연한 일이다. 자신의 추한 모습들을 다른 사람이 알면 큰일 날 것이라는 생각이 들 것이다. 마구 쓰기가 우리의 일상적인 예절과는 반대되는 행위이기 때문에 그렇다. 우리는 다른 사람에게 해서는 안 될 말과 해도 될 말을 구분하며 살아간다. 그렇게 학습 받으며 자라왔기 때문에 이런 관습과 반대되는 마구 쓰기가 어색할 수 있다.

그렇기 때문에 이런 연습을 하는 노트는 아무도 볼 수 없어야 한다. 그래야 거짓 없이 자신의 마음과 생각을 쏟아낼 수 있다. 그리고 이런 연습을 하는 모습 또한 아무도 볼 수 없어야 한다. 그래야 거짓 없는 자신의 모습을 모두 드러낼 수 있다.

마구 쓰기는 글쓰기에 대한 모든 경직, 두려움, 불편함, 억압에서 벗어나는 통로이기 때문에 글쓰기의 자유를 느낄 수 있게 해준다. 마구 쓰기는 내안의 잠재력을 일깨워 하고 싶은 말을 글로 마음껏 표현할 수 있도록 도와준다. 이렇게 되면 자신만의 목소리가 내면에 담겨 개성 있는 글쓰기를 할 수 있게 된다.

또한 자유연상법을 통해 마구 쓰기를 하다보면 자신이 전혀 알지 못하는 정보와 아이디어가 튀어나오는 신기한 일들이 벌어지기도 하는데 이러한 발견을 통해 내안에 잠들어 있는 글쓰기 능력을 계발하게 되기도 한다.

마구 쓰기는 글쓰기 저변에 깔린 심리적 부담감을 덜어주어 글쓰기를 더욱 쉽게 해준다. 그 부담감이란 텅 빈 종이에 글씨를 채워 넣어야 한다는 심리적 압박이다. 글쓰기를 할 때에 많은 시간이 글을 쓰지 못하는 데 소비된다는 것은 글쓰기의 아이러니다. '어떻게 써야할지 걱정하고, 썼다가 지우고, 다시 어떻게 써야할지 고민하다가 지웠던 것을 다시 쓰는' 패턴으로 글쓰기 시간 중 많은 부분을 허비하고 있는 것이 사실이다.

마구 쓰기는 글쓰기에 대한 부담감으로 허비되는 시간을 아낄 수 있도록 도와준다. 마구 쓰기는 글쓰기 이전의 준비운동이다. 실제 써야 할 글을 쓰기 이전에 마구 쓰기를 하면 글쓰기에 대한 부담감을 줄일 수 있고 힘들이지 않고 글쓰기를 시작할 수 있게 된다. 일단 글쓰기를 시작하고 나면 대체로 더 잘 되는 원리를 이용한 것이다. 마구 쓰기는 글문을 틔우는 일인 동시에 글쓰기에 대한 자신감을 키우는 작업이다. 이처럼 마구 쓰기를 통해 자유롭게 글을 쓰다 보면 어느새 향상된 자신의 글을 발견하게 될 것이다.

작가는 마치 운동선수처럼 매일매일 '훈련'해야 한다.
좋은 '상태'를 유지하기 위해 나는 오늘 무엇을 했던가?

– 수전 손택(미국 소설가)

3부

거장들의
글쓰기 전략

01

연암의
글쓰기 전략

탐구하기

참신한 글이란 무엇일까? 우리는 특별한 내용을 다루거나 색다른 표현방법을 사용하는 것을 참신한 글이라 생각한다. 하지만 이것은 잘못된 생각이다. 평범한 소재와 보편적인 내용을 가지고도 얼마든지 참신한 글을 쓸 수 있기 때문이다. 사소한 것일지라도 자신만의 생각이나 시선이 글속에 담겨 있다면 그 글은 참신한 글이다. 자신만의 사유를 발전시켜 써 내려가는 것이야 말로 창의적인 글이라 할 수 있다.

사물이나 현상을 자신만의 시선으로 들여다보는 것은 글쓰기를 하는 데 중요한 요소 중 하나이다. 낯선 것은 물론 일상에서 쉽게 지나칠 수 있는 것들을 그냥 지나치지 않고 세심히 들여다보는 것은 글쓰기에 많은 도움이 된다. 연암 박지원 역시 사물에 대한 호기심과 탐구정신이 강했던 인물이다.

당시 조선 성리학자들의 주된 관심사는 인간의 내면세계에 있었다. 이와 다르게 연암의 관심사는 자연 사물과 현실에 있었다. 연암은 내면 수양과는 관련이 없는 풀, 꽃, 새, 벌레 등 당시 성리학자들이 관심을 갖지 않았던 것에 관심을 기울였다.

연암은 방에 틀어박혀 옛 책에만 파묻힌다고 해서 진리를 깨닫는 것은 아니라고 생각했다. 오히려 생기 가득한 자연 사물과 직접 대면하여 꼼꼼하게 관찰할 때에 자연의 이치를 깨닫게 된다고 여겼다. 연암은 강한 탐구정신으로 눈앞에 있는 사물과 현상을 경험하는 것이야말로 글쓰기를 하기 이전에 거쳐야 할 단계로 보았다. 연암의 문장이 조선 최고의 독창적인 문장이 될 수 있었던 것은 이러한 탐구정신에 있었다. 연암은 글쓰기를 하기 이전에 자연을 섬세하게 관찰하고 자연과 교감하는 것을 중요시 여겼다. 연암이 자신의 눈을 통해 발견한 자연의 이치는 자신만의 시선이 담긴 글쓰기로 연결되었다. 때문에 연암의 글은 독창적인 글로 나아갈 수 있었던 것이다.

그대는 짐을 풀고 안장을 내려야 할 거외다. 내일 비가 올 것 같으니까요. 시냇물이 흐르고 물 냄새가 비릿하며, 섬돌 위로 개미떼가 와글와글 몰려들고, 황새가 울며 북쪽으로 날아가고, 안개가 서려 땅에 퍼지고, 별똥별이 서쪽으로 흐르고, 바람이 동쪽에서 불어오니 말이외다.

연암이 시냇물, 개미, 황새, 안개, 별똥별, 바람을 보며 다음날의 날씨를 예견하는 장면이다. 연암이 평소에 자연물을 얼마나 상세하게 관찰하였는지 나아가 자연물과 날씨와의 상관관계까지 파악했는지 알 수 있게 해주는 대목이다.

> 아버지는 하루 종일 대청에서 내려오시지 않는 날도 있었고 간혹 사물을 응시하며 한참 동안 묵묵히 말이 없으시기도 하였다. 당시 아버지는 이런 말을 하신 적이 있다.
> "지극히 미미한 사물들, 이를테면 풀, 꽃, 새, 벌레와 같은 것도 모두 지극한 경지를 지니고 있지. 그러므로 이들에게서 하늘의 묘한 이치를 엿볼 수 있다."
> 아버지는 매양 시냇가의 바위에 앉으시기도 하고, 나직이 읊조리며 천천히 산보하시다가 갑자기 멍하니 모든 것을 잊은 것 같은 모습을 하시기도 했다.

연암은 자신 주변의 사물을 세밀하게 관찰하며 곧잘 사색에 잠겼다. 연암은 이때에 자연의 묘한 이치를 엿보게 된다고 말한다. 이 묘한 이치는 삶과 자연에 대한 깊은 통찰력이자 자신만의 시선이 담긴 창의력이다. 통찰력과 창의력은 어느 날 갑자기 생기는 것이 아니다. 연암과 같이 자신을 둘러싼 주변을 깊이 사색하는 중에 그로부터 나오는 깨달음으로 통찰력과 창의력이 길러지는 것이다. 이러한 통찰력과 창의력은 글쓰기의 소중한 밑거름이 된다. 자연 사물뿐만이 아니다. 인간관계를 포함한 우리 삶의 모든 부분들을 꼼꼼하게 살펴볼 때 글쓰기를 위한 역량이 쌓이게 된다.

어떠한 사물이나 현상에 대해 깊이 관찰하지 않으면 그 대상의 이면을 제대로 파악하지 못하게 되어 대상의 본질이 무엇인지 알 수 없게 된다. 하나의 좁은 시선만으로는 우리의 삶과 자연 현상의 여러 측면을 볼 수 없기 때문이다. 다양한 관점이 필요한 것은 이러한 이유다. 다양한 관점에서 사물과 현상을 바라보며 유연하게 생각하는 훈련은 글을 풍성히 하는 데 도움이 된다.

특정한 사물과 현상에 대해 '왜'라는 의문을 품는 자세는 대상의 이면을 파악하기에 좋은 훈련 방법이다. '왜'라는 질문은 대상에 대한 접근 방법과 이해 방식을 이전과는 다른 방향으로 이끌어준다. 이렇게 평소에 쉽게 지나치던 일들에 대해 촉각을 세우고 세밀히 관찰하면 대상을 다각도로 파악하게 되어 대상에 대한 자신만의 시선을 갖게 될 것이다.

탐구 대상은 우리의 삶이나 자연 사물과 현상에만 국한되는 것이 아니다. 알지 못했던 여러 장르의 책이 그 대상이 될 수도 있고 책뿐만 아니라 영화에서부터 음악, 미술, 체육 등 셀 수 없이 많은 분야들이 탐구의 대상이 될 수 있다.

새롭게 쓰기

연암은 모방과 베끼기를 거부했다. 연암에게 글쓰기는 '자신'의 생각과 '지금'이라는 현실을 보여주는 것이었기 때문에 다른 사람의 글과 옛글에 얽매이는 관습적인 베끼기를 거부했던 것이다. 다른 사람의 글을 베끼기만 하면 각 개인 내면에 있는 개성이 발현되지 못한다. 연암은 자신의 생각을 자신의 언어로 쓴 글을 가장 좋은 글로 여겼다.

연암은 다른 사람의 글을 그대로 가져다 쓰는 것을 두고 벙어리와 같다고 했다. 거창하게 꾸미지 않더라도 자신의 언어로 솔직하게 쓴 글을 참된 글로 보았다. 진정한 글은 자기 자신만의 언어로 쓴 글이다. 이러한 이유로 연암은 옛글을 베끼기만 하는 관습을 경계했던 것이다.

"숲 속에서 지저귀는 새는 저마다 소리가 다르고 페르시아 시장의 보물은 같은 것 하나 없이 다채롭다." 글도 이와 마찬가지다. 글에는 글을 쓴 사람만의 고유한 목소리가 담겨 있어야 한다. 이것이 연암이 말한 참된 글, 진정한 글이다. 연암이 이전 시대의 글을 모방하는 것에 대해 경계했던 것은 이미 지나간 시대의 글이었기 때문이다. 이러한 글을 모방하는 것에 그친다면 시대를 선도할 참신한 글은 나올 수 없는 것이다. 모방과 베끼기는 연암이 가장 고민했던 문제 중의 하나로 연암은 단순 모방으로 인한 진부한 표현에서 벗어나기 위해 평생 고심했다.

연암은 이미 낡아버린 글을 베끼기에 급급해하지 말고 자신이 품은 생각을 쏟아내기에 집중하라고 요청한다. 글쓰기에 있어서 자신의 생각을 쓰는 것이 그만큼 중요하기 때문이다. 자신의 생각을 쓴 글, 즉 자신만의 깨달음이나 자신만의 시선이 담긴 글이 연암이 지향했던 글쓰기의 모습이었다. 영혼이 없는 베끼기에는 생동감이 없다. 자신만의 시선이 담긴 글이라야 생기가 흐르는 진정한 글이 된다.

연암은 글을 쓰는 방법뿐만 아니라 표현 대상에 대해서도 그 대상 안에 담긴 고유한 정신을 써내려 노력했다. 대상의 겉모습에만 초점을 맞춰 있는 그대로 똑같이 그려내기보다 대상의 내면을 강조했던 것이다. 이렇듯 연암은 표현 대상에 대해서도 단순 모방을 벗어나 그 내면을 파악하여 드러내려 했다.

연암이 대상의 내면을 드러내기 위해 사용한 방법은 대상의 흠과 결점을 드러내는 것이었다. 흠과 결점이야말로 특정 대상 혹은 특정 인물만이 가진 그만의 개성이기 때문이다. 특히 연암이 묘사했던 인물들은 당시 풍속의 기준으로 보면 어딘가 모자라고 부족한 사람들이었다. 연암은 이런 인물들의 흠과 결점을 드러냄으로써 더욱 생동감 있고 진실한 인간의 모습을 보여주었다. 대상을 멋지게 그려내는 것에만 집중하면 결국 그 대상의 진실한 모습과는 거리가 먼 거짓된 글이 될 뿐이다. 그래서 연암은 진솔함을 드러내는 글을 최고로 여겼던 것이다.

쇠똥구리는 자신의 쇠똥구슬을 사랑하고 용의 여의주를 부러워하지 않으며, 용 또한 자신이 가진 여의주로 저 쇠똥구슬을 비웃지 않는다.

연암은 서로의 차이점을 개성으로 인식하고 존중했다. 다양성의 가치를 중요시 여긴 것이다. 이런 연암에게 옛글을 따라 하기에만 바빴던 당대 분위기는 각 개인의 글의 개성을 죽이는 구조로 인식되었다. 연암에게 무엇보다 중요했던 것은 각자에게 내재되어 있는 자신만의 개성을 드러내는 것이었다. 연암은 각자의 개성을 살리기 위해서는 최고의 모범으로 여겨지는 옛글을 베끼기만 하는 당대 문체의 지위가 무너져야 한다고 주장했다.

연암이 무조건적으로 새로운 것만을 추구하며 옛것을 무시하고 버리라고 했던 것은 아니다. 옛글에서 배울 것은 배우고, 취할 것은 취하되 있는 그대로만을 무분별하게 따라하는 모방을 잘못된 것이라 말한 것이다. 옛글은 본보기일 뿐이다. 연암은 이 본보기를 바탕으로 하여 더욱 발전된 글쓰기를 하길 요구한 것이다.

하늘과 땅이 비록 오래 되었으나 끊임없이 생명체를 태어나게 하고, 해와 달이 비록 오래 되었으나 그 빛은 날마다 새로운 것이다.

연암은 자연 세상을 멈춰 있는 것으로 보지 않고 오랜 세월을 두고 끊임없이 변화하는 것으로 생각했다. 인간 사회 역시 자연과 같이 변화하고 발전하는 것으로 여겼다. 사회와 시대의 사상 역시 변하는 것이기 때문에 연암은 그 사상을 담아내는 문장 역시 시대의 흐름에 따라 변해야 하는 것으로 생각했다. 연암은 변화를 당연한 것으로 여겼다. 연암이 옛글을 무조건적으로 모방하는 것을 거부한 이유가 여기에 있다. 옛글에는 변화가 담겨있지 않다. 연암에게 옛글은 절대화하며 따를 대상이 아니었다. 연암의 관심은 당대에 맞는 새로운 문체와 형식을 모색하는 것에 있었다.

변화에 합치하도록 글을 짓는 요령도 또한 때에 달린 것이지 법에 달린 것은 아니다.

위대한 옛글일지라도 세월이 흐르면 가치관과 인식의 변화로 인해 그 글의 위상과 가치가 달라질 수 있다. 때문에 연암은 옛글에 머물며 새로운 변화를 시도하지 않는 글쓰기를 무의미한 것으로 보았다. 연암은 세상이 변함에 따라 글의 내용도, 사고의 방법도 달라져야 한다고 생각한 것이다. 옛글에 대한 지나친 맹신은 창의적 사고에 걸림돌이 된다. 옛것을 있는 그대로 따라 하기만 한다면 새로운 것은 만들어지지 않기 때문이다. 글쓰기를 할 때에 새로운 변화를 주기 위해 노력해야 하는 이유이다.

'중국과 조선은 각각 기후도 다르고 삶의 방식도 다르다. 우리는

우리 조선의 삶을 노래해야 한다.'

당시 조선 사람들은 고대 중국의 경전을 본받는 것이 가장 이상적인 것이라고 생각했다. 하지만 연암은 그 옛글에 '지금'의 삶과 '우리'의 문화가 없다고 여겼다. 연암은 당대 조선을 살아가는 각 사람들의 삶과 생각을 담아내야 참된 글이 나온다고 생각했다. 연암은 다소 낯설고 이질적이어도 옛글에 얽매이지 않고 자신만이 써낼 수 있는 문장을 추구했다. 글의 내용뿐만 아니라 형식까지 깊이 고민했던 연암은 자신만의 목소리로 '지금, 여기'를 담아내기 위해 부단히 노력했다. 이것이 연암이 생각한 글쓰기의 본질이다.

협력하는 글쓰기

단 한 번의 글쓰기로 완성되는 글은 없다. 연암 역시 다산이 그러했듯 초고를 쓴 다음 계속해서 다듬고 수정하는 과정을 거쳐 글을 완성했다. 김일손이 연암에게 왜 초고를 쓴 다음 시간이 흐른 뒤에 수정해야 하는지에 대해 물었다. 연암은 이렇게 대답했다.

"처음 초고를 잡을 때는 마음에 치우친 뜻이 있어 스스로 글의 결점과 문제점을 보기 어렵다. 오랜 시간이 지난 다음에야 처음 글을 쓸 때 가졌던 치우친 마음이 없어지고 객관적인 마음이 생겨 비로소 그 문장의 잘잘못을 분명하게 알 수 있다."

아버지는 한 편의 글이 완성될 때마다 반드시 지계공에게 보이며 "나를 위해 비평을 좀 해주게"라고 하셨다.

연암은 글을 다 쓴 후에 반드시 지인들에게 평을 부탁했다. 이덕무, 유득공, 박제가 등 연암의 동료들은 연암의 작품에 자신들의 평을 달아주었다. 연암은 지인들의 비평을 토대로 글의 취약점을 점검하고 완성도를 높이는 고쳐 쓰기 작업을 했다.

연암은 여기서 한 차원 더 나아가 가까운 사람들과 협력하여 글을 썼다. 글의 문체와 제목까지 의논하며 많은 지인들의 협조로 글을 완성하기도 했다. 연암이 면천 군수에 갓 부임했을 때 공무에 겨를도 없고 참고할 자료도 부족해 지인들에게 함께 작업해주길 부탁한 것이 그 대표적인 예다.

이러한 연암의 글쓰기 방식을 살펴보면 글이라는 것이 단순히 한 개인의 능력으로만 만들어지는 것은 아니라는 점을 알 수 있다. 글은 같은 시대를 살아가는 사회 구성원들과의 상호작용을 통해 더욱 발전해나간다.

이러한 연암의 글쓰기 작업은 다산과 비슷하면서도 조금은 다르다. 다산의 저술과 연암의 저술 모두 협업이라는 체제를 갖추고는 있지만 그 방식에 대해서는 전혀 달랐다. 다산의 협업은 각자의 분야를 정확하게 나눠 저술을 이루어나가는 방식이었다면 연암의 협업은 어떠한 일을 누가 했는지 쉽게 파악할 수 없는 형태로써 뒤섞임 속에서 조화로움을 이루는 방식이었다.

02

안철수의
글쓰기 전략

의학자, 백신 개발자, 경영자, 경영학 교수, 국회의원. 이 모든 것이 안철수의 이력이다. 한 분야에서 최고의 자리에 오르면 그 자리에 안주하려는 것이 사람들의 일반적인 마음이다. 하지만 안철수는 더 큰 의미가 있다고 생각되는 일이면 최고의 자리일지라도 주저 없이 떠나 새로운 도전을 했다. 이것이 그가 상이한 여러 이력을 갖게 된 이유이다.

몸담고 있던 분야와는 전혀 다른 분야로 옮겨 적응하는 것은 쉽지 않은 일이다. 안철수는 메모를 두고 이러한 고비를 헤쳐 나갈 때마다 힘이 되어준 동반자라고 소개한다. 메모를 통해 아이디어를 실현시킬 수 있었기 때문이다. 안철수가 다른 분야로 옮겨 그 분야의 최고 자리까지 오를 수 있었던 것은 메모의 힘이었다. 안철수의 이색적이면서도 방대한 업적은 사소한 메모로부터 시작되었다.

안철수의 메모

"나는 생각이 나면 메모했다. 메모지를 묶으니 책이 됐다."

안철수는 식당에서 밥을 먹다가 떠오른 아이디어는 물론 회의했던 내용 하나하나까지 모든 것을 메모했다고 한다. 이 뿐만이 아니다. 안철수는 길을 걸으면서, 혹은 차 안에서 언뜻 떠오르는 아이디어를 놓치지 않기 위해 메모한다.

"아이디어는 휘발성입니다. 머릿속에서 끊임없이 생성되지만 메모를 해서 구체적인 정보나 기획으로 바꾸지 않으면 형체도 없이 그냥 사라져버리는 거죠. 메모를 해두지 않으면 잊기 쉽습니다. 그 생각을 다시 떠올리기란 여간 힘든 작업이 아닙니다."

뛰어난 아이디어일지라도 적지 않으면 아무런 소용이 없다. 그 아이디어는 형태도 없이 사라질 것이기 때문이다. 안철수는 아이디어가 떠오르는 대로 메모를 한다고 한다. 흔히 메모광들이 가지고 다닌다는 개인 수첩이나 메모지는 사용하지 않는다. 그저 쓸 수 있는 있는 필기구와 종이만 있으면 된다고 한다. 순간적으로 떠오른 아이디어는 가능하면 하나의 문장으로 만들어 기록해둔다. 이렇게 한 줄로 표현된 메모는 안철수에게 유용한 글감이 되기도 하고 문제 해결책이 되기도 한다.

안철수는 메모를 통해 문제점에 대한 해결책을 찾는다. 끊임없는 관찰을 통해 떠오르는 아이디어를 메모해 그때그때 어떻게 해야 할지 선택한다. 보다 큰 방향에 대한 설정은 메모보다 글쓰기를 통해 잡는다. 글쓰기를 하다보면 큰 결정들과 장기적인 전망, 시야에 대한 힌트를 얻을 수 있다고 한다.

안철수는 정보를 얻을 때만큼 행복한 순간이 없다고 말한다. 그래서 그는 독서를 하는 중에도 메모를 멈추지 않는다. 안철수는 독서를 하며 자신만의 느낌과 관점을 메모한다. 책 내용을 그대로 옮겨 적지 않는 것은 그 인용구가 자신의 생각을 규정할 수도 있기 때문이다. 책의 내용을 자신의 것으로 소화하고 그것을 자신이 지닌 여러 지식이나 경험과 연결할 때 비로소 자신만의 해석이 나오기 시작한다. 안철수는 이러한 경지에 이르기 전까지는 수준이 낮더라도 자신만의 목소리로 표현하는 게 바람직하다고 보았다. 그것 나름대로도 부가가치를 전달할 수 있기 때문이다. 안철수는 이러한 글이 더욱 중요하다고 생각한다.

"핵심 단어만 메모하거나 순간적인 느낌을 한 줄로 메모해놓습니다. 한 줄 메모에서 칼럼 내용을 아우르는 글들이 나옵니다. 한 줄만으로 수십 장의 원고를 써낼 수 있는 거죠. 완전히 소화된 나만의 것이 나옵니다."

안철수의 메모는 하나의 개념을 적는 메모다. 여기서부터 하나의 문장이 나온다. 하나의 문장은 수많은 문장으로 가지를 뻗어나간다. 이러한 문장들이 모여 하나의 칼럼이 되고 한 권의 책이 된다. 그의 저서들은 한 줄로 된 메모에서 비롯된 결과물이다. 메모지를 묶어 책이 됐다는 말은 과장이 아니다.

2001년에 펴낸 『CEO 안철수, 영혼이 있는 승부』는 서울 서초동 뒷골목의 허름한 사무실에서 세 명의 직원으로 안철수바이러스연구소를 설립할 때부터 6년간에 걸친 안철수의 삶과 기업에 대한 철학을 담은 책이다. 그는 이 책을 만들기 위해 6년 동안 틈틈이 써 두었던 원고지 6,000매 분량의 메모를 정리했을 뿐이다. 6,000매에 달하는 원고는 그동안 차곡차곡 모아둔 한 줄 메모로 만들어진 것이다.

2004년에 펴낸 『CEO 안철수, 지금 우리에게 필요한 것』의 경우 2001년 이후 3년 동안 기록해 온 메모와 일기, 홈페이지에 올렸던 CEO 칼럼, 안철수연구소 전 직원들에게 매달 보냈던 이메일들을 정리한 것이다. 원고지 분량으로는 3,000매가 넘었다. 이 역시 그동안 해왔던 메모와 기록의 산물이었다.

안철수의 독서

"우리 회사 건물 엘리베이터는 10분 이상 기다려야 탈 수 있거든요. 그 시간에만 책을 읽어도 한 달에 두 권은 읽어요."

초등학생 시절부터 독서광이었던 안철수의 말이다. 독서광은 보통 사람이라면 흘려보내버릴 짧은 10분도 독서 시간으로 만든다. 책을 읽지 못하는 1분 1초가 아까운 것이다. 안철수는 자투리 시간을 결코 놓치는 법이 없다. 이는 자연스럽게 시간관리 능력으로까지 연결됐다.

안철수는 걸어 다니면서도 책을 읽을 정도로 책을 많이 읽었다고 한다. 어린 시절부터 학교 도서관에 있는 책을 섭렵했다. 하도 책을 빌려가서 사서가 장난치는 줄 알고 책을 안 빌려주기도 했다고 한다. 고등학교 시절에는 삼중당 문고 400권을 모조리 읽었고 대학교를 다닐 때는 추리소설을 즐기기도 했다. 대학에 다닐 때 바둑을 배우고 싶어 바둑 관련 서적 50권을 독파했다는 일화는 유명하다. 또 컴퓨터를 배울 때에도 관련 서적을 모조리 독파했다. 안철수는 새로운 일에 도전하기에 앞서 매번 그 일에 관련된 책을 읽었다.

안철수는 지금까지 여러 번의 도전을 했다. 평범한 사람으로서는 도저히 해낼 수 없는 이력을 만들었다. 의학자에서 백신 개발자와 창업자로 그리고 교수, 국회의원까지 계속해서 새로운 길을 걸어가고 있다.

안철수가 지금까지 여러 길을 갈 수 있었던 것은 책의 영향이다. 그가 책을 가까이 하게 된 것은 항상 독서하는 아버지를 어린 시절부터 보며 자랐기 때문이라고 한다. 그의 아버지는 56세에 전문의 시험을 통과해 전문의 자격증을 땄다. 안철수는 이때 평생 연구하는 아버지의 모습에 큰 감명을 받았다고 한다.

책에 대한 안철수의 신념은 확고하다. 안철수는 책속에 저자가 고민한 세월과 시행착오의 노력이 담겨있으며, 인류가 쌓아놓은 세상의 모든 지혜가 있다고 믿는다. 때문에 그는 독서 편식을 경계하는 편이다. 어느 한 분야를 집중적으로 파고들어 전문적인 식견을 갖추는 것은 물론 중요하다. 하지만 관심 분야에만 매몰되는 것은 위험하다는 것이다. 안철수는 스스로 끝없이 발전하고 사회에 기여하려고 한다면 보다 다양한 독서를 하며 열린 생각을 갖는 것이 중요하다고 말한다.

안철수의 독서 습관 중 또 다른 특징은 요약본은 절대 읽지 않는다는 것이다. 시간에 쫓기며 일해야 하는 사람들의 경우 시간을 절약하기 위해 요약본을 읽는 것이 일반적이다. 하지만 안철수는 아무리 바빠도 원서를 구입해 읽는다.

"책은 많이 읽는 게 중요한 것이 아닙니다. 한 권의 책이라도 거기서 얼마나 많은 것을 얻을 수 있느냐가 중요하지요. 사실 독서에서 글을 읽는 만큼 중요한 것은 사색입니다. 책에 나온 내용을 자신의 경험이나 현재 상황에 대입해보기도 하고, 다른 책과 비교하여 연관 지어 생각해보기도 하며, 자기 나름대로 해석하는 과정은 책 내용을 내 것으로 만들고 사고의 폭을 넓히는 방법이죠. 그런 면에서 볼 때 요약본은 별로 도움이 되지 않습니다."

오늘의 안철수를 있게 한 것은 끊임없는 독서와 메모다. 안철수의 메모 습관과 그의 독서 습관은 떼려야 뗄 수 없는 관계이다. 만약 그가 책을 가까이 하지 않고 메모를 하지 않았더라면 오늘의 안철수 또한 없었을 것이다. 그가 여러 번에 걸쳐 큰 도전을 이뤄낼 수 있었던 원동력은 메모와 독서 덕분이었다. 특히 메모는 언제나 안철수의 새로운 도전의 동반자가 되어 기획력과 실행력을 향상시켜주었다.

많이 읽고 많이 쓰고 많이 생각하는 일을 이만큼 실천한 인물은 많지 않다. 다산의 글쓰기 전략의 입장으로 보자면 안철수야말로 다산이 말했던 역량 쌓기에 충실한 인물이라 할 수 있다.

03

무라카미 하루키의
글쓰기 전략

"소설가가 되려면 어떤 훈련이나 습관이 필요합니까?"

무라카미 하루키는 젊은 사람들이 진지한 표정으로 이와 같은 질문을 하면 대답하기가 무척 어렵다고 한다. 그는 자신조차 자신이 어떻게 소설가가 되었는지 잘 파악하지 못했기 때문이라 말한다. 어쩌다 보니 이렇게 되었다고 밖에 할 수 없다. 하지만 그렇게 말할 수도 없는 것이기 때문에 하루키는 소설가가 되기 위해 필요한 훈련이나 습관에 대해 생각해봤다고 한다.

그는 일단 책을 많이 읽어야 한다고 말한다. 흔해 빠진 대답인줄 알지만 소설을 쓰기 위해서는 무엇보다 중요하면서도 빠뜨릴 수 없는 훈련이라는 것이다. 소설을 쓰기 위해서는 소설이라는 것이 어떤 구성으로 이루어졌는지 체감으로 이해해야 한다. 이러한 특징은 다른 글쓰기에도 그대로 적용된다. 논설을 잘 쓰고 싶거든 논설을 많이 읽고 그것이 어떠한 구성으로 이뤄지는지 체감하고 이해해야 한다. 자신이 쓰고자 하는 글쓰기 장르의 전반적인 이해가 필요한데 이는 같은 장르의 책을 읽음으로써 이뤄진다.

하루키는 독서를 할 때 뛰어난 소설도 혹은 별 볼일 없는 소설도 괜찮다고 한다. 수많은 뛰어난 문장을 만날 것, 때로는 뛰어나지 않은 문장도 만날 것. 닥치는 대로 읽어서 많은 이야기에 자신의 몸을 통과시키길 주문한다. 그것이 가장 중요한 작업이다. 소설가에게 없어서는 안 될 기초 체력이다. 하루키는 실제로 문장을 써보는 것도 중요하지만 순위로 보자면 그건 좀 나중에라도 충분히 할 수 있는 것이라고 보았다.

여행 – 세밀하게 관찰하기

하루키는 독서 그다음으로 사물이나 현상을 세세하게 관찰하는 습관을 붙이라고 말한다. 주위에 있는 사람들이나 주위에서 일어나는 다양한 일들을 주의 깊게 관찰하고 그것에 대해 이리저리 생각을 굴려보는 것이다. 결론을 내리는 것은 최대한 뒤로 미룬다. 명쾌한 결론을 내리는 것이 중요한 것이 아니라 그것들을 머릿속에 생생하게 담아두는 것이 중요한 것이다.

하루키는 여행을 할 때 일시나 장소, 여러 숫자나 수치는 잊어버리면 글로 쓸 때 곤란해지기 때문에 꼼꼼히 메모하지만 별다른 묘사나 기록은 하지 않는다고 한다. 하루키는 오히려 현장에서는 글쓰기를 잊어버리려고 한다. 카메라도 사용하지 않는다. 자기 자신이 카메라가 되고 녹음기가 되어 눈으로 직접 본 정경이나 분위기, 소리 따위를 머릿속에 생생하게 새겨 넣기 위해 집중한다. 이것은 그때그때 눈앞의 모든 풍경에 자기 자신을 몰입시키는 작업이다. 그래야 나중에 살아 있는 글이 나온다.

때문에 여행을 갔을 때 아무 것도 하지 않고 잠자코 구경만 하고 있으니 사진을 맡은 사람만 바빠 보인다. 여행지에서 돌아오면 바쁜 건 작가인 하루키가 된다. 사진은 현상을 하면 끝나지만 작가는 그때부터 본격적인 작업을 시작한다. 책상 앞에 앉아서 메모에 의지해 머릿속에서 재현한 현장을 글로 만들어 나간다.

하루키는 귀국해서 한 달이나 두 달쯤 지나고 나서 작업을 시작하는 경우가 많다고 하는데 경험적으로 그 정도 간격을 두는 것이 결과가 좋기 때문이라 한다. 그동안 가라앉아야 할 것은 가라앉고, 떠올라야 할 것은 떠오른다. 그리고 떠오른 기억만이 자연스럽게 이어져간다. 그렇게 되면 하나의 굵은 라인이 형성된다. 잊어버리는 것도 중요한 일이다. 다만 그 이상 오래 내버려두면 잊어버리는 것이 너무 많아 문제가 된다. 모든 일에는 어디까지나 '적당한 시기'라는 것이 있기 때문이다.

특히 여행은 단순히 어느 지역을 '둘러보는' 데 그쳐서는 안 된다. 여행을 자신에 대한 진지한 성찰의 계기로 만들어야 한다. 낯선 공간을 그저 지나쳐가는 것이 여행의 전부가 될 수는 없다. 그 공간속에서 새로운 세계를 발견하고 자신의 삶을 변화시키려는 의지를 끌어내야 여행다운 여행이 된다. 여행의 참다운 의미를 제대로 살리려면 외부의 풍경만이 아닌 '내면의 풍경'에도 눈길을 주어야 하고, 외부의 온갖 소리뿐만 아니라 '내면의 소리'에도 귀 기울이는 노력을 해야 한다. 이처럼 세밀한 관찰의 대상에는 외부 세계만 있는 것이 아니라 나 자신도 포함된다.

하루키만의 특별한 역량 쌓기

하루키가 막 전업 소설가가 된 후 직면하게 된 심각한 문제는 건강이었다. 이전까지는 매일 격렬한 육체노동을 해왔기 때문에 저체중 상태로 머물러 있었지만 아침부터 밤중까지 책상 앞에 앉아 글쓰는 생활을 지속하게 되자 체력은 떨어지고 체중은 불어났다. 이무렵 하루에 담배 60개비를 피우는 바람에 손가락은 누렇게 되고 온몸에서는 담배 냄새가 났다고 한다. 하루키는 앞으로의 긴 인생을 소설가로 살 작정이었기 때문에 체력을 지키며 체중을 유지할 방법을 찾지 않으면 안 됐다.

하루키가 찾은 해결책은 마라톤이었다. 그는 마라톤을 사랑하는 작가로 이미 우리에게도 친숙하다. 다음은 소설을 쓸 때의 하루키의 하루 스케줄이다.

네 시에 일어나서 대여섯 시간 일한다. 오후에는 10킬로미터를 달리거나 1.5킬로미터 수영을 한다. 그러고 나서 책을 좀 읽고 음악을 듣는다. 아홉 시에 잠자리에 든다.

이러한 스케줄은 기초 체력을 몸에 배도록 하기 위함이다. 날마다 대여섯 시간씩 책상 앞에 앉아있는 것도 쉽지 않은 일인데 그 시간동안 집중해서 이야기를 만들려면 웬만한 체력으로는 당해낼 수 없다. 글쓰기를 지속하기 위해서는 신체적 건강함이 뒷받침돼야 한다. 하루키는 몸과 정신의 경계선이 뚜렷하게 구분되는 것이 아니기 때문에 체력이 떨어지면 사고 능력도 미묘하게 쇠퇴한다고 말한다. 그가 신체를 단련하는 이유이다.

하루키는 이에 대해 간단한 예시를 들어 설명하기도 한다. 충치 때문에 이가 아픈데 책상 앞에 앉아 글을 쓸 수는 없다는 것이다. 훌륭한 구상이 머릿속에 있고 쓰고자 하는 강한 의지와 재능이 갖춰져 있다 하더라도 육체적 고통에 끊임없이 시달린다면 글쓰기에 집중할 수 없다. 충치를 치료하지 않으면, 즉 몸을 정비하지 않고서는 제대로 된 사고 능력을 발휘하기 어렵다는 말이다.

하루키는 소설가에게 가장 중요한 자질로 재능과 집중력, 지속력을 꼽았다. 하루에 많은 시간 집중해서 글을 쓸 수 있는 재능이 있다하더라도 일주일 만에 지쳐버린다면 장편소설 같이 긴 작품은 쓸 수 없다. 장편소설과 같은 긴 작품을 쓰는 소설가에게 요구되는 힘은 반년 혹은 1년, 2년간 매일 글쓰기에 집중할 수 있는 지속력이다.

집중력과 지속력은 재능의 경우와 달라서 훈련으로 얼마든지 그 능력을 향상시켜 나갈 수 있다. 이는 신체 단련 과정과도 비슷하다. 달리기를 매일 지속함으로써 근육을 강화하고 러너로서의 체형을 만들어가는 것과 같이 책상 앞에 앉아 의식을 집중하는 훈련을 매일 지속하면 집중력과 지속력은 자연히 몸에 배게 된다. 이러한 훈련은 의식을 집중해 글쓰기를 매일 지속하는 것이 나의 일이라고 신체 시스템에 기억시키는 작업이다.

하루키가 네 시에 일어나서 아홉 시에 잠들기까지의 일과를 변함없이 매일매일 지키는 것은 반복 자체가 중요함을 알기 때문이다. 반복은 신체에 거는 일종의 최면이다. 하루키에게 있어서 반복을 통해 신체를 강하게 단련하는 것은 예술적 감수성만큼이나 중요한 일이다.

하루키는 각기 다른 세계관을 가진 여러 종류의 작가가 있기에 소설가에게 있어서 유일한 방법 같은 것은 없다고 말한다. 다만 하루키는 더 큰 창조를 위한 자신만의 방법으로 기초 체력 강화를 꼽았는데 이는 없어서는 안 될 일이라고 했다.

육체는 시간이 경과함에 따라 빠르건 늦건 쇠잔해간다. 육체가 시들면 정신도 갈 곳을 잃는다는 것을 하루키는 잘 알기 때문에 그 지점을 조금이라도 뒤로 미루려는 것이다. 그것이 하루키가 소설가로서 목표하는 것이다. 하루키의 첫 번째 목표는 이것이다.

소설을 착실하게 쓰기 위해 신체 능력을 가다듬어 향상시키는 것!

나만의 문체, 나만의 이야기, 나의 유일성

하루키의 문체는 독특한 것으로 유명하다. 그래서 일본 내에서도 번역 투의 문체다, 아니다, 논란이 많다. 논란이 많다는 것 자체가 그 문체가 가진 개성을 말해주는 것 아닐까? 아무런 논란 없이 무난하게 받아들여지는 문체는 누구에게나 환영받을 수는 있다. 하지만 그만큼 자신만의 고유한 개성이 드러나는 문체가 아닐 수 있음을 염두에 두어야 한다. 하루키의 문제적 문체는 어떻게 나타나게 되었을까? 그의 말에 따르면 기성관념을 버렸을 때, 즉 자유롭게 쓰고자 했을 때 나타났다고 한다.

하루키가 첫 소설 『바람의 노래를 들어라』를 쓸 때의 이야기다. 그는 러시아 소설과 영어 소설만 읽고 일본 현대 소설은 읽지 않아 어떤 식으로 소설을 써야 하는지 몰랐다고 술회한다. 대충 짐작으로 쓴 첫 소설은 소설의 형식은 갖추었으나 자신이 읽어도 재미가 없었다. 그래서 '소설이란 이런 것이다', '문학이란 이런 것이다'라는 기성관념을 버리고 자유롭게 써보고자 했다. 원고지와 만년필을 치우고 영자 타자기로 소설의 첫 부분을 영어로 썼다. 그러는 중 나름대로 문장의 리듬을 익혔다는 생각이 들었을 때 타자기를 치우고 원고지와 만년필을 들었다. 하루키는 영어로 쓴 문장들을 일본어로 번역했다. 그의 말에 따르면 '번역이라기보다 자유롭게 이식'하는 작업을 거친 것이다. 이때 새로운 일본어 문체가 나타났다. 그는 이 문체로 써놓았던 첫 소설을 몽땅 다시 썼다. 같은 내용이었지만 표현 방법은 완전히 달랐던 것이다. 다 쓴 후 읽었을 때의 소감도 전혀 달랐다. 중요한 것은 자신이 납득할 수 있는 모양새로 끝까지 써냈다는 것이다. 그리고 그는 하나의 중요한 이동을 이루어냈다는 실감을 얻었다고 한다.

새로운 문체로 쓰지 않았던 첫 작품에 대해 하루키는 글을 쓸 때 별로 즐거운 기분이 아니었다고 말한다. 즐겁지 않았던 것은 자신 속에서 자연스럽게 나온 문체가 아니었기 때문이라고 한다. 자신이 즐기지 못하는 글쓰기에서 좋은 글이 나올 수는 없었을 것이다. 하루키가 말했던 것을 적용하여 우리도 '글은 어떻게 써야 한다'는 고정관념을 내려두고 자신이 쓰고자 하는 대로 자유롭게 쓴다면 글쓰기를 보다 즐길 수 있을 것이다. 즐기는 자는 당해낼 수 없다는 말도 있듯이 자유로운 글쓰기, 즐기는 글쓰기가 될 때 또 다른 차원의 글쓰기로 발돋움 할 수 있게 될 것이다.

하루키는 세계가 가지각색의 사람들로 성립되어 있음을 늘 강조한다. 다른 사람에게는 그 사람만의 가치관이 있고 그에 따른 삶의 방식이 있다. 나에게도 나의 가치관이 있고 그에 따른 삶의 방식이 있다. 그와 같은 차이는 일상적으로 조그마한 엇갈림을 낳는다. 몇 개의 엇갈림이 모여 커다란 오해로 발전하기도 한다. 까닭 없는 비난은 여기서 발생한다. 오해를 받거나 비난을 받는 일은 있을 수 있는 일이지만 결코 유쾌한 일은 아니다. 그로 인해 깊은 마음의 상처를 입는 것은 괴로운 일이다.

하루키는 이러한 상처와 괴로움이 어느 정도는 필요한 것이라고 나이를 먹어감에 따라 깨닫게 되었다고 고백한다. 이러한 것들이 타인과 나의 차이를 만들고 그것이 '나'라는 자아를 형성하여 자립한 하나의 인간을 만드는 것이다. 하루키의 경우 이 때문에 소설을 계속 써나갈 수 있는 것이라고 한다. 타인과 다르다는 것은 같은 풍경에 있더라도 타인과는 다른 모습을 파악하고, 다른 것을 느끼며, 다른 말을 선택할 수 있는 가능성을 지닌다는 것이다. 나만의 이야기는 이러한 '다름'으로 써내려가는 것이다. 내가 다른 누구도 아닌 '나'라는 것은 자신에게 있어서 하나의 소중한 자산이다.

하루키는 괴로움과 상처에 대해 인간이 자립성을 얻기 위해 세계에 지불해야 할 값이라 여겼다. 이렇듯 타인과의 차이는 '나'라는 인간의 자립성을 나타내는 것이 된다. 나만이 가지고 있는 개성은 나만의 이야기가 된다. 나만의 이야기가 있다는 것, 그것이 곧 나만의 유일성이다. 이러한 유일성이 우리 각자 모두에게 깃들어 있음을 기억하자.

04
박완서의
글쓰기 전략

박완서를 키운 이야기

"나를 키운 것은 팔 할이 이야기였다."

2011년 타계하신 고(故) 박완서의 말이다. 그녀는 아주 어렸을 때부터 옛날이야기를 좋아해 어른들을 졸랐다고 한다. 특히 할머니와 어머니는 그녀에게 뛰어난 이야기꾼이 되어주었다.

할머니는 그녀의 사소한 질문에도 성심성의껏 대답해주었는데 주로 이야기로 대신해 줄만큼 이야기꾼이었다고 한다. 그녀는 할머니의 이야기를 통해 짐승과 나무와 꽃들과 생전 변치 않는 친교를 맺게 되었다고 고백했다.

그녀의 어머니 역시 뛰어난 이야기꾼이었다. 그녀가 회상하기로 어머니는 사람의 연령에 맞춰 말을 골라 썼던 것 같다고 하니 그 언변이 얼마나 대단했을지 짐작해볼 수 있다. 조부 집을 떠나 서울에서 지낼 때 할머니의 이야기에 대한 갈망을 어머니가 대신 채워주었다. 박완서의 글쓰기 능력은 『심청전』, 『콩쥐 팥쥐』, 『삼국지』까지 우리나라와 동양의 고전을 넘나드는 어머니의 이야기를 통해 전수받은 것으로 보아도 무리가 없다.

박완서는 이렇게 이야기가 풍부한 집에서 태어나 상상력이 발달할 수 있었으며, 남녀노소가 모두 좋아하는 글쓰기를 직업으로 가지고 살 수 있어서 행복하다고 말했다.

이야기가 풍부한 집이란 것을 요즘 상황으로 바꿔보면 책 읽어주는 부모라든지, 동화책을 마음껏 즐겨볼 수 있는 환경 정도로 말할 수 있을 것이다. 당시 어른들에게 듣는 재미있는 옛날이야기는 지금으로 말하자면 동화책이나 마찬가지였던 셈이다. 박완서는 자신을 키운 이야기를 두고 이렇게 말했다.

"좋은 이야기는 상상력을 길러주고 옳은 것을 알아보게 하며 사람과 사물에 대한 사랑의 능력을 키워주고 보다 나은 세상을 꿈꾸게 하는 것이다."

박완서를 만든 독서

박완서는 습작 한 번 해본 적 없이 처음 쓴 소설로 등단했다. 그분량도 원고지 1,200매로 적지 않은 분량이었다. 어떻게 그렇게 쓸 수 있었냐는 물음이 생기지 않을 수 없다. 이러한 물음에 대한 그녀의 답변은 의외로 간단했다. 책을 많이 읽으면 습작을 하지 않아도 쓸 수 있다는 것이다. 언뜻 들으면 이해가 가지 않는 답변이다. 하지만 앞에서 언급한대로 '쓰기에 영향을 미치는 것은 얼마나 많이 써봤느냐 하는 것에 있는 것이 아니라 얼마나 많이 읽었느냐 하는 것에 있다'는 미국 남 캘리포니아 대학의 언어학자 스티븐 크라셴 박사의 연구 결과를 살펴보면 그녀의 답변을 쉽게 수긍할 수 있을 것이다.

박완서는 자신이 습작 없이 곧바로 소설을 쓸 수 있었던 것에 대해 눈썰미를 들어 설명했다. 바느질은 배워서 할 수도 있지만 옆에서 보는 것만으로도 할 수 있듯이 책을 계속 읽으면 어느 사이엔가 글쓰기를 할 수 있는 안목이 생긴다는 것이다. 그녀가 1,200매 분량의 원고지를 채울 수 있었던 것은 독서를 통해 만들어진 글쓰기에 대한 안목 덕분이었다.

그녀는 독서를 잘 해나가기 위한 방법으로 흥미를 꼽았다. 자신에게 재미있는 책을 자유롭게 골라 읽으면 그만이라는 것이다. 박완서 자신이 그러했듯 달콤한 연애가 가미된 소설을 읽으며 독서를 이어나가는 것도 문제없다는 의견이다. 명작 독서만이 무조건 좋은 것이 아니다. 별안간『파우스트』를 읽으라고 하면 독서에 대한 흥미는 사라질 것이다. 자기에게 잘 읽히고 좋아지는 책이 있는 반면 그렇게 잘 안 되는 것도 있다.

감미로운 소설도 많이 읽다보면 자연히 다른 것을 읽고 싶어지기 마련이다. 단 것을 너무 많이 먹으면 쓴 것을 먹고 싶어지는 것과 같은 이치다. 자신이 느끼는 재미는 스스로 심화되기에 이른다. 그러는 중에 가슴으로 읽는 책을 바랄 때도 생기고 머리에 충격을 가져다주는 책을 바랄 때도 생긴다. 또, 자신의 영혼을 흔들어 줄 책을 바랄 때가 생기기도 한다.

이러한 독서가 내면에 충분히 쌓일 때 비로소 글쓰기가 되는 것이다. 독서와 글쓰기의 상관관계는 음악 감상과 노래 부르기의 관계와도 비슷하다. 노래를 듣다보면 따라 부르게 되기도 하는데 조금 더 끼가 있는 사람은 보다 본격적으로 부르게 되는 그런 것이다. 글쓰기에 있어서도 좋은 독자가 좋은 작가도 되는 것이다. 독서를 하지 않아 기본 소양이 없는데 작가가 되기 위한 기법만 익혀서는 절대 좋은 작가가 될 수 없다.

창작의 밑거름은 결국 독서다. 박완서 역시 어렸을 때 읽으며 좋아했던 이쿠타가와의 단편과 체호프의 단편에서 많은 것을 배웠다고 고백했다. 그녀는 작가가 되기 위한 첫 번째 준비로 책을 많이 읽는 것을 꼽았다. 그녀는 글을 쓰려면 좋은 글을 될 수 있는 대로 많이 읽어야 한다고 거듭 말했다.

글쓰기를 할 때

박완서가 처음 글을 쓰기로 마음먹은 것은 박수근 화백에 대한 증언의 욕구가 생겼을 때였다. 그가 어떻게 살았는지 자신이 증언하고 싶었던 것이다. 한 인물에 대한 증언이자 한 시대에 대한 증언을 하고 싶었는데 그에 대해 아는 바가 없어 상상으로 이것저것 붙이다가 결국 소설로 장르를 바꾸기에 이르렀다고 한다.

처음에 소설이 아닌 그에 대한 전기를 쓸 때, 어떨 때는 지지부진하고 어떨 때는 잘 써졌는데, 잘 써졌던 곳을 살펴보면 그 부분은 자신이 멋대로 꾸며 거짓말로 쓴 부분이었다고 한다. 게다가 자신의 얘기를 하고 싶은 마음이 자꾸 생겼는데 글을 쓸 때 이런 마음을 외면하면 도무지 쓰고 싶은 신명이 나질 않았다고 한다. 그래서 그녀는 거짓말을 허락하는 소설로 장르를 바꿨다. 그녀는 상상하며 허구로 글을 쓰는 작업에서 더욱 자유로움을 느끼고 더 즐겁게 글을 썼다고 전한다. 박완서의 글은 이러한 자유로움과 자기만족의 기쁨으로부터 나왔다.

박완서가 받은 글쓰기의 가장 큰 가르침은 무엇이었을까? 그녀는 고등학교 선생님을 떠올렸다. 당시 고등학교에서는 교사 재량으로 수업이 이루어졌는데 다양한 독서 지도와 토론 그리고 따로 이루어졌던 창작 시간을 통해 문학에 대한 안목을 키울 수 있었다고 한다.

선생님이 싫어하던 것은 경험의 무게가 실리지 않은 허황하고 감상적인 미사여구를 쓰는 것이었다. 경험에서 나온 것을 쓰되 바로 쓰지 말고 안에서 삭히라고 하셨던 말씀을 제일 인상적인 가르침으로 꼽았다.

이에 대한 예시를 위해 선생님이 포도주를 만들 때 필요한 것이 무엇이냐 묻기도 하셨다고 한다. 포도, 설탕, 소주 이런 답이 나와도 선생님은 똑같은 질문을 다시 하셨다. 그러면 항아리부터 시작해서

별의별 대답이 나왔다. 그러면 선생님은 포도주는 시간이 지나 발효하여 된 술이라며 '시간'이 필요하다고 말씀하셨다. 어떤 것에 감동해서 쓰고 싶은 것이 생기면 바로 쓰지 말고 안에서 삭히면서 쓰지 않으면 안 될 시기까지 기다리라고 말하셨다. 삭히던 것이 폭발하는 때가 반드시 생기는데 선생님은 그때 그것을 쓰라고 가르치셨다.

작가의 경험이 전혀 섞이지 않은 상상력은 없는데 아무리 기발한 상상력이어도 작가의 경험이 충분하게 버무려지지 않으면 설익은 포도주와 같이 된다. 묵직하니 좋은 글은 그만큼 충분히 숙성되고 소화한 이후에 만들어진다는 가르침이다.

박완서는 작가가 되기 위한 준비로 사물에 대한 호기심을 잃지 말 것을 또한 당부했다. 글을 만들기 위한 상상력은 삶의 작은 실마리에서부터 시작되기 때문이다. 다른 사람들과 같은 시간, 같은 장소에서 같은 체험을 해도 각자가 느끼는 체험은 같지 않기 때문에 사물을 바라보는 눈길에 조금만이라도 관심을 담아 응시한다면 자신만의 개성과 감수성이 담긴 글을 쓸 수 있을 것이다. 감동을 주는 글은 사물을 볼 때 자신의 심상에서 떠오르는 솔직한 말에서 나온다.

글쓰기가 막혔을 때

전업 작가를 한다는 것은 글쓰기를 직업으로 두는 일이다. 영감이 떠오르지 않는다고 쓰지 않을 수는 없다는 말이다. 박완서 역시 이러한 어려움을 많이 겪었다고 말한다. 뼈가 찌릿찌릿 할 정도로 글쓰기가 싫었던 적도 있다고 한다.

그녀는 머리에 쥐가 날 정도로 생각을 하거나 글쓰기가 극도로 하기 싫어질 때 머리를 쉬게 한다. 그 방법으로 몸을 움직인다고 한다. 아주 고단할 정도로 노동을 하면 머리가 맑아진다. 글이 막히면 쓸데없는 짓을 하는데 옷장을 열어 안 입는 옷을 내다 버리기도 하고 책꽂이 앞에 서서는 절대 읽을 일이 없을 것 같은 책을 내다 버리기도 한다. 정리하지 않고 모아놓기만 한 사진들을 쏟아놓고는 얼굴이 밉고 늙게 나온 것들은 다 찢어버린다. 이러고 나면 머릿속이 좀 개운해진다고 한다.

많이 걷는 것도 박완서가 머리를 쉬게 하는 일 중 좋아하는 방법이다. 그녀는 걸을 때 머리가 활성화되는 것을 느낀다고 한다. 천천히 걷기도 하고 빨리 걷기도 한다. 자신의 생각하는 능력이 머리가 아닌 다리에서 나온다는 생각을 한 적이 있을 정도다. 그녀에게 걷기는 글쓰기의 어려움을 해소하기 위한 유용한 방편 중 하나였다.

글을 쓸 때 고민하고 곤란한 상황을 맞닥뜨리는 것은 기성 작가에게 있어서도 예외는 아니다. 박완서에게 가장 힘든 것은 적절한 한마디 말을 찾아 온종일 헤매는 것이었다고 한다. 스토리도 밑그림도 다 완성되었는데 무언가 부족함을 느낄 때가 있다. 이건 마치 퍼즐 맞추기와 같다. 다 완성된 것 같아도 한 칸의 빈자리라도 있으면 그곳에 딱 맞는 퍼즐 조각을 찾아 넣기 전까지는 완전하게 완성된 것이 아니다. 퍼즐을 맞추는 것은 그나마 한정된 조각에서 찾으면 되는 것이지만 글쓰기는 그렇지가 않다. 이 세상에 존재하는 수

많은 말들 중에서 그 자리에 딱 맞는 말을 찾아내야 하는 것이다. 그 한 마디를 찾아내는 것이 말처럼 쉬운 일은 아니기 때문에 곤혹스러운 것이다.

이런 어려움에 직면했을 때 박완서는 주로 예전에 감동받았던 작품을 다시 읽는다고 했다. 혹은 새로 나온 시집을 읽기도 했다. 글이 막힐 때에도 그녀는 독서를 했던 것이다. 이 독서는 막혔던 언어 감각의 소생을 위함이다. 좋은 문장을 읽으면 침체되었던 감각에 생기가 돌고 막혔던 언어들이 터져 나오기 때문이다.

나를 바꾸는 글쓰기

박완서가 애착을 많이 가졌던 작품은 등단작 『나목』이다. 그것은 세상의 모든 엄마들이 첫아이에게 갖는 애착과도 같은 것이다. 박완서가 이 작품에 애착을 가졌던 것은 마흔 살에 인생의 새로운 전환을 이루도록 도왔기 때문이다. 이 작품을 쓰기 전까지 그녀의 인생은 다른 엄마들과 다르지 않았다. 아이 다섯을 낳아 주부 생활에 만족하면서 재미나게 살았다. 그리고는 아이들 시집보내고 장가보내는 것으로 삶을 마칠 줄 알았다. 이러한 삶을 완전히 뒤바꿔 놓은 것이 바로 『나목』이다. 『나목』으로 인해 주부로서의, 엄마로서의 삶과는 전혀 다른 삶이 되어버린 것이다.

여자는 보통 삶의 전환이라는 것을 첫아이를 통해 겪는다. 첫아이는 여자의 삶에서 엄마의 삶으로 변화하는 경이로움을 준다. 박완서에게 『나목』도 이와 같은 존재였다. 그래서 더 소중하고 애착이 갔던 것이다.

비단 박완서의 이야기만은 아닐 것이다. 첫아이가 여자에게 다른 삶으로의 전환을 가져다주듯이 글쓰기 역시 우리 모두에게 새로운 인생으로의 변화를 가져다줄 것이다.

『글쓰기의 기쁨』의 저자 롤프 베른하르트 에시히는 변신 가능성이야 말로 문학이 인간에게 주는 놀라운 선물이라 말한 바 있다. 그의 말을 빌어 이렇게 말하고 싶다. 글쓰기 또한 우리에게 놀라운 변신을 선물할 것이다.

안도현의
글쓰기 전략

　시인 안도현의 시 쓰기를 살펴보는 일은 시 쓰기를 통해 글쓰기의 특징을 알아보기 위해서다. 시 쓰기 또한 글쓰기의 일종이기 때문이다. 시 쓰기의 특징이 글쓰기의 특징과 완전히 일치하는 것은 아니다. 시 쓰기는 그 나름대로의 원칙과 특징이 있기 때문이다. 하지만 시 쓰기에는 분명 글쓰기와 궤를 같이하는 특징도 있다. 이러한 글쓰기의 특징을 시 쓰기에서 살펴보려는 것이다. 본문에서 '시'라는 단어와 그에 대한 설명은 '글'과 그에 대한 설명으로 읽어도 무방할 것이다.

연탄재 함부로 발로 차지 마라
너는 누구에게 한번이라도 뜨거운 사람이었느냐

－「너에게 묻는다」

독서를 권한다

"배가 고플 때, 라면으로 배를 채울 수는 있어요. 요리사가 아니더라도 누구나 만들어 먹을 수 있는 음식이죠. 하지만 음식이 허기를 채우는 목적만 있는 건 아니잖아요. 전문 요리사는 기술뿐만 아니라 음식의 종류, 또 재료의 영양 성분과 신선함까지 신경 써야 해요. 그것이 라면을 끓여 먹는 사람과 최고 요리사의 차이겠지요. 시도 그렇습니다. 시 한 줄을 쓰기 전에 백 줄을 읽어야 합니다."

'한 줄을 쓰기 전에 백 줄을 읽어라'라는 말은 많이 쓰기 전에 많이 읽으라는 안도현의 당부다. 그는 시집을 백 권 읽은 사람, 열 권 읽은 사람, 단 한 권도 읽지 않은 사람 중 시를 가장 잘 쓸 수 있는 사람이 누구겠는가 묻는다. 쓰기의 성패는 독서량에 비례한다는 것이다. 많이 읽는 것은 쓰는 것의 원동력이 된다.

시를 많이 읽는다는 것은 총에 총알을 장착하는 것이다. 총알 없이 총을 쏠 수 없듯이 시를 읽어보지 않고 시를 쓸 수는 없다. 읽기는 쓰기를 위해 반드시 거쳐야 할 준비 단계다.

많은 독서가 쓰기를 불러온다. 읽기를 통해 쓰고 싶은 욕망도 키우게 되고, 쓰는 방법도 깨치게 된다. 그는 시를 쓰는 학생들에게 많이 쓰려고 하지 말고, 많이 읽으라고 항상 말한다. 자신이 읽은 독서량이 글쓰기 실력이다. 안도현은 이것을 '진리'라고 일컬었다.

필사를 권한다

안도현이 필사를 가장 열심히 했던 시절은 고등학교 때였다. 시집을 읽다가 마음에 드는 시를 만나면 노트에 적어두었다. 그렇게 필사한 시가 대학노트 세 권에 달했다. 그는 지금도 문예지를 읽다가 좋은 시를 만나면 필사를 한다고 한다.

그는 다양한 시를 읽는 것을 두고 다양한 음식을 맛보는 것과 같다고 말한다. 맛있는 음식을 많이 먹어본 사람이 맛있는 음식을 만들 줄 안다. 좋은 시를 많이 음미해본 사람이 좋은 시를 쓸 수 있는 것이다. 필사는 글쓰기라는 전쟁터로 나가기 위해 반드시 장착해야 할 무기이다.

안도현이 백석의 시와 처음 마주한 것은 대학 1학년 때였다. 그는 백석의 시를 읽고 눈이 멀어버린 것처럼 눈앞이 캄캄해지고 머리와 심장이 뒤흔들렸다고 한다. 그 시는 스무 살 청년에게 너무도 강렬했던 것이다.

황홀한 기분으로 몇 편의 시를 더 보고난 후 그는 백석의 시를 만날 때마다 노트에 필사적으로 베껴 썼다. 백석의 시를 베껴 써 내려가는 순간순간마다 느낀 흥분과 환희는 이루 말할 수 없었다고 한다.

이런 필사의 시간을 통해 안도현은 백석을 붙잡았다. 백석을 향한 그의 사랑을 백석이 알아줄리 없었으니 이것은 짝사랑이었다. 안도현은 짝사랑이어도 행복했다고 말한다. 그는 필사를 통해 백석의 숨

소리를 들었고, 옷깃을 만졌으며, 맹세했고, 또 질투했다.

안도현은 필사를 참 좋은 자기학습법이라 말한다. 시의 앞날이 잘 보이지 않을 때, 어쩌다 눈에 번쩍 띄는 시를 한 편 만났을 때, 짝사 랑하고 싶은 시인이 생겼을 때, 꼭 필사를 하라. 안도현의 당부다. 그는 시가 써지지 않아 마음이 괴로울 때 아직도 백석의 시를 찾는 다고 한다.

시 쓰기를 어떻게 시작해야 할지 고민하는 사람에게 안도현은 이 렇게 말할 것이다. 누군가를 사랑하라! 사랑하면 닮고 싶은 법이다. 필사를 하면 사랑하는 이와 닮아가게 될 것이다.

필사는 모방의 한 방법이다. 모방은 이전부터 지금까지 논쟁의 대상이 되고 있다. 옛사람의 시를 많이 읽고 모방하여 시를 지어야 한다고 하는 입장이 있는가 하면 모방은 사상과 감정을 독창적으로 표현하지 못하게 하는 표절, 답습, 짜깁기, 도용이나 다름없다는 입 장이 있기도 하다.

모방을 할 것인가, 말 것인가? 모방을 한다면 어디까지 모방할 것 인가? 무엇을 모방하며, 언제까지 모방할 것인가?

누군가는 모방을 평가절하하기도 하지만 안도현은 자신이 좋아 하는 시인의 시를 모방하게 되는 일은 어쩔 수 없는 일이라고 말한 다. 그렇다고 언제까지나 남의 아류에 머물러 있어서는 안 된다.

안도현은 우리에게 모방을 할 줄 알아야 한다고 말한다. 하늘에서 시적 영감이 번개 치듯 심장으로 날아오기를 기다리지 말고 차라리

흠모하는 시인의 시를 한 줄이라도 더 읽는 것이 낫다고 한다. 모방은 좋은 성적을 얻기 위해 시험을 대비하여 공부를 하는 것과 같다.

모방은 남에게 영향을 받는 일인 동시에 남의 영향권에서 벗어나려는 작업이기도 하다. 모방이 다른 사람의 영향권에서 벗어나는 일이 되기 위해서는 모방을 하면서도 모방을 괴로워해야 한다. 다른 모든 앞선 문장과 모든 스승과 모든 선배는 밟고 앞으로 나아가야 할 징검돌이다. 모방을 징검돌 정도로 삼으라는 것이 안도현의 가르침이다.

관찰을 권한다

"오래 들여다보면 모두 시가 된다."

안도현은 이정록의 명언에 걸맞은 자신의 일화를 소개한다.

스무 살 봄날, 안도현은 캠퍼스에 핀 목련에 대해 시를 써야겠다고 마음을 다잡았다. 하지만 그저 '하얀 목련꽃이 피었다'고 쓸 수는 없는 일이어서 그는 목련꽃을 관찰하기 시작했다.

'나는 너에게서 대체 무엇을 끄집어낼 것인가'하는 생각으로 며칠 동안 목련꽃을 들여다보았다. 그러다가 꽃 피기 전에 오므려 있는 모습을 보고 '큰 새의 부리 같다', '투구 같다', '재주꾼들이 접시 돌리기를 할 때 돌아가는 접시 모양 같다'는 몇 가지 비유를 생각해냈다. 그러고는 은유법을 사용해서 겨우겨우 시 한편을 썼다.

이정록의 말대로 오래 들여다보았더니 시가 된 것이다. 시의 묘사는 관찰로부터 시작된다.

안도현이 말하는 관찰이란 나뭇잎을 초록색으로만 표현하는 것을 말하는 것이 아니다. 나뭇잎에 초록색뿐만 아니라 감청색, 청록색, 녹색, 연두색, 노란색 등 다양한 색깔이 있음을 구분해내는 능력을 말한다. 그는 『연암집』에 실린 박지원의 말을 예로 들었다.

"아 저 까마귀를 보라. 그 깃털보다 더 검은 것이 없건만, 홀연 유금(乳金)빛이 번지기도 하고 다시 석록(石綠)빛을 반짝이기도 하며 해가 비추면 자줏빛이 튀어 올라 눈이 어른거리다가 비췻빛으로 바뀐다. 그렇다면 내가 그 새를 '푸른 까마귀'라고 불러도 될 것이고, '붉은 까마귀'라 불러도 될 것이다. 그 새에게는 본래 일정한 빛깔이 없거늘 내가 눈으로써 먼저 그 빛깔을 정한 것이다. 어찌 단지 눈으로만 정했으리오. 보지 않고서 먼저 그 마음으로 정한 것이다. 아. 까마귀를 검은색으로 고정 짓는 것만으로도 충분하거늘, 또다시 까마귀로써 천하의 모든 색을 고정 지으려 하는구나."

까마귀는 검은색만 갖지 않는다는 것이다. 상황에 따라 까마귀에게서는 여러 다양한 빛깔이 나타난다. 대상에 깃든 이러한 여러 특징을 포착해내는 것이 관찰이다. 안도현은 '무엇'을 쓰려고 집착하지 말라고 한다. '어떻게' 대상을 바라볼 것인지를 고민해야 한다는 것이다. 어떤 눈으로 바라보느냐에 따라 많은 것이 달라지기 때문이다.

안도현은 시인을 두고 기발한 아이디어를 가진 발명가가 아니라 발견자라 말한다. 늘 보고 있으면서도 정작 보지 못하는 것이 무엇인지 찾아라! 삶의 소소한 것에서부터 기미를 포착하고 파악하는 습관을 길러라! 사물을 반듯하게 보지 말고 거꾸로 보라! 진실이라고 믿었던 것들을 의심하라! 아름답다고 여기던 것들과 끊임없이 싸우고, 익숙하고 편한 것들과 결별하라! 안도현이 우리에게 요구하는 관찰의 태도다.

시인의 관찰은 과학자의 관찰에 버금가는 것이어야 한다. 사물의 외피에 집중하는 과학자의 관찰을 넘어 현상의 이면을 보는 눈을 가져야 한다. 사물과 현상을 세심하게 관찰하는 일은 그것의 실체와 본질을 밝히는 일이다.

안도현은 사물의 실체와 본질을 파악하기 위해 망원경과 현미경을 준비하라고 말한다. 먼 곳을 보기 위해서는 망원경이 필요하고 미세한 것을 보기 위해서는 현미경이 필요하기 때문이다. 망원경으로 광장을 바라보며 다양한 사람을 관찰하는 것도 필요하고 골방에서 현미경으로 자신의 내면을 탐구하는 것도 필요하다.

안도현은 관찰의 태도를 기르기 위해 많이 걸을 것을 주문한다. 특별한 이유가 없더라도 말이다. 시인 자신이 어슬렁거리며 걷는 시간을 좋아하기도 한다는데 이는 어슬렁거려야 미세한 데 눈길을 줄 수 있고 이때 그 이면의 것을 응시할 수 있기 때문이라 한다. 한적한 오솔길이나 들길이 아니더라도 좋다. 모든 길은 세상과 대화를 나눌 수 있는 훌륭한 통로이다. 슬럼프에 빠졌다고 생각되거든 주머니에 손을 찔러 넣고 이곳저곳 일없이 기웃거려라. 버스를 타고 종점까지 가보라.

이것이 안도현이 말하는 시 쓰기 방법이다. 이것은 그가 시 쓰기를 두고 세상을 두루 공부하는 일이라고 말했던 것과 같은 맥락이다. 습작이란 단순히 글을 잘 쓰는 연습에 그치는 것이 아니다. 습작은 세상을 부단히 배우고 익히는 일이다. 세상의 여러 소리를 듣는 행위는 책을 읽는 행위와 다를 게 없다.

이 세상을 향해 귀를 활짝 열어놓으라. 그리고 천천히 걸어라.

어떻게 쓸 것인가?

시를 가슴으로 쓸 것인가, 손끝으로 것인가 하는 문제는 사소하지만 쉽게 결론을 내리기 어려운 화두 중의 하나다. 과연 시에 있어서 가슴으로부터 나오는 진정성이 중요한 것인가? 아니면 손끝에서 나오는 표현기술이 중요한 것인가?

황석영은 소설을 엉덩이로 쓴다고 했다. 작가가 소설에 투여하는 집중적인 시간과 인내의 중요성을 말한 것이다. 안도현은 시도 마찬가지라고 말한다. 그는 시를 가슴으로도 쓰고, 손끝으로도 쓰고, 엉덩이로도 쓰라고 한다. 가슴으로는 뜨거운 정신을 찾고, 손끝으로는 차가운 언어를 매만지며, 엉덩이를 묵직하게 붙이고 시에 몰두하라.

그는 김춘수의 말을 들어 감성을 앞세워 쓸 것인지, 지성을 바탕으로 쓸 것인지도 고민하지 말라고 주문한다. 김춘수는 '일상 속에서 무엇을 얼마만큼 느끼느냐 하는 능력'을 감성이라 하고, '비교하고 대조하는 작용'을 지성이라 하여 그 어느 쪽으로도 치우쳐서는 안 된다고 했다. 그러기 위해서는 감성이 녹슬지 않게 신체의 감각기관을 항상 활짝 열어두고, 지성이 바닥나지 않게 책읽기를 밥 먹듯이 해야 한다.

감성은 여성의 전유물이 아니어서 남성도 얼마든지 발휘할 수 있다. 또 나이를 원망할 것이 못되는 것은 청년에게는 청년의 감성이 있듯 노년에게는 노년의 감성이 있기 때문이다. 안도현은 원망해야 할 것이 있다면 그것은 부단히 감성 훈련을 하지 않는 자신의 나태라고 말한다. 감성도 훈련이다. 무뎌지지 않도록 시간을 투자하여 꾸준히 연마해야 한다.

감성은 하나의 제재(製才)를 택한 뒤에 그것을 집중적으로 궁리하는 동안 자연스럽게 훈련된다. 이런 훈련은 꾸준히 해야 한다. 지속성이야말로 재능이다.

글쓰기는 글쓰기를 통해서만 배울 수 있고
글쓰기를 통해서만 실력이 는다.
– 나탈리 골드버그(미국 시인, 소설가)

당신이 정말로 읽고 싶은 책이 있는데
아직 그런 책이 없다면,
당신이 직접 써야 한다.
– 토니 모리슨(미국 소설가)

4부

내 책 쓰기
전략

다산은 독서를 할 때에도 책 쓰기를 염두에 두고 기록을 했다. 그런 다산에게 글쓰기 전략은 곧 책 쓰기 전략이었다. 다산은 이전에 있던 것들을 주제에 맞게 수합하고 보기 쉽게 정리하여 책으로 묶어 책을 만들었다. 그렇게 만든 책이 500여 권이다. 책 쓰기를 말하려면 다산을 빠뜨려서는 안 된다.

지금까지 살펴본 '다산의 글쓰기 전략'이라는 이론을 어떻게 하면 실질적으로 보여줄 수 있을지 고민했다. '다산의 글쓰기 전략'을 과거의 이론으로만 남겨두지 않고 현재 우리의 실질적인 책 쓰기에 대입해 보여주고 싶었다. 어떤 사례와 예시를 들어야 하나 하던 고민은 쓸데없는 것이었다. 여기 생생하게 살아있는 예시가 있었기 때문이다. 바로 나의 책 쓰기를 예시로 삼아 '다산의 글쓰기 전략'이 과거에만 통용되었던 것이 아니었음을 보여주면 되겠다 싶었다.

나는 '다산의 글쓰기 전략'에 대한 책을 썼지만 다산의 글쓰기 전략으로 책을 쓰기도 했다. 다산이 취했던 글쓰기 전략은 본디 책 쓰기 전략이었다. 다산의 글쓰기 전략에 대해 조사하고 썼던 내용은 본의 아니게 내 책을 쓰는 실제적인 방법이 되었다. 다산의 글쓰기 전략은 그만큼 책 쓰기에 특화된 것이었다. 나는 책 쓰기가 막힐 때마다 다산의 글쓰기 전략을 되새기며 도움을 얻었다. 이것은 선순환의 아이러니라 할 만했다. 책 쓰기를 함에 있어서 다산의 글쓰기 전략의 도움을 가장 먼저 얻은 사람은 다름 아닌 나 자신이었다. 다산의 글쓰기 전략을 말하는 이 책 역시 다산의 글쓰기 전략으로 만들어졌다. 다산의 글쓰기 전략은 내 책 쓰기의 로드맵이었다.

나의 책 쓰기 과정은 다산의 글쓰기 전략을 이용한 책 쓰기 방법의 실제적인 예시다. 책을 처음 쓰려는 예비 저자에게 분명한 도움이 되는 다산의 글쓰기 전략의 예시가 될 것이다.

　방금 막 책을 만든 사람이 이제 곧 책을 만들 사람에게 전하는 말이다. '초보 저자가 예비 저자에게' 정도로 생각하면 무리가 없을 것 같다. 이제, 앞서 살펴보았던 다산의 글쓰기 전략을 통해 책 쓰기 과정이 어떻게 이뤄지는지 그 실제적인 방법을 따라가 보자.

01

명분
왜 써야 하나? 무엇을 써야 하나?

왜 글을 써야 하는가?

1) 글쓰기 이전에 스스로에게 왜 쓰는지 질문한다

2) 내 글이 어떤 사람에게 필요할 것인가?

3) 내가 글을 쓰는 이유는 무엇이며, 다른 사람이 내 글을 읽어야 하는 이유는 무엇인가?

4) 나만의 글쓰기 이유를 확정하고 글쓰기를 시작한다

무엇을 쓸 것인가?

1) 잘하는 것을 쓴다

2) 좋아하는 것을 쓴다

3) 나와 관련된 일에 대해 쓴다

4) 배우고자 하는 분야에 대해 쓴다

1부에서도 말했듯이 요즘 출판사 이메일에는 투고 원고가 차고 넘친다. 이토록 많은 사람들은 왜 책 쓰기에 열을 올리고 있는 것일까? 이러한 예비 저자들의 필요를 감지했는지 책 쓰기 특강과 코칭도 심심찮게 볼 수 있게 되었다.

그 수많은 투고 원고 중에 읽히는 원고는 극소수다. 그중에서 채택되는 원고는 더욱 적다. 어떤 원고는 읽히지도 않고, 어떤 원고는 읽히지만 채택되지 않는다. 그런 반면 또 어떤 원고는 채택되어 책으로 출간되기까지에 이른다. 이 원고들의 차이는 과연 무엇일까? 채택되지 않는 원고에는 어떤 문제점이 있는 것일까? 여러 가지 많은 이유가 있을 것이다. 그중 가장 큰 이유는 읽는 이로 하여금 '대체 왜 썼나?'하는 의문을 들게 하는 것이다. 도대체 무슨 목적으로 이 글을 쓴 것인지 이해하지 못하게 되면 결국 읽기를 그만두게 된다.

여기서 우리는 책 쓰기에 있어서 중요한 포인트를 하나 얻게 된다. 책 쓰기를 무작정 시작하기 이전에 읽히는 책이 되기 위해 '왜?'라는 질문을 해봐야 한다는 것이다. '나는 대체 왜 쓰는가?'라는 질문에 대한 자신만의 답변이 있어야 다른 사람이 '대체 왜 썼나?' 하는 의문을 갖지 않는다.

대체 우리는 '왜' 쓰려 하는가? 앞에서도 투고 원고가 차고도 넘친다고 했다. 그들은 읽는 이로 하여금 '왜 썼나?' 하는 의문을 갖게 만들었고 그 의문에 제대로 된 답변을 하지 못했기에 채택되지 못했다. 이것은 그들의 이야기만이 아니다. '왜' 라는 질문에 답변하지 못하면 이것은 곧 우리의 이야기가 될 것이다. '왜 썼는가?'라는 물음에 답할 수 있어야 우리의 글은 읽히는 글이 될 것이다.

왜 쓰는가? 이 물음에 답하기란 사실 쉽지 않다. 괜히 유명 작가들이 이러한 질문을 받고 답변하기 위해 뜸을 들이는 것이 아니다. 그만큼 답을 내리기 어려운 질문이라는 뜻이다.

이런 우리에게 참고가 될 만한 작가가 있다. 『동물농장』과 『1984』로 유명한 영국의 소설가 조지 오웰이다. 그 역시 '왜 쓰는가'에 대한 고민이 많았던 듯하다. 그는 '왜 쓰는가?'라는 질문에 순전한 이기심, 미학적 열정, 역사적 충동, 정치적 목적이라는 네 가지 답변을 했다.

순전한 이기심은 자기표현의 욕구로 돋보이고 싶은 욕망, 남에게 자신의 글을 읽히게 하고 싶은 바람, 남들이 자신을 알아봐주었으면 하는 마음들이 포함된다. 미학적 열정은 아름다움에 대한 열망이다. 아름다운 풍경이라든지 감동적인 음악이라든지, 이런 것들을 접했을 때 글로 남기려는 욕구를 일컫는다. 여기에는 언어 자체에 아름다운 매력을 느껴 문장을 만드는 행위 또한 포함된다. 역사적 충동은 어떠한 사건이나 상황을 잊지 않기 위해 쓰는 것을 말한다. 당대뿐 아니라 후대를 위해 어떠한 기록을 보존해두려는 욕망이다. 정치적 목적은 자신의 글을 통해 다른 사람들, 나아가 사회를 변화시키고자 하는 욕망을 말한다.

나의 경우, 책 쓰기를 한 이유는 순전한 이기심 때문이었다. 남들이 나를 알아봐주었으면 하는 마음이 가장 컸다. 그러다가 다산을 계속 조사하는 가운데 다산은 다른 사람과 세상을 위해 썼음을 발견했다. 나도 다산의 가르침을 따르고자 나만을 위한 글쓰기가 아닌 다른 사람에게도 도움이 되는 글쓰기를 하고자 했다. 일종의 정치적 목적도 포함된 것이다. 다른 사람에게 나의 책이 작게나마 도움이 되고자 책 쓰기에 대한 실질적인 내용을 이야기하기로 했다. 보다 구체적인 이유는 쌓여가는 출판사 이메일을 보며 책 쓰기에 대한 수요가 있음을 확인하고, 그 넘치는 수요에도 채택되는 원고는 극히 드물다는 점으로부터 시작됐다. 한 결 같이 비슷한 원고, 그 이면에 성행하는 책 쓰기 특강과 코칭을 바라보며 책 쓰기에 대한 책을 써보는 건 어떨까? 하는 생각을 했다. 이것이 '왜 쓰는가?' 라는 질문에 대한 나만의 답변이었다. 나의 책 쓰기 이유였다.

조지 오웰의 말은 본질적인 이야기에 가깝다. 실질적으로는 왜 쓰는가에 대한 더욱 세부적인 자신만의 명분, 즉 이유가 있어야 한다. 이것은 누가 대신 찾아주는 것이 아니다. 글을 쓸 자신이 답을 내리고 찾아야 하는 것이다. 글쓰기를 시작하기 이전에 '왜 써야 하는가?'라는 질문부터 가져보자.

왜 써야 하는지 그 이유를 찾았다면 그 다음에는 '무엇'을 쓸 것인지 정해야 한다. 무엇을 쓸 것인지 결정하는 것 역시 자신만이 할 수 있다. 그 누구도 저자에게 무엇을 쓰라고 정해주지 않는다. 그만큼 글쓰기는 시작부터 자신의 의지가 깃드는 작업이다. 유명 저자에게는 출판 기획을 제안하기도 하지만 예비 저자에게 흔히 있는 일은 아니다. 이런 특별한 경우를 제외하고서는 누군가가 나에게 무엇에 관해 써달라고 말하지 않는다.

무엇을 쓸 것인가? 여기에서 '무엇'에 알맞은 답은 없다. 이 말은 어떤 것도 '무엇'에 대한 답이 될 수 있다는 말이다. 어떤 것은 되고, 어떤 것은 안 되고 그런 것이 없다. 써서는 안 될 것이 뭐가 있겠는가? 여기 첫 책에 책 쓰기를 말하는 용감한지 무식한지 모를 저자도 있는데 말이다. 그 '무엇'을 정하는 것은 결국 자기 자신이다.

자신이 잘 하는 것을 써도 좋고, 좋아하는 것을 책의 내용으로 선택해도 좋다. 아니면 자신이 하고 있는 일에 대해 생각해 보고 쓰는 것도 좋은 방법이다. 아니면 배우고자 하는 분야를 선택해도 좋다. 책을 쓰며 배우는 것이 책을 읽으며 배우는 것보다 더 깊은 이해를 돕는다. 다만 익숙하지 않은 분야를 글감으로 정하면 글쓰기가 더욱 어려워질 수 있음을 염두에 두어야 한다.

02

기획
바이블을 찾고 목차를 만들자

내 책의 바이블 찾기

1) 쓰고자하는 책과 가장 가깝다고 판단되는 책을 살핀다

2) 자신의 글감과 같은 분야에 있는 스테디셀러를 살핀다

3) 쓰고자 하는 글의 방향성에 알맞은 책을 찾는 것이 포인트다

목차 만들기

1) 바이블로 삼은 책을 정독하며 필요한 자료를 수집하여 나만의 요약본을 만든다

2) 나만의 요약본에서 서로 공통점을 이루는 여러 개의 큰 묶음을 찾는다

3) 큰 묶음 중에서 취할 묶음만 취한다. 이는 큰 목차가 된다

4) 큰 묶음 안에서 공통점을 갖는 내용을 묶는다. 이는 작은 목차가

무엇을 쓸지 정했다면 이제 그 무엇을 '어떻게' 써야 할지 구상해 봐야 한다. 쓰고자 하는 분야에 대한 자료와 정보가 풍부하다면 글쓰기는 한결 편해진다. 하지만 쓰고자 하는 글감에 대한 지식과 이해가 부족하면 글쓰기는 그만큼 힘들어진다.

나의 글쓰기는 후자에 속했다. 다산이 책을 쓰기 이전에 역량 쌓기를 왜 그토록 강조했는지, 이 책을 쓰는 과정 중에 뼈저리게 느낄 수 있었다. 글쓰기를 하며 많은 어려움을 만나 고생을 했던 것은 그만큼 나의 역량이 부족했기 때문이었다. 다산에 대해서, 그리고 그의 글쓰기에 대한 주변지식이 거의 없는 상태에서 글쓰기를 시작했으니 이는 당연한 결과였다.

쓰고자 하는 글감에 대한 깊은 지식과 그 주변부의 지식을 갖추고 있으면 글쓰기를 함에 더할 나위 없이 좋은 조건이겠지만 언제나 모든 조건을 완벽하게 갖추고 시작하는 것은 아니다. 많은 자료와 정보, 지식을 갖추지 못했더라고 일단 글쓰기를 시작하면 어떻게든 자료와 정보들을 갖추어 나가게 된다. 이것이 바로 글쓰기의 묘미다. 많은 지식이 있어서 글을 쓰기도 하지만 글을 쓰며 많은 지식을 습득하기도 한다.

글쓰기 역량이 부족해서 지식의 한계를 만날 때가 많았다. 그때마다 자료조사를 하고 책을 읽거나 다른 것들을 접하며 지식의 범위가 확장해나가는 것을 느꼈다. 글쓰기는 내가 부족한 만큼 많은 지식을 습득하게끔 도와준 셈이다. 어떻게든 써야 하기 때문에, 그럼에도 함부로 쓸 수는 없기에 더 많은 자료를 접하는 가운데 지식의 양은 글쓰기 이전과는 다르게 늘어난다.

무엇을 쓸지 정했으면 글쓰기를 시작하기 전에 자신의 글감과 같은 분야에서 자신의 책의 바이블이 될 만한 책을 찾길 추천한다. 바이블은 책 쓰기에 경험이 없는 예비 작가에게 많은 도움을 준다. 바이블이 있으면 글쓰기를 할 때에 많은 고생을 덜 수 있다. 나 역시 이 책을 쓰기 위해 삼았던 바이블에서 많은 도움과 영감을 얻었다. 자신의 책 쓰기의 토대가 되는 바이블이 있고없고의 차이는 글쓰기를 할 때에 얼마나 도움을 얻어 고생을 덜 하게 되느냐, 많이 하게 되느냐를 결정짓는다.

이 책의 큰 가장 큰 줄기는 다산의 글쓰기 전략 세 가지이다. 이 책에서 보이는 것은 다산의 글쓰기 전략 세 가지이지만 이 책 뒤에는 보이지 않는 책, 나만의 바이블이 있었다. 그 바이블은 박석무 저자의 『유배지에서 보낸 편지』와 정민 저자의 『다산선생 지식경영법』이다. 줄기가 보이는 것이라면 뿌리는 보이지 않는다. 두 바이블은 이 책의 보이지 않는 뿌리인 셈이다.

자기 책의 뿌리가 될 만한 바이블을 찾는 것은 중요한 작업이다. 그리고 제대로 된 바이블을 찾았다는 것은 책 쓰기에 있어서 큰 축복이라 할 만하다. 바이블은 참고도서와는 다르다. 앞에서 말했듯이 바이블이 되는 책이 큰 줄기라면 참고도서는 이 줄기를 풍성하게 해주는 잔가지들이라 할 수 있다. 바이블은 내 책의 줄기를 곧게 잡아주는 뿌리이다.

글쓰기와 책 쓰기는 그 자체만으로도 분명 쉽지 않은 작업이다. 바이블은 이러한 어려움을 조금이나마 완화시켜 줄 방편이다. 바이블은 글쓰기에 대한 막연함과 막막함을 조금이나마 해소시켜줄 것이다.

글을 쓰기 위해 백지를 앞에 두고 앉는다는 것, 그것만큼 막막한 심정도 없다. 글을 써보려고 시도했던 사람이라면 모두 겪는 일이다. 그 막막함은 대체 어디서부터 어떻게 시작해야 할지 모를 막막함이다.

이러한 막막함을 덜어줄 시작점이 목차다. 목차를 어설프게나마 만들어놓아도 글쓰기를 조금 시작한 것 같은 감정을 느낀다. 이러한 작업은 첫 시작이라는 부담감을 어느 정도 덜어낼 수 있는 방법이다. 목차를 짜는 것은 심리적인 부담감을 줄여주는 것에만 있지 않다. 목차는 특히 책 쓰기에 있어서 절대 빠져서는 안 되는 과정이다.

목차는 책의 뼈 중의 뼈다. 그만큼 중요한 작업이다. 이 뼈에 혈관을 감고 근육을 붙이고 피부를 씌우고 털을 심는, 덧붙임 작업을 통해 한 권의 책이 완성된다.

이제 목차는 어떻게 만들 것인가? 하는 의문과 막막함이 다시 생길 것이다. 그래서 앞서 바이블을 말한 것이다. 목차를 만들기 어렵다면 바이블을 통해 목차를 만들면 어려움을 덜 수 있다. 목차는 무조건 바이블을 통해 만들어야 한다는 말은 아니다. 목차 만들기에 어려움을 느낀다면 바이블의 도움을 받는 것도 좋은 방법이라는 점을 소개하려는 것이다.

바이블을 통해 목차를 만들기 위해서는 바이블을 정독해야 한다. 바이블을 정독하며 자신의 책 쓰기에 필요하다고 판단되는 자료들을 수합한다. 자신이 생각하는 글감의 범위보다 더 넓은 범위를 적용하여 모으는 것이 좋다. 개인적으로는 넘치는 분량에서 덜어내는 것이 모자라는 분량을 채우는 것보다 수월하다고 생각하기 때문이다.

자료를 수집할 때 한 문단씩을 취해도 좋고 한 문장씩을 취해도 상관없다. 한 문단은 너무 길고 한 문장은 문맥을 파악하기에 너무 짧으니 문맥을 파악할 수 있는 선에서 자료를 수집한다. 영감을 주는 한 단어를 써놓아도 무방하다. 자신이 자료를 보고 나중에 글쓰기를 할 때 도움을 얻을 수 있다면 어떤 형태도 상관이 없다. 이런 방법으로 나만의 요약본을 만든다.

바이블에서 자신의 글쓰기에 필요한 자료들을 수합한 이후 이 자료를 통해 목차를 만든다. 하지만 자료를 모았다고 목차가 단번에 만들어지는 것은 아니다. 수합한 자료를 들여다보며 목차를 어떻게 짤 것인지 생각해봐야 한다. 수합한 자료들을 살피다보면 각 책에서 모아놓았던 문장들과 소재들 중에 공통점을 이루는 묶음들이 있음을 보게 된다. 서로 공통점을 갖는 여러 개의 묶음은 책의 골격이 이루는 큰 목차가 된다. 묶음에 속한 단어에 착안해서 목차의 제목을 지어도 좋고 한 묶음을 보다 상위 개념으로 묶어줄 단어를 직접 선택해 목차의 제목을 만들어도 좋다.

　나 역시 이러한 방법을 사용했다. 내가 택한 바이블을 두고 다산의 글쓰기에 관한 자료를 모두 모았다. 그런 후에 다산의 글쓰기의 특징들을 정리해보았다. 그 속에서 비슷한 특징을 이루는 문장들을 다시 묶어보았다. 여러 묶음이 나왔는데 나는 그 중에 세 묶음만 취했다. 나머지 묶음은 제외시킬 것은 제외하고 선택한 세 묶음의 하위 부류로 들어갈 수 있는 것들은 다시 정리했다. 이 세 묶음에서 다산의 글쓰기 방법을 살펴보며 각 묶음을 대표할 수 있는 단어를 찾았다. 그것이 근본, 편목, 윤색이다. 이것이 내가 찾던 다산의 글쓰기 전략의 맨 얼굴이었다. 나는 이 단어를 목차에 그대로 썼다. 바꾸지 않아도 될 만한 단어라는 판단이었기 때문이다. 적합한 단어를 찾지 못했다면 각 묶음들을 잡아줄 단어를 직접 생각했을 것이다.

　이렇게 목차의 큰 줄기를 잡았으면 이제 그 줄기로부터 잔가지를 내는 작업을 해야 한다. 큰 줄기를 잡았던 것과 같은 순서로 작업을 한다. 나만의 요약본에서 공통점을 이루는 것들을 모아 큰 묶음으로 분류했듯이 큰 묶음에서 공통점을 이루는 것들을 모아 작은 묶음으로 재분류한다. 나의 경우, 목차를 만든 세 개의 큰 묶음으로 다시 돌아가 그 속에서 작은 묶음들을 찾아내어 분류했다. 이는 작은 목차를 짜는 과정이다. 큰 목차를 짜는 과정에 비해 여러 번 작업을 해야 하는 번거로움이 있다.

나는 이런 식으로 이 책의 몸통이라 할 수 있는 다산의 글쓰기 전략 세 가지(큰 목차)를 만들고 그 아래 작은 목차를 만들었다. 그렇다고 목차 만들기가 끝나는 것은 아니다. 이 내용이 잘 전달될 수 있도록 뒤로, 앞으로 다른 목차들을 만들어줘야 한다.

나는 다산의 글쓰기 전략 세 가지를 살펴보기 전에 다산과 그의 글쓰기에 대한 이해가 필요하다고 생각되어 1부를 덧붙였다. 그래서 다산의 글쓰기 전략 세 가지는 2부가 되었다. 3부에서는 2부를 보완하기 위해 다산이 아닌 다른 사람들의 글쓰기 전략을 넣었고 4부는 다산의 글쓰기 전략을 적용한 실제 책 쓰기 전략으로 구성하였다.

자신이 혼자서 모든 목차를 만들어내야 한다는 부담감을 갖는다면 바이블을 통해 목차를 짜는 것도 좋은 도움이 된다. 시작이 반이라고 했다. 목차를 짰으니 이제 책 쓰기의 반을 한 것이다. 물론 이것은 책의 분량과는 상관없는 심리적인 측면에서의 이야기다.

목차를 짜는 방법에 대한 의문이 풀렸다면 그 목차를 짜기 위한 바이블은 어떻게 선택할 것인가? 하는 의문이 다시 생길 것이다. 바이블을 선택하기 위해서는 자신이 쓰고자 하는 글감의 분야를 먼저 살펴봐야 한다. 그 분야에서 우선은 스테디셀러 위주로 살펴본다. 꾸준히 사랑을 받아오는 것에는 다 그만한 이유가 있기 때문이다. 베스트셀러에는 지금의 트렌드가 많이 반영되어있는 느낌이라면 스테디셀러는 보다 믿음직스러운 묵직한 느낌이 있다. 물론 이러한 내 이야기가 절대적이라는 것은 아니다. 자신만의 바이블은 스테디셀러처럼 꾸준히 사랑받는 책이 될 수도 있고 요즘 잘 팔리는 베스트셀러가 될 수도 있으며 유명하지도 않고 많은 사람들이 알지 못하는 책이 될 수도 있다. 중요한 것은 자신이 쓸 글감과 그 방향성이 맞느냐 하는 것이다.

이런 식으로 자신의 글에 가장 근접하다고 생각하는 책부터 탐색을 하는 것이 바이블을 찾아내는데 유용한 방법이 될 수 있다. 다시 말하지만 이 바이블을 찾아내는 작업은 꼭 필요한 작업은 아닐 수 있다. 하지만 나는 이러한 방식으로 첫 책 쓰기의 막막한 시작에 많은 도움을 얻었다. 그렇기에 이러한 방법을 소개하는 것이다. 내 책은 바이블에서 건져 올린 네 장 분량의 내용에서 시작됐다.

03

초고
자료를 수집하고 문체를 통일하자

자료수집은 어떻게 할 것인가?

1) 도서관에서 내 목차와 연관된 키워드가 있는 모든 책을 살핀다

2) 참고도서의 목차를 살피며 필요한 부분만 골라 읽는다

3) 쓰려는 내용에 필요한 내용들은 모두 모은다

4) 출처도 반드시 같이 모아둔다

문체 다듬기

1) 조사한 자료 중 중복되는 내용은 삭제한다

2) 분량이 모자라면 다시 자료 조사를 해서 채운다

3) 뒤죽박죽 모아놓은 자료를 재배치하여 내용의 논리성을 갖춘다

4) 정리된 내용에 내 생각을 덧붙인다

5) 모든 문장을 내 문장으로 다시 써서 문체의 통일성을 갖춘다

목차를 만들었다면 이제 그 목차를 채우는 일이 남았다. 즉 초고를 쓰는 단계다. 초고, 그 막대한 분량은 또 어떻게 채워야 할 지 막막함이 다시 엄습한다. 개인적으로 글쓰기는 막막함과의 끝없는 대면이라 생각한다. 이 막막함을 대면한다는 것은 정말이지 두려운 일이다. 어쩌면 글쓰기란 이러한 막막함에서 도망하는 마음을 끌어와 앉히는 싸움이 아닐까 싶은 생각까지 든다. 그만큼 막막하다. 이러한 감정을 느끼는 것은 당연한 것이라고 위로를 받아도 막막한 감정에서 쉽사리 벗어날 수는 없다. 누구의 말도 글쓰기의 막막함에서 나를 해방시켜 줄 수 없었다. 그저 넘어서야 하는 것이었다. 도망하면 도망한대로 도망했다가 다시 와 앉아서 쓰고, 또 다시 도망하고 또 다시 와서 앉고. 이러한 싸움의 반복이었다. 이럴 수밖에 없는 것이 초고를 작성하는 과정이라 말하고 싶다. 한 책에서 읽었던 문장이 생각난다. '글쓰기가 힘든 것은 글쓰기가 정말로 힘들기 때문이다.'

다시 돌아와서 목차를 어떻게 채울 것인가? 즉, 초고는 어떻게 써 낼 것인가? 앞서 말한 저 막막함을 또 어떻게 극복할 것인가? 이러한 질문에 이번에도 책의 도움을 받는다. 이번에는 참고도서의 도움을 받아 줄기로부터 잔가지를 내는 작업이다. 많은 참고도서를 살펴보며 각 목차에 필요한 자료를 무작위로 수집하는 단계다.

도서관에 가서 쓰고자 하는 목차와 연관된 키워드가 있는 책은 전부 살핀다. 이 참고도서 전체 본문을 다 읽는 것이 아니다. 내게 필요한 부분만, 내가 찾고자 하는 부분만 골라 읽는 것이다. 다산이 뜻을 세워 책을 읽는다면 하루에도 100권을 읽을 수 있다고 한 말은 이러한 작업을 두고 한 말이다. 나에게 필요한 내용을 찾기 위한 분명한 목적이 있으면 불필요한 내용을 읽는 데에 시간을 빼앗기지 않는다.

한 참고도서의 전체 본문에서 내게 필요한 내용은 10퍼센트도 되지 않는다. 내게 필요한 자료만 골라 읽는다면 많은 책을 읽을 수 있다. 많은 책을 읽는 것보다 중요한 것은 충분한 분량만큼의 자료를 모았느냐 하는 것에 있다. 다른 책에서 자신에게 필요한 내용을 골라내는 작업을 반복하다 보면 의외로 같은 내용들이 많이 중복되는 것을 볼 수 있다. 어떤 챕터는 책을 아무리 많이 찾아봐도 같은 내용만 반복되는 경우도 있다. 그만큼 정보와 지식이 재사용되고 있다는 것이다. 지식의 재사용은 생각보다 많이 이루어지고 있다.

많은 책들이 지식의 재사용으로 만들어지고 있다. 그리고 내가 했던 작업도 그러한 것이었다. 이러한 작업에 자괴감이 들 때도 있었지만 어느 정도 감내해야 할 일이라고 생각했다. 어쩌겠는가. 내가 미숙하고 초보인 것을. 모방은 창작의 시작이라 했다. 나의 미숙함을 인정하고 선진 저자들의 도움을 받는다는 생각으로 자료를 수집했다. 다만 내용의 출처는 빼놓지 않았다. 유명한 소설가도 표절 시비에 휘말리는 상황이다. 이름 없는 초보 저자들은 살얼음판을 걷듯 더욱 조심해야 할 것이다. 지켜야 할 것만 지킨다면 문제될 것이 없다. 한 가지 더 위안을 삼을 수 있었던 것은 최고의 저술가 다산 역시 이러한 방식으로 책 쓰기 작업을 했다는 것이다.

참고도서의 도움을 받아 세부 내용들을 찾아내어 모아둔다. 마구잡이로, 일단 쌓아놓는다는 것이 더 알맞은 표현일 것이다. 출처는 반드시 이때 달아놓아야 나중에 불편함을 겪지 않는다. 글의 분량이 많아지고 들춰본 참고도서의 수가 많아지면 빠진 출처를 다시 찾기란 불가능에 가까운 일이 된다. 반드시 인용한 부분에 대해서는 각주를 달아놓자. 각주가 많이 늘어나도 당연한 것이라 생각해두고 일단 모아두자. 나중에 글을 다듬고 정리하다보면 인용했던 부분과 내가 쓴 글에 차이가 생기기도 하고 완전히 달라지기도 한다. 각주는 그때 정리하면 된다.

이렇게 분량을 채우다보면 중복되는 내용도 있을 것이다. 그래도 신경 쓰지 말고 일단 모두 우겨넣는다는 생각으로 자료를 모은다. 분량이 적어서 내용을 채우기 위해 다시 자료조사를 하며 시간을 낭비하는 것보다 넉넉히 자료를 모아두는 것이 낫다.

분량이 어느 정도 채워졌다 싶으면 이제 모아놓은 자료들을 정리하는 단계를 거친다. 여러 다른 책에서 골라낸 내용들이기 때문에 모아놓은 내용을 읽으면 앞뒤가 맞지 않을 것이다. 당연한 일이다. 여기서 해야 할 작업은 문장과 문단의 재배열, 재조합이다. 뒤죽박죽 모아놓은 정보를 하나의 내용으로 만들어내는 작업이다. 중복되는 내용은 지우고 위치와 연결이 어색한 문단들은 재배치하고 앞뒤가 맞지 않는 문장들은 정리해주어 전반적인 내용을 다듬는다. 앞으로도 보내고 뒤로도 보내며, 지우기도 하고 채우기도 하며 내용적인 부분에 있어 통일성을 갖추도록 한다. 이것은 퇴고 작업이 아니다. 초고의 제대로 된 꼴을 만들어가는 작업이다.

통일성을 갖추는 작업은 모든 목차의 자료조사가 끝난 다음에 이뤄져도 되고 하나의 목차에 대한 자료조사가 끝난 다음에 이뤄져도 된다. 글쓰기에 절대적 기준은 없다. 기준은 자기 자신이다. 자신에게 맞는 방식을 찾아가면 된다. 그 방식을 찾는 방법으로 자신의 흥미에 기준을 두라고 말하고 싶다. 흥미가 떨어지면 글쓰기는 정말 힘들어진다. 사람마다 취향이 각기 다르기 때문에 흥미를 느끼는 부분도 다르다. 모든 목차의 자료조사를 마쳐놓고 자료를 정리하는 데 흥미를 느끼는 사람이 있는가 하면 중간 중간 하나의 목차에 대한 자료조사를 마치고 자료를 정리하는 데 흥미를 느끼는 사람도 있을 것이다.

나의 경우, 모든 목차의 자료조사를 끝내놓고 이 작업을 하기에는 참을성이 부족한 편이었다. 장기적인 계획에는 지루함을 많이 느끼는 편이기 때문이다. 단기적인 계획에 열중하는 것이 나의 흥미를 더욱 끌어내는 방식이었다. 그래서 나는 한 목차에 대한 자료조사를 마치면 통일성을 갖추는 작업을 실행했다. 글쓰기에 대한 나의 흥미가 모든 목차에 대한 자료조사를 마치기까지 버티지 못할 것이라 판단했기 때문이다. 하나의 목차에 대한 자료조사를 마치고 그때마다 통일성을 갖추는 정리 작업을 진행하는 것에 한 가지 장점이 있다면 목차마다 그 분량을 확인할 수 있다는 것이다. 분량을 확인할 수 있으면 생각하는 만큼의 분량이 채워졌는지 혹은 모자라는

지 쉽게 파악할 수 있다.

통일성을 갖추는 작업을 통해 내용을 논리적으로 짜 맞췄으면 이번에는 그 내용을 자신의 문체로 탈바꿈하는 작업을 진행한다. 많은 다른 도서에서 내용을 뽑아낸 것이기 때문에 각 문단은 톤부터 문체와 분위기까지 각기 다를 것이다. 이러한 다양한 내용에 자신의 색깔을 덧입혀 이번에는 내용이 아닌 문체와 스타일을 통일시킨다. 어딘가 마음에 안 드는 문장도 있을 것이고 자신이 좋아하는 방식과는 다른 전개를 보이는 문장도 있을 것이다. 이러한 모든 문장을 자신의 스타일로 다시 옷 입힌다고 생각하자. 이러한 작업으로 자신만의 색깔이 담긴, 보다 매끄러운 하나의 글을 만들어낸다.

이러한 일련의 작업을 거치다보면 어떤 목차에서는 삭제한 내용이 많아져 그 분량이 빈약해졌을 수도 있고 어떤 목차에는 덧붙인 내용이 많아져 풍성해진 곳도 있을 것이다. 빈약한 부분은 다시 자료조사를 하여 내용을 채워 넣고 기형적으로 내용이 많아진 곳에 대해서는 내용을 정리한다.

내용이 빈약한 부분뿐만 아니라 막히는 부분이 있으면 다시 자료조사를 한다. 자료조사를 하고 내용을 덧붙이고 다시 앞뒤의 문맥을 맞추고 또 중복되는 내용이 발견되면 삭제한다. 여기에 자신의 생각을 더하고 자신의 문체를 덧입힌다. 이러한 과정의 끝없는 반복이 초고를 만드는 작업이다.

자료를 정리하며 글을 쓰다보면 몇 가지 신기한 경험을 하게 된다. 그중에 하나는 새로운 깨달음을 얻게 된다는 것이다. 글쓰기를 하는 중에 전혀 생각지도 못한 아이디어나 문장이 튀어나올 때가 있다. 이런 것들은 그냥 생각만 해서는 절대 나오지 않는다. 글쓰기만을 통해 나올 수 있는 생각과 문장이 있다. 이러한 즐거움이 있기에 글쓰기를 하는 것인지도 모르겠다. 뿐만 아니라 다른 분야의 콘텐츠나 내용과 나의 글이 연결되는 지점이 나타나기도 한다. 글쓰기와는 전혀 관련 없는 입양아를 다룬 텔레비전 프로그램, 인테리어에 대한 인터넷 기사, 경제 분야의 도서에서도 나는 글쓰기와 연결되는 지점을 만나기도 했다.

하지만 이러한 글쓰기의 놀라움과 기쁨이 매순간 지속되는 것만은 아니다. 정작 아이디어나 문장이 나와 줬으면 할 때 그 낌새도 보이지 않아 초조감에 치를 떨 때도 많다. 어떤 노래의 가사처럼 오르락내리락 반복되는 롤러코스터에 탄 기분이다. 롤러코스터와 다른 점이 있다면 글쓰기는 앞으로 이어질 레일이 눈에 전혀 보이지 않는다는 것이다. 이것은 그 길을 예측할 수 없다는 말이다. 이것은 스릴이라기보다 공포다.

말했듯이 초고를 만드는 작업은 자신과의 싸움이다. 글쓰기 작업에서 자신과의 싸움이 아닌 곳이 어디 있겠으며, 이 세상만사 어떤 일이든 자신과의 싸움이 아닌 일이 없지만 나의 경우 글쓰기를 할 때 가장 암담함을 느꼈던 때는 초고를 만들 때였다. 아무런 글도 쓰이지 않은 백지 앞에 앉아 A4 100여 장에 달하는 분량을 채워야 한다는 압박감은 그야말로 공포였다. 정말 도망치고 싶어 몸부림을 친적이 한두 번도 아니고 수십 번도 아닌 거의 매일이었다. 어떤 날은 꾹꾹 앉아서 썼고, 어떤 날은 두 눈 꼭 감고 도망친 날도 있다. 어느 날은 쓰다 도망쳤고, 어느 날은 도망쳤다 다시 와서 썼던 날도 있다. 불안감에 떨면서도 몇날며칠을 도망쳤던 날도 있는가 하면, 불안감마저 내던지고 도망갔던 날도 있다.

이렇게 보니 도망친 날이 더 많은 것 같은데 원고가 완성되어져 가는 모습을 보니 느낌이 다르다. 각자가 느끼는 어려움과 막막함은 다 다를 것이다. 막히는 부분도 마찬가지로 제각각으로 누구는 초고 작업이, 누구는 퇴고 작업이, 또 다른 누군가는 또 다른 어떤 작업이 어려울 수 있다. 그때마다 생각하라. '도망치고 싶은 것이 당연하다.'

1912. 4. 1. 일주일 만에 처음으로 글쓰기가 완전히 벽에 부딪혔다. 왜일까?

1912. 5. 6. 11시, 몇 시간 만에 글쓰기가 완전히 벽에 부딪혔다. 시험당하는 기분이다.

1912. 6. 1. 한 글자도 쓰지 못했다.

1912. 6. 2. 거의 한 글자도 쓰지 못했다.

1912. 6. 7. 화가 난다. 한 글자도 쓰지 못했다. 내일은 시간이 없다.

1912. 7. 9. 그토록 오랫동안 한 글자도 쓰지 못하다니. 차라리 내일 다시 시작하자. 계속 이렇게 있다가는 불만스러운 감정에 잡아먹힐 것만 같다. 이미 어느 정도는 잡아먹힌 것 같기도 하다.

독일어권의 대문호인 프란츠 카프카의 기록이다. 문학의 대가도 이러한 감정을 느꼈다고 한다니 글쓰기에 느끼는 막막한 감정에 조금이나마 위안이 되었으면 한다. 나 역시 글쓰기가 막막할 때 도망쳤다가 만난 내용이다.

카프카(Franz Kafka, 1883.7~1924.6)
독일의 소설가.

4부 내 책 쓰기 실전

04

퇴고
빼낼 건 빼내고 채울 건 채우자

퇴고를 어떻게 할 것인가?

1) 초고와 헤어짐의 시간을 갖는다

2) 헤어져 있는 동안 지친 마음과 몸에게 쉼을 준다

3) 퇴고를 할 때 버릴 것은 과감히 버린다

4) 같은 분야의 신간을 살피며 차별화의 날을 세운다

5) 다른 사람에게도 보여주고 의견을 듣는다

이 책을 비롯하여 다른 사람들의 글쓰기 전략에서도 윤색, 즉 퇴고 작업은 매번 빠지지 않고 등장한다. 퇴고 작업이 글쓰기에서 그만큼 중요한 것이라는 증거다. 어떤 이는 퇴고가 진정한 글쓰기의 시작이라 했고 또 다른 이는 퇴고가 글쓰기의 모든 것이라 했을 정도다.

퇴고는 초고와의 헤어짐으로부터 시작된다. 자신이 쓴 글에서 잠시 멀어지는 시간을 갖는 것이다. 이 기간을 초고에 눈이 멀었던 시력을 회복하는 기간이라 불러도 무방할 것이다. 초고 쓰기가 주관적인 관점에서 이루어진 작업이었다면 퇴고는 보다 객관적인 관점에서 이루어져야 하는 작업이기 때문에 초고에 집중하여 함몰되었던 시각을 벗고 시력을 회복할 필요가 있다. 이는 연인 간 눈에 썼던 콩깍지가 벗겨지는 일과도 비슷한 것이다. 연인의 모든 것이 사랑스러워 보이는, 콩깍지가 쓰인 기간은 초고를 만들 때와 같다. 시간이 흘러 콩깍지가 벗겨지면 상대방의 모든 것이 사랑스러워 보이지는 않는다. 그 사람의 장점만 보이는 것이 아니라 그 사람의 단점도 볼 수 있게 된다. 보다 객관적으로 상대방을 바라보는 눈이 생기는 것이다. 이것이 초고와의 헤어짐으로 얻게 되는 시각이다. 초고와 헤어짐의 시간을 갖고 다시 만나면 콩깍지가 벗겨진 것 같이 나의 초고를 더욱 객관적인 눈으로 바라볼 수 있는 시각이 회복된다.

이 시각이 회복되고 글을 다시 보게 되면 이전에 막혔던 부분들이 술술 쉽게 풀리는 경험을 하게 된다. 이전에는 절절매던 부분이었는데 신기하다 싶을 정도로 쉽게 풀리는 부분들을 만나게 된다. 공통점을 찾으려 했지만 찾지 못해 포기했던 내용들 간의 공통점을 찾게 되기도 하고 대체 어떻게 재배열하고 재조합해야 할지 답을 내리지 못했던 부분들에 대해서는 각자 들어가야 할 위치를 찾게 되는 경험을 하기도 한다. 새 눈을 갖게 되었다고 말할 수 있을 만큼 눈과 사고가 이전과는 다르게 열려있는 자신을 발견하게 된다.

물론 모든 부분이 이렇게 다 쉽게 술술 풀린다는 것은 아니다. 이전과는 다르게 쉽게 풀리는 부분들이 많이 생긴다는 것이다. 쉽게 풀리는 부분이 있으면 지독히도 풀리지 않는 부분도 있다. 모든 공정에 즐거움만 있지는 않다. 어려움도 늘 함께 한다. 모든 공정이 나의 뜻대로만 되지는 않는다. 그것이 당연하다는 것만 늘 인지하면 글쓰기에서 언제나 불쑥 튀어나오는 어려움들에 덜 당황하게 될 것이다.

초고를 묵혀둔 뒤에 퇴고를 할 때 쉽게 정리가 되는 부분이 있는 것은 초고를 묵히는 기간 동안 나의 뇌도 그간 모았던 지식을 내재화하는 시간을 가지기 때문이다. 자료조사만으로는 쓸 수 없는 글쓰기 지점이 분명 존재한다. 오롯이 나의 주관으로 글을 써내야 할 때가 있는데 이러한 초고와의 헤어짐의 시간을 갖고 난 뒤에 글을 쓰면 자신의 의도와는 상관없이 문장들이 술술 써지는 것을 볼 수 있다.

나 역시 그랬다. 초고와 떨어져 있는 기간 동안 특별히 독서를 한 것도 아니었다. 내가 해야 할 생활을 하고 있었을 뿐이었다. 그런데 어째서 글을 쓰면 내용이 술술 나오는지 신기했다. 그 원인에 대해 생각해보고 결론을 내린 바는 그동안 조사했던 자료들이 글쓰기의 압박을 받지 않고 쉬는 동안 체화했다는 것이다. 조사했던 자료들이 나의 내면에서 나의 지식으로 내재화를 이룬 것이다. 즉 책을 통해 받아들인 다른 사람들의 지식이 나의 지식인양 내 머릿속에 입력이 된 것이다. 그것을 의식적으로 끌어내 쓰는 것이 아니라 무의식적으로 꺼낼 쓸 수 있는 나의 지식이 된 것이다.

오롯이 나의 주관에 따라 글쓰기가 필요한 부분이 1부였다. 자료 조사로는 찾기 힘든 내용이라는 판단이었다. 온전히 나의 힘으로 써야했다. 사실 온전하다는 말도 정확한 표현은 아니다. 이미 다른 사람들의 지식이 나에게 깃든 것이니 말이다. 여기서도 재미있는 점을 발견했다. 내가 쓴 1부의 내용들이 결국에는 2부에 있는 내용들이었다는 점이다. 그래서 1부를 다시 바꿔야 하는 고통을 겪기는 했지만 신기한 경험이었다. 2부의 지식이 나도 모르는 사이 내 속에서 은밀히 내면화 작업을 이뤘다는 것을 느꼈기 때문이다. 자료를 조사하고 초고를 묵혀두는 것은 나의 사고가 은연중에 변하는 영향을 미치고 있었던 것이고 습득한 지식은 어느 순간 나의 것이 되어 있었다.

내안에 지식이 내면화되었다는 것은 이전과는 또 다른 눈을 갖게 됐다는 말이다. 그래서 퇴고를 할 때에 시간을 두고 하라고 했던 것임을 몸으로 직접 느낄 수 있었다. 어제의 나와 오늘의 내가 다르듯이 날마다 달라지는 내가 이전에 썼던 나의 글을 읽으면 당연히 다른 눈으로 보게 되는 것이다.

초고를 묵혀두는 것은 필요한 일이지만 이 필요한 일도 너무 과하면 좋은 것이 아닌 게 된다. 자동차도 너무 오랜 기간 방치해두면 배터리가 방전되어 시동이 걸리지 않듯이 초고도 너무 오래 내버려두면 그 내용이 잊히기도 한다. 초고를 과도하게 오래 두면 다시 눈과 머리와 마음으로 익히는데 그만큼 시간이 오래 걸린다는 것이 단점이다. 초고를 얼마나 묵혀두어야 하는지 그 정확한 기간은 정해져 있지 않다. 다만 확실한 것은 묵혀두는 기간 동안 나의 시선이 바뀐다는 것이고 다른 하나는 너무 오래 방치해두면 초고를 다시 익히는데 시간이 오래 걸린다는 점이다.

초고와 떨어져 있을 때 어떠한 마음가짐으로 있어야 하는지 확실한 답은 없다. 나는 강제적으로 초고와 떨어져야 하는 상황이었다. 글쓰기에서 멀어짐에, 해방이라는 생각에 오히려 기뻐했다. 그만큼 글쓰기는 나에게 두려움의 대상이었다. 언제든 기꺼이 도망치고 싶었던 작업이었다. 나처럼 초고를 아주 잊고 편한 마음으로 지내는 것이 맞는 것인지, 아니면 늘 초고를 생각하며 불편하지만 마음에 두고 지내는 것이 맞는 것인지는 잘 모르겠다. 하지만 나의 경우를 두고 봤을 때 완전히 잊는 것도 나쁘지 않다는 판단이다. 아래의 일화를 보고 다시 설명해보자.

여기 두 나무꾼이 있다. 한 나무꾼은 끝나는 시간까지 쉬지 않고 도끼질을 하는 나무꾼이고 다른 나무꾼은 50분 일하고 10분 쉬는 주기로 도끼질을 하는 나무꾼이다. 누가 더 나무를 많이 베었을까? 나무를 더 많이 벤 나무꾼은 쉬지 않고 도끼질을 했던 나무꾼이 아니다. 중간에 10분씩 쉰 나무꾼이 더 많은 나무를 베었다. 이 나무꾼은 쉬는 동안 나무를 베느라 무뎌진 도끼의 날을 갈며 체력도 보충할 수 있었기 때문이다.

앞서 초고와 헤어짐의 시간을 갖고 다시 초고를 봤을 때 이곳저곳의 정리가 술술 잘 되었던 것을 보았다. 그만큼 휴식도 필요한 것이라는 판단이다. 머리에도 숨 돌릴 시간을 줘야 다시 잘 돌아가는 것이다. 쉼은 과부하를 풀어주는 기간이다. 초고와 떨어져있는 기간 동안 지쳤던 뇌와 심신의 재충전 시간을 갖고 후에 있을 퇴고 작업을 위해 날카로운 칼날을 준비하여 도약을 위한 기간으로 삼자. 지식의 내재화, 객관적인 시야 회복을 위해 헤어져 있는 동안 쉬어야 한다.

초고 작업이 1에서 100까지 막대한 분량을 채워나가야 하는 막막함이었다면 퇴고 작업은 10이면 10, 20이면 20 정도에 해당하는 분량을 덜어내 새로운 내용으로 채워야 하는 막막함이었다. 그래도 초고 작업의 끝없는 막막함에 비해 퇴고 작업의 부담감은 덜했다. 어떻게 해야 할지 막막해서 숨이 턱턱 막히는 일은 초고를 작성할 때보다 적었다. 이것은 나의 경우일 뿐이다. 각 과정에서 각자가 느끼는 어려움과 즐거움은 모두 다를 것이다.

초고 작업을 할 때에는 수집한 자료를 버리기 아까워 어느 것 하나 버리지 못했다면 퇴고를 할 때에는 나의 경우 조금이라도 써먹지 못할 것 같은 자료다 싶으면 두 눈 딱 감고 버렸다. 물론 이렇게 버린 자료가 다시 필요해져서 다시 찾느라 고생한 적도 있었지만 퇴고를 할 때 더 이상 지체하고 싶지 않은 마음이 가장 컸기 때문에 애매한 자료에 붙들려 이리저리 시간을 낭비하고 싶지 않았다. 설령

버린 자료를 다시 못 찾게 된다하더라도 작업 막바지에 왔으니 빨리 진도를 빼고 싶은 마음이 가장 컸다. 마음이 급해지고 상황이 급박해지면 글쓰기가 오히려 잘 풀릴 때도 있다. 일단 쓸데없는 고민을 할 시간이 그리 많이 주어지지 않기 때문에 어떠한 내용을 살릴까, 버릴까 하는 고민 사이에서는 시간이 없다는 핑계로 그냥 버리는 쪽을 선택하는 식이었다.

혼자 하는 퇴고 작업 말고도 다른 사람에게도 보여주어 원고의 평을 들어보자. 독자 모니터링도 된다. 그냥 주고 어땠는지 묻기에는 그 대답도 모호하고 추상적일 것이다. 아예 구체적인 질문지를 만들어서 원고와 같이 나눠주는 것도 좋은 방법이다. 그리고 그들의 의견을 듣고 타당한 것이다 싶으면 받아들이고 잘 모르겠다는 생각이 드는 의견은 좀 더 고민해본다. 그리고 받아들이기는 힘들다는 의견이 있으면 그냥 받아들이지 않아도 좋다. 나의 의견이 모두 옳은 것이 아니듯 그의 의견이 무조건 옳은 것은 아니기 때문이다. 다른 사람의 의견을 들을 때에는 들을 말은 잘 듣고 흘릴 말은 잘 흘리는 것이 정신건강에도 이롭다. 너무 부정적으로만 말하는 사람의 의견은 나의 글쓰기 의지를 꺾을 수도 있으니 적당히 가려듣자. 그리고 너무 긍정적으로만 말해주어도 가려들어야 할 것은 객관성을 잃을 수도 있다. 다른 사람들의 말을 잘 들어보고 수합하여 퇴고 작업 시 반영한다.

이런 퇴고 작업을 할 때 시간을 내어 도서관이나 서점으로 가보자. 그곳에서 자신이 쓴 글의 분야에서 비슷한 콘셉트나 주제를 가진 신간들을 살펴보는 것이다. 쓴 글이 특출 난 차별성이 있는 글이었다면 더할 나위 없이 좋았겠지만 그렇지 못한 경우도 있을 것이다. 자신만의 차별화를 만들기 위해 서점에서 같은 분야의 책들을 살펴보는 것이다. 글을 쓰는 동안에도 신간은 계속해서 나온다. 그들의 책과 자신의 책이 갖는 차별성이 없어서는 안 된다. 차별성이 없다면 만들어야 하고 찾아야 한다. 그 차별성이 곧 경쟁력이기 때문이다. 그들의 책을 읽으면서 영감을 얻어도 좋고, 그 책들의 강점과 약점 파악하고 수합하여 자신만의 차별성을 찾아내도 좋다. 그런 후에 퇴고를 하는 중에 막바지에 완성도를 높인다는 자세로 임한다.

여기서 시장조사도 하고 어떤 책이 사람들의 손에 들리고 잘 팔리는 책인지를 살펴라. 이러니저러니 해도 결국에는 잘 팔리는 책이 되어야 하기 때문이다. 잘 팔려야 보다 많은 독자에게 읽히는 책이 된다. 자신의 책이 더 많은 독자에게 읽히는 책이 된다는 것은 작가된 보람을 느끼는 최고의 방법이기 때문이다.

05

투고
인상을 심어주고 마음을 움직이자

어떻게 투고할 것인가?

1) 내 글의 분야를 중점적으로 출간하는 출판사를 찾는다

2) 서점에서 직접 책을 보고 만지고 살피며 출판사를 고른다

3) 발행정보에서 투고를 위한 이메일 정보를 수집한다

4) 매력적인 출간기획서와 저자 프로필을 작성한다

5) 담당자의 마음을 열 수 있도록 성의를 갖춰 투고한다

퇴고를 마치고 원고를 다 완성했다면 한숨 돌렸을 것이다. 그 성취감은 이루 말할 수 없을 것이다. 하지만 여기가 끝이 아님을 잊어서는 안 된다. 사실, 원고의 완성은 중간 목표일 뿐이다. 글이 완성되었을 뿐, 완성된 글을 책으로 만들어야 하는 작업이 남아있다. 책의 완성이 우리의 최종 목표다. 한 편의 글을 책으로 완성하기 위해

서는 출판사의 도움이 필요하다.

출판사를 거쳐 출판을 하는 방법만 있는 것은 아니다. 자비를 들여 출판하는 방법도 있다. 자비출판은 자비출판대로의 장점이 존재한다. 선택은 자신의 몫이다. 자비출판을 하게 된다면 출판사에 투고하고 선택을 기다리는 과정을 거치지 않아도 된다는 장점이 있다. 투고를 한다고 해서 곧바로 계약이 되는 것도 아니고 계약이 되었다고 곧바로 출간이 되는 것도 아니기 때문에, 이 경우 시간과 마음의 소비를 피할 수 있다.

그렇다면 출판사를 거친 출판의 이점에는 어떤 것이 있을까? 우선적으로 자비를 들이지 않아도 된다는 점이다. 하지만 그러기 위해서는 투고를 통해 계약이 성사될 때까지 수많은 출판사와 접촉해야 하는 어려움이 뒤따른다. 뭐든지 장단점이 따르기 마련이다.

출판사와 함께 하는 출판이든 자비출판이든 그 이면에는 단점이 있기 마련이다. 자신에게 더 맞는 출판의 형태를 따르면 된다. 여기서는 출판사와 함께 하는 출판에 초점을 두고 살펴보자.

원고가 완성되었다. 그것만으로도 축하받을 만한 일이다. 하지만 앞에서도 말했듯이 우리의 최종 목표는 글의 완성이 아니라 책의 완성에 있다. 이제 내 글을 책으로 만들어줄 출판사를 찾아야 한다. 우선 자신과 맞는 출판사를 찾는 것이 중요하다. 그러기 위해서는 자기 글의 분야를 살피고 비슷한 분야의 책을 내는 출판사를 찾아야 한다. 설령 자신의 글이 베스트셀러 감이라 해도 글의 분야가

교양인데 컴퓨터 프로그래밍 책을 전문으로 내는 출판사에서 받아줄 리가 없기 때문이다. 우선 자기 글의 분야와 결을 같이 하는 출판사를 찾아야 한다.

이러한 출판사를 찾는 것은 어렵지 않다. 인터넷 서점이든지 오프라인 서점이든지 그 정보를 쉽게 찾을 수 있다. 서점에서 자기 글이 속하는 카테고리를 살펴보면 된다. 인터넷 서점보다 오프라인 서점을 추천하는 이유는 인터넷 서점에서는 확인이 어려운 책의 전체적인 색감, 질감, 볼륨감 등을 직접 눈으로 보고 손으로 만져볼 수 있기 때문이다. 그리고 투고의 루트인 이메일 주소도 손쉽게 확인할 수 있다. 서점을 찾은 목적이 이것이다. 이메일 주소는 주로 책의 맨 앞이나 맨 뒤에 있는 발행정보에 담겨 있다. 자신의 글과 결이 비슷하고, 책의 부수적인 사항들이 자신의 마음에 드는 출판사를 찾았다면 목록과 이메일 주소, 필요하다면 전화번호까지 수집한다. 이렇게 하여 투고할 출판사를 대략적으로 정한다.

투고할 출판사를 정했으면 그 다음으로 할 것은 다시 글쓰기이다. 출판사에게 보낼 출간기획서를 쓰는 단계다. 출판사에 원고를 통으로 넘겨서 담당자에게 읽히는 일은 거의 없다고 보면 된다. 그들은 다른 사람들의 원고만을 기다리고 있는 사람들이 아니다. 그들은 그들의 업무만으로도 벅찬 사람들이다. 그런 사람들에게 A4 100매에 달하는 원고를 다짜고짜 읽어달라는 것은 무리한 부탁이다. 그렇기에 출간기획서가 있는 것이다. 출간기획서란 내 원고에 대한 소개서다. 구직을 할 때 회사에 입사하기 위해 이력서와 자기소개서를 작성하여 자신이 어떤 사람인지 알리듯 출판사와 계약을 하기 위해 출간기획서를 작성해서 자신의 원고가 어떤 원고인지 알리는 일이다. 출간기획서 작성은 자기 글 소개서 쓰기다.

　출판사와의 출판을 하기로 선택한 이상 내 원고의 첫 독자는 어쩔 수 없이 출판사가 된다. 첫 독자인 그들의 눈에 띄어야 하는 것이 최대 관건이다. 그들의 이목을 사로잡을 수 있어야 계약이 성사될 것이기 때문이다. 내 출간기획서를 읽어봤을 때 내 원고를 읽어보고 싶게끔 만들어야 한다. 생각해보자. 출간기획서를 보고 흥미가 일지 않는데 어느 누가 그 방대한 분량의 원고를 읽어보려 하겠는가? 우선 그들이 내 출간기획서를 읽게 만들어야 한다.

　출판사에 투고하는 과정은 입사 지원과도 같다. 자기소개서를 쓸 때 그 회사에 맞는, 그 회사가 원하는 방향에 맞춰 자기소개서를 작성하듯 출간기획서 또한 그 출판사의 요구를 충족시켜주는 방향으로 써야 한다. 입사 지원을 할 때 자신이 지원한 회사가 어떤 일을 하고 어떤 비전을 가진 회사인지도 모른 채 지원하는 사람을 뽑아줄 회사는 없다. 이처럼 투고하고자 하는 출판사가 최소한 어떤 회사이고 어떤 책을 출간했는지는 확인해 볼 필요가 있다.

　자신이 투고하고자 하는 출판사가 어떤 분야의 책을 주로 출간하는지 알아야 한다. 이 일은 오래 걸리는 작업이 아니다. 관심을 조금만 기울여도 쉽게 알 수 있는 부분들이다. 이러한 부분에 작은 관심을 기울인다면 그들은 그냥 지나쳐갈 출간기획서라도 다시 한번 눈길을 주게 될 것이다.

투고하고자 하는 출판사의 책을 읽고 좋았던 점이나 아쉬웠던 점을 투고할 때 곁들인다면 출판사에게 힘이 되고 격려가 될 것이다. 이렇게 좋은 인상을 심어주는 것은 내 원고에 조금이라도 관심을 돌리기 위함이다.

투고를 하는 저자의 입장은 출판사가 자신의 원고를 받아줄 것인가에 있다. 하지만 당연하게도 출판사의 입장은 저자의 입장과는 다르다. 출판사는 이 원고가 잘 팔릴 것인가에 최고의 초점이 맞춰져 있다. 저자가 출판사에 출간기획서를 보내듯 출판사 내부에서는 원고검토서 양식에 맞춰 원고를 검토한다. 저자는 누구에게 읽힐 것인가를 생각한다면 출판사는 누구에게 팔 것인가를 판단한다. 같은 말이기도 하고 다른 말이 되기도 한다. 따라서 출판사 내부에서 이뤄지는 이러한 원고 검토 과정을 파악한다면 이에 맞춰 출간기획서를 작성하여 원고가 채택되기에 더욱 유리하게 출간기획서를 쓸 수 있다. 이해를 돕기 위해 출간기획서와 원고검토서, 편집기획안을 부록으로 꾸몄으니 잘 활용하시라.

출판사 내에서도 에디터와 마케터 사이의 시각 차이가 존재한다. 에디터가 원고 자체의 완성도와 세부적인 요인들을 살핀다면 마케터는 시장성과 상업성을 따질수 밖에 없다.

이렇듯 같은 출판사에서도 맡은 직무에 따라 원고를 바라보는 눈이 달라지게 마련이다. 하나의 출판사 내에서도 원고를 바라보는 눈이 이토록 다른데 하물며 출판사 간의 시선 차이는 말할 것도 없다. 내 원고를 알아줄 출판사를 찾기 이전까지 거절당하는 것은 당연한 것이다. 어떤 출판사에 투고할 것인가를 생각하며 자신에게 맞는 출판사를 찾는 작업은 이토록 중요하다.

투고할 때에는 출간기획서 뿐만 아니라 저자 프로필도 함께 보낸다. 우리가 유명인이 아닌 이상 우리를 알 사람들은 없다. 그들은 내 책에 대한 소개만큼이나 '나'라는 사람이 어떤 사람인지 궁금해 한다. 그렇다고 이력서를 쓰듯 출생지와 생년월일, 가족관계. 학적 같은 뻔한 항목을 쓰라는 말이 아니다. 출판사는 나의 인적사항을 궁금해 하는 것이 아니다. 출판사는 '나'라는 사람이 어떤 사람인지를 알기 원한다. 그들이 내 출간기획서나 원고를 읽고 궁금해할 만한 내용에 대해 적어주면 좋다. 이 원고를 쓰기까지와 관련된 내 삶의 한 부분을 드러내주는 것이다.

저자 프로필은 무엇보다 나만의 이력을 넣는 것이 좋다. 그저 그런 자기소개서는 버려지듯이 특색 없는 저자 프로필 역시 읽다 내려놓게 된다. 회사에 입사하기 위해 인사담당자에게 쓰는 자기소개서라고 생각하고 저자 프로필을 쓰자. 출판사가 첫 독자다. 자비출판을 하지 않기로 마음먹은 이상 그들에게 읽히지 않고서는 독자를 만날 길이 없음을 기억하자.

출간기획서도 저자 프로필도 다 만들었으면 이전에 찾아두었던 출판사 목록을 꺼내 이메일로 발송한다. 이러한 투고에도 기본적인 성의를 갖추는 것이 유리하다. 그런 만큼 내 출간기획서가 읽힐 확률이 높아지기 때문이다. 내 출간기획서가 읽힐 확률이 높아지는 만큼 계약의 기회와 가까워진다.

앞서 말했듯이 자기가 쓴 글의 분야와 맞는 출판사인지 먼저 확인하고 투고를 한다. 메일을 발송하기 전에나 발송한 후에 간략하게나마 전화를 하는 것도 한 방편이다. 읽으려면 읽던지 하는 나 몰라라 자세로 투고하는 것을 좋아할 출판사는 없다. 앞서 말했듯이 투고의 과정은 입사를 하기 위한 과정과도 비슷하다. 성의 없는 자기소개서는 읽다보면 알게 된다. 투고도 이와 마찬가지다. 될 대로 돼라, 되면 좋고 아님 말고 식으로 성의를 보이지 않는 투고 원고를 다른 이가 소중하게 다뤄줄리 없다.

이 작업 또한 결국에는 사람 대 사람의 일이다. 출판사와 담당자의 마음을 열기 위해 노력할 필요도 있는 것이다. 투고하고자 하는 출판사에 작은 관심을 가져보자. 그러면 그 관심이 나의 투고 원고에 돌아오게 될 것이다. 담당자의 마음의 문을 열지 않고서야 일이 진행될 리가 없다. 믿음과 신뢰를 주는 출판사를 찾는 것이 저자에게 중요한 일이듯 출판사 역시 믿음과 신뢰가 가는 저자를 찾고 있다. 자신이 먼저 믿음직스럽고 신뢰가 가는 저자가 되면 더할 나위 없이 좋다.

출판사는 저자만의 특색있고 반짝이는 원고를 찾고 있다. 원고의 완성도가 조금 떨어지더라도 혹, 세부내용이 엉성하고 맞춤법이 허술해도 저자만이 갖고 있는 빛나는 부분이 있다면 그 원고는 계약이 성사될 확률이 높다. 누구나 쓸 수 있는 내용은 시장에서 살아남기 어렵다. 하지만 저자 자신만의 반짝이는 부분이 있는 원고라면 가능성이 있다. 원석이 세공의 과정을 거치듯 원고의 반짝이는 부분을 드러내기 위해 고치고 다듬는 작업은 얼마든지 다시 할 수 있기 때문이다.

원고의 모든 부분이 완벽하지 못해도 괜찮다. 출간을 결정하는 것은 결국 콘텐츠이기 때문이다. 계약 이후 원고의 구성 수정과 내용의 재배열 및 추가, 삭제는 불가피하게 이뤄진다. 정도의 차이만 있을 뿐이다. 뿐만 아니라 보다 작고 세밀한 문장, 맞춤법과 같은 문제들은 결국 편집자가 손보게 되는 과정임을 생각해봤을 때, 저자는 원고의 세부적인 것에 완벽함을 추구하기보다는 자신만의 반짝이는 지점을 더욱 날카롭게 만드는 것이 승률을 올리는 방법이 될 것이다. 자신만의 시선과 목소리가 담긴 원고야말로 출판사에게 선택받는 원고가 될 것이고, 더 많은 독자가 선택하는 원고가 될 것이다.

저자는 원고의 큰 틀에서 과연 자신의 원고에 자신만의 콘텐츠가 담겨 있는지 고민해야 한다. 출판사의 입장에서는 투고 원고에 가치가 있는가 하는 것을 보는 것이다. 이러한 점을 인지하는 것이 원고 채택의 지름길이 될 것이다.

하지만 중도는 언제나 중요하다. 아무리 획기적인 콘텐츠라 할지라도 이를 뒷받침해줄 분량이 턱없이 부족하다면 책으로 출간되기에 어렵다. 이는 출판사가 계약을 보류하는 이유가 된다. 뿐만 아니라 완벽하지는 못하더라도 최소한의 기본적인 문법을 갖춰 원고를 작성하는 것도 중요하다할 만하다. 문장도 제대로 쓰지 못하는 사람을 과연 저자라고 할 수 있을지 생각해보자. 좋은 내용이어도 문법에 맞지 않는 문장이 계속 나오고 앞뒤가 맞지 않는 말들이 나온다면 읽기에 곤욕스럽다. 이런 글은 더 이상 읽지 않게 된다. 글과 저자에 대한 신뢰도가 떨어지면 읽고 싶은 마음이 사라지기 때문이다. 이러한 원고 역시 채택되기 어려운 원고임을 기억하고 기본기는 갖추되 자신만의 가치가 담긴 원고를 준비하도록 하자.

투고 작업은 분명 길고 지루한 작업이 될 것이다. 거절도 수차례 당할 것이다. 낙담하고 자존감이 떨어질 수도 있지만 너무 낙담하지는 말자. 출판사도 결국에는 콘텐츠를 필요로 하는 곳이기 때문이다. 출판사와 저자는 상생하는 관계다. 절대 상충하는 관계가 아님을 인지하고 자신만의 가치가 담긴 원고를 알아줄 출판사가 반드시 존재한다는 믿음을 저버리지 말자. 중요한 것은 자신의 원고에 어느 정도의 잠재성이 깃들어 있는가 하는 점이다. 투고는 그 잠재성을 알아봐주는 출판사를 찾는 과정이다.

조앤 K. 롤링의 『해리포터』 출판 일화는 이제 누구나 아는 유명한 일화가 되었다. 해리포터 역시 출판사에게 곧바로 채택되었던 것은 아니다. 해리포터 원고는 출판사 12곳으로부터 거절을 당했다. 하지만 13번째 출판사가 해리포터 이야기의 가능성을 알아봐준 덕분에 해리포터 시리즈는 세상에 나올 수 있었다. 세계적인 흥행작 『해리포터』도 많은 출판사에게 거절을 당했다는 것을 기억하고 도전을 포기하지 말자.

투고에 매번 거절당했다고 해서 자신의 원고를 무조건적으로 출판사들의 입맛에 바꿀 필요는 없다. 원고의 가치를 알아봐줄 출판사는 분명 있기 때문이다. 그러한 출판사를 찾아나가는 과정이라 마음 편하게 생각하자. 물론 원고의 역량이 부족해 거절을 당하는 것일 수도 있으니 이 두 가지 관점을 늘 염두에 두고 투고하도록 한다. 출판사의 입맛에 무조건적으로 맞출 필요도 없지만 부족한 부분이 있다면 인정하고 다시 수정하여 투고를 하는 것도 방법이다. 특히 출판에서 중요한 3T를 기억하라.

타깃(target), 트렌드(trend), 타이밍(timing)이다. 누구에게 읽힐 것인지가 명확해야 팔리는 책이 된다. 책을 내는 시기도 마찬가지다. 특히 시대에 맞는 내용의 책이 있는데 이러한 요소들에 부합해야 잘 팔리는 책, 많이 읽히는 책이 될 것이다.

다음은 일반적으로 쓰이는 출간기획서(저자)와 원고검토서(출판사), 편집기획서(출판사)다. 책을 출간하기 위해 저자와 출판사가 어떠한 준비를 하는지 알아본다면 도움이 될것이다.

1. 제목(가제)

2. 저자 소개

3. 기획 의도
    1) 핵심 주제
    2) 집필 이유와 출간의 타당성

4. 분야와 타겟 분석
    1) 1차 독자
    2) 2차 독자
    3) 3차 독자

5. 포인트
    1) 원고의 특징(장점 및 차별성)
    2) 경쟁도서 및 시장조사

6. 홍보 및 마케팅 요인

7. 원고 내용

1. 제목(가제)

2. 분야

3. 저자 정보

4. 목차

5. 스왓분석(SWOT)
   – 강점(Strengths), 약점(Weaknesses), 기회요소(Opportunities), 위
   협요소(Threats)

6. 내용

7. 포인트

8. 원고 및 구성의 완성도

9. 독자 요구 및 출판사 이미지 부합

10. 검토자 의견

11. 비고

1. 기획 의도

2. 원고검토 보고 및 구성 컨셉, 원고 수정방향
   1) 스왓분석: 강점(Strengths), 약점(Weaknesses), 기회요소(Opportunities), 위협요소(Threats)
   2) 대상 분석(주요 타깃)
   3) 구성 컨셉 및 콘셉 선정 배경
   4) 원고 수정방향

3. 편집 체재
   1) 제목/저자   2) 판형/장정 3) 면수 4) 본문인쇄도수
   5) 기타 편집 특이사항(삽화 등)

4. 편집 방향
   1) 본문 2) 표지
   3) 타도서와의 편집상 차별화 전략(레이아웃부터 제목 장정에 대한 콘셉까지)

5. 마케팅 전략
   1) 시장 분석   2) 유사 도서 분석
   3) 타도서와의 차별적인 홍보 전략 수립

6. 편집 일정표

7. 제작 단가 및 손익분기점

2012.8.13. 유네스코 세계기념인물 선정기념 학술 심포지엄 「다산 사상과 서학」, 김광조 유네스코 아태지역 본부장 축사 중

고미숙, 두 개의 별 주개의 지도, 북드라망, 2013

고전산문을 이용한 글쓰기 교육, 1 : 연암 박지원의 「양환집서(양丸集序)」를 중심으로 / 이민희[語文學報. 제29집 (2008. 12)

교재편찬위원회, 교양 글쓰기, 계명대학교 출판부, 2014

권영식, 다산의 독서 전략, 글라이더, 2012

김무영, 글쓰기 비행학교, 씽크스마트, 2014

김성우, 명쾌한 이공계 글쓰기, 제우미디어, 2008

김주수, LQ 글쓰기 스터디, 북코리아, 2014

논술력 신장 지도 방법 연구 : 연암의 글을 활용하여 / 노호원 학위논문(박사) -한남대학교 대학원,국어교육과, 2012.

다이애나 홍, 세종처럼 읽고 다산처럼 써라, 유아이북스, 2013

롤프-베른하르트 에시히, 배수아 옮김, 글쓰기의 기쁨, 주니어김영사, 2010

명로진, 베껴쓰기로 연습하는 글쓰기 책, 타임POP

무라카미 하루키, 『달리기를 말할 때 내가 하고 싶은 이야기』, 문학사상, 2009; 무라카미 하루키, 『직업으로서의 소설가』, 현대문학, 2016; 무라카미 하루키, 『나는 여행기를 이렇게 쓴다』, 문학사상, 2015; 권승혁, 김진아, 『작가란 무엇인가』, 다른, 2014를 참고하여 재구성하였습니다.

박석무, 유배지에서 보낸 편지, 시인사, 1979

박수밀, 〈연암 박지원의 글 짓는 법〉, 돌베개, 2013

박전수, 쉽고 친절하게 쓰는 대학 글쓰기, 홍릉과학출판사, 2013

박지원,『연암집 · 하』, 신호열, 기명호 옮김, 돌베개, 2007

백승권, 글쓰기가 처음입니다, 메디치, 2014

사카토 켄지, 메모의 기술, 해바라기, 2003

송숙희, 최고의 글쓰기 연습법 베껴쓰기, 대림북스, 2014

수류산방 편집부,『박완서 | 못 가 본 길이 더 아름답다』, 수류산방, 2012

스티븐 크라센,『읽기 혁명』, 르네상스, 2013

엄윤숙, 한정주, 조선 지식인의 글쓰기 노트, 포럼, 2015

에릭 J. 헌터, 분류란 무엇인가, 도서출판 한울, 2015

연암 박지원의 글쓰기와 자연 / 강혜규 민족문학사연구. 제36호

연암의 사유에 있어서 '탈근대적 비전'에 대한 탐구 : 주체와 글쓰기를 중심
으로 / 고미숙 韓國漢文學硏究. 제36집, 2005

윌리엄 진서, 글쓰기 생각쓰기, 돌베개, 2007

유기훈, 유기훈의 기록노트

윤태영, 글쓰기 노트, 책담, 2014

은유, 글쓰기의 최전선, 메멘토, 2015

임재성, 생상적 글쓰기, 북포스, 2014

임정섭, 심플, 다산북스, 2015

장미영, 이수라, 주경미, 융복합 시대의 교양 글쓰기, 글누림, 2015

전영곤, 이상옥, 최재호, 글쓰기를 하다, 조율, 2014

정민, 다산선생 지식경영법, 김영사, 2006

정혜승, 독자와 대화하는 글쓰기, 사회평론 아카데미, 2013

최운선, 글쓰기 21일의 법칙, 혜성출판사, 2014

최효찬, 한국의 메모 달인들, 2010

피터 엘보, 힘있는 글쓰기, 토트, 2014

한정원, 『명사들의 문장강화』, 나무의철학, 2014; 안도현, 『가슴으로도 쓰고 손끝으로도 써라』, 한겨레출판사, 2009를 참고하여 재구성하였습니다.

허왕욱, 다산 정약용의 글쓰기에 나타난 문단 구성의 방법 : 다산의 편지글 〈기이아〉 제2서를 중심으로, 한국어문교육 제11집, 2002

나를 넘어 세상을 바꾸는
다산의 글쓰기 전략

1쇄 2016년 12월 24일 **2쇄** 2017년 1월 3일

지은이 최효준
펴낸곳 글라이더 **펴낸이** 박정화

등록 2012년 3월 28일 (제2012-000066호)
주소 경기도 고양시 일산동구 장백로 19 더루벤스카운티 340호 (우.10449)
전화 070)4685-5799 **팩스** 0303)0949-5799 **전자우편** gliderbooks@hanmail.net
블로그 http://gliderbook.blog.me/
ISBN 979-11-86510-34-6 03800

책값은 뒤표지에 있습니다.
잘못된 책은 바꾸어 드립니다.

이 도서의 국립중앙도서관 출판예정도서목록(CIP)은 서지정보유통지원시스템 홈페이지
(http://seoji.nl.go.kr)와 국가자료공동목록시스템(http://www.nl.go.kr/kolisnet)에서 이용
하실 수 있습니다. (CIP제어번호: CIP2016029726)

글라이더는 존재하는 모든 것에 사랑과 희망을 함께 나누는 따뜻한 세상을 지향합니다.